I0654590

BOMMELMÜTZEN UND BESENSTIELE

DER STRICKCLUB DER VAMPIRE, BAND 8

NANCY WARREN

Bommelmützen und Besenstiele, Der Strickclub der Vampire, Band 8

Urheberrecht © 2023 Nancy Warren

Alle Rechte vorbehalten.

Ohne schriftliche Genehmigung der Autorin darf dieses Buches weder ganz noch in Auszügen reproduziert, in einem Abfragesystem gespeichert, noch in irgendeiner Form, elektronisch oder mechanisch, übertragen werden, mit Ausnahme der Verwendung von kurzen Zitaten in einer Buchbesprechung.

Wir danken Ihnen, dass Sie die Arbeit der Autorin respektieren.

ISBN: Ebook 978-1-990210-70-9

ISBN: Gedruckt 978-1-990210-71-6

Cover-Gestaltung von Lou Harper von Cover Affair.

Übersetzung: Mischa Bach – Language + Literary Translations, LLC.

Ambleside Publishing

VORWORT

Band 8 – Bommelmützen und Besenstiele: Ein
paranormaler Cosy-Krimi

Wer hat den Tod zur Hochzeit eingeladen?

Als auf der Hochzeit von Charlie und Alice ein uralter Balken
auf einen der Gäste herabstürzt, hat es den Anschein, als
wäre es das Werk des Klopfkäfers, auch Totenuhr genannt,
eines Insekts, das alte Balken frisst. Aber die junge Hexe Lucy
und der Strickclub der Vampire sind sich nicht so sicher.
Treibt hier ein Mörder sein Unwesen, der holzfressende
Insekten als Sündenböcke benutzt?

In der Zwischenzeit wird der alte Besen, der schon ewig in
einer Ecke von Kardinal Woolsey's Strick- und Garnladen
herumsteht, zum Einsatz gebracht – aber nicht, um damit
den Boden zu fegen!

Zwischen dem Erlernen einer neuen Strickmasche und ihren Flugstunden bleibt Lucy eigentlich keine Zeit, einen Mord aufzuklären – bis sich herausstellt, dass das nächste Opfer jemand ist, der ihr sehr nahesteht.

Begleiten Sie Lucy und ihre exzentrischen Amateurdetektive bei ihrem Versuch, ein verworrenes Geflecht von Hinweisen zu entwirren und einen Mörder in Oxford zu fangen, ohne darüber auch nur eine einzige Masche fallen zu lassen.

Melden Sie sich zu Nancys spamfreien Newsletter auf NancyWarrenAuthor.com an und erhalten Sie gratis die Geschichte von Rafe, dem hinreißend attraktiven Vampir aus der Serie *Der Strickclub der Vampire.*

Werden Sie Teil von Nancys privater Gruppe auf Facebook, wo wir uns über Bücher, Stricken, Haustiere und das Leben an sich austauschen. facebook.com/groups/NancyWarren-Knitwits

SO BEURTEILEN LESER DIE SERIE
„DER STRICKCLUB DER VAMPIRE"

„DER STRICKCLUB DER VAMPIRE ist ein entzückender, paranormaler Cosy-Krimi, der in einem Strickladen in Oxford, England, spielt. Mit der unerschrockenen Spätentwicklerin und Amateur-Detektivin Lucy Swift und einer Reihe wirklich unvergesslicher Charaktere lässt dieser Krimi nichts zu wünschen übrig. Er ist originell und lustig, die Handlung hat viele unerwartete Wendungen und auch eine äußerst kluge Katze ist dabei. Ich kann diesen spritzigen Beitrag zum Genre der Cosy-Krimis wärmstens empfehlen."

— JENN MCKINLAY, NEW-YORK-TIMES
BESTSELLER-AUTORIN

„Dieser Roman ist so gut geschrieben und amüsant, dass ich ihn nicht aus der Hand legen konnte."

— DIANA

„Eine lustige und fantastische Lektüre."

— DEBORAH

BOMMELMÜTZEN UND BESENSTIELE

KAPITEL 1

*M*oreton-under-Wychwood war keine berühmte Stadt Englands. Man fand sie weder in irgendeiner Top-Ten-Liste bei TripAdvisor noch wurde über sie in Zeitungen, Magazinen oder Reiseblogs berichtet, sodass sich nur selten Touristen hierher verirrten. Allerdings war es ein wirklich hübsches, kleines Dorf in Oxfordshire mit einer schönen, gepflegten Dorfwiese, pittoresken Cottages aus Stein, von denen einige Reetdächer hatten, und einem Kirchturm, der wie ein müder, alter Wächter über all das wachte.

Laut der Lokalhistoriker war St. John the Divine ursprünglich normannisch und wurde um 1200 erbaut. Im Laufe der Zeit hatte man die Kirche ausgebessert, gestützt und Teile neu errichtet, aber in ihrem Herzen war sie altehrwürdig geblieben. Als ich an einem warmen Septembertag eintrat, fühlte ich schlagartig, wie mich die Kälte der Steinmauern umarmte. Mir kamen Särge und steinerne Mausoleen in den Sinn, was mich erschaudern ließ. Unwillkürlich zog ich den blauen Cardigan enger um mich, den meine untote Großmutter dankenswerterweise für mich gestrickt hatte und den ich zu einem blau-weißen Leinenkleid und Sandalen trug.

Mein kurzes Frösteln verschwand mit dem Kichern der drei Frauen, die nach mir eintraten. Als erste Alice Robinson, die bei Frogg's Books arbeitete, das gegenüber dem Cardinal Woolsey's, meinem Woll- und Strickladen in Oxford, lag. Als exzellente Strickerin gab Alice manchmal Strickunterricht bei mir. Jetzt würde sie Charlie Wright heiraten, den Besitzer von Frogg's Books. Ich sollte bei ihrer bevorstehenden Hochzeit als eine der Brautjungfern fungieren. Sie und Charlie würden in dieser Kirche heiraten und wir waren hier, um die Dekoration zu planen. Sowohl vor der Kirche als auch an den Bögen der Bankreihen in der Kirche waren Blumenarrangements erlaubt.

Alice war in Begleitung meiner Cousine Violet, die genau wie ich eine Hexe war und eine Brautjungfer sein würde, sowie Alices Schulfreundin Beatrice.

Direkt beim Eingang gab es einen Tisch, auf dem Informationen über die Kirche ausgelegt waren, darunter eine Broschüre über deren Geschichte und ein Stapel ausgedruckter Blätter, die sofort meinen Blick auf sich zogen.

<u>Klopfkäfer (auch Totenuhr genannt)</u>

Vielleicht sind Ihnen die Gerüste in der Kirche aufgefallen. Mit deren Hilfe führen wir eine gründliche Inspektion des Daches durch. Wie in vielen alten Kirchen, so finden sich auch in St. John the Divine Hinweise auf den Klopfkäfer, die ein Holzspezialist entdeckt hat. Der Klopfkäfer kann Holzbalken aushöhlen und deutlich schwächen. Wir sammeln derzeit Spenden, um die Reparatur des Daches zu finanzieren.

(Spenden können in der Box links neben der Tür in der Wand eingeworfen werden.)

Ich sah mich um und erblickte einen Bereich auf der rechten Seite der Apsis, so nannte man wohl den vorderen Teil der Kirche. Dort befand sich die Kanzel und hinter ihr wunderschöne Schnitzarbeiten, die gewiss auch von Klopfkäfern befallen waren. Dahinter erhoben sich die Pfeifen der Orgel. Auf der rechten Seite stand, nur notdürftig von blauen Bahnen verhüllt, ein Teil des Gerüstes. Das war ziemlich nah an der Stelle, an der Braut und Bräutigam während der Hochzeit stehen würden. Wusste Alice davon? Würde das Gerüst die Sicht behindern?

Ich hatte kaum Zeit, über all diese Dinge nachzudenken, denn die Braut trat von hinten an mich heran. Sie schaute über meine Schulter auf das, was ich da gerade las, schien aber nicht sonderlich überrascht. „Das ist ziemlich traurig, nicht wahr?" Sie blickte hinüber zu dem Teil des Gerüstes. „Weißt du, warum der Klopfkäfer auch Totenuhr heißt?"

„Nein." Und ich war fasziniert davon, dass sie es tat. Alice verbrachte nicht nur viel Zeit damit zu lesen, sie schien dabei auch die ungewöhnlichsten Informationen zu allem Möglichen aufzusaugen.

„Die erwachsenen Männchen machen ein klopfendes oder tappendes Geräusch, um Partnerinnen anzuziehen. Es heißt, dieses Geräusch sage einen Todesfall voraus."

Ich schaute hinauf zu den hölzernen Balken über uns

und fühlte, wie der Gedanke an tausende liebestoller Käfer, die das antike Holz über unseren Köpfen durchlöcherten, eine Art Jucken auf meiner Kopfhaut verursachte. „Also macht dir das Gerüst nichts aus?"

Sie ging weiter in die Kirche hinein. „Nun, es ist an der Seite und wir dürfen während der Zeremonie ohnehin nicht fotografieren, also glaube ich nicht, dass es weiter stört. Oder stört es dich?"

Ich beeilte mich ihr zu versichern, dass ich die Kirche schön fand. Das tat ich auch. Buntes Glas zierte die hohen, gotischen Bogenfenster, mittelalterliche Fliesen bildeten zusammen mit steinernen Gedenktafeln den Boden. Die dunklen Balken der gewölbten Decken machten einen so antiken wie stabilen Eindruck.

„Warte, bis du die Blumen siehst, Lucy. Sie werden einen solchen Unterschied machen. Niemand wird das Gerüst auch nur bemerken", versicherte mir Beatrice.

Beatrice hatte ihren Abschluss in der Kunst gemacht und eine genaue Vorstellung davon, wie die Blumen arrangiert werden sollten. Alice überließ ihr gerne alle Entscheidungen bezüglich der Dekoration, sodass ich einfach in der Kirche herumspazieren konnte. Ich steckte einen Zehn-Pfund-Schein in die Spendenbox. Das war mein Lieblingsgeldschein, da ihn Jane Austen zierte. Danach wanderte ich herum und versuchte, die Namen all der Menschen zu entziffern, die auf den Gedenksteinen im Kirchenboden eingraviert waren. Allerdings hatten die Zeit und all die Füße, die über sie hinweggelaufen waren, diese so gut wie ausgelöscht. Die Bankreihen waren aus Holz und es gab Kissen mit Gobelinstickereien, die ebenfalls im Laufe der Zeit verblasst waren, auf denen die Gläubigen sitzen mochten.

Ich ging herum, meine Sandalen kratzen über die Steinplatten. Dann betrachtete ich das steinerne Taufbecken, die ausgeblichenen, fadenscheinigen Kriegsfahnen und die Gedenksteine, die in der Wand eingelassen waren. Sie waren leichter zu lesen, da niemand über sie hinübergelaufen war.

Es gab einen für Henry Herbert, einen Landbesitzer, und seine Frau Ann, die beide 1678 gestorben waren. Daneben hing ein Stein mit einer Schrift, die ich nicht lesen konnte.

Ich ging weiter zum nächsten und fühlte, wie der Boden unter meinen Füßen zu wanken begann. Constance Crosyer, 1538 bis 1608, geliebte Gattin von Sir Rafe Crosyer, 1528 bis 1610. Mein Herzschlag beschleunigte sich und ich schnappte nach Luft.

Ich kannte Rafe Crosyer, jetzt, in der Gegenwart, und obwohl er bereits seit einem halben Jahrtausend untot war, schockierte es mich dennoch, den Gedenkstein seiner Frau zu sehen. Rein rational betrachtet wusste ich, dass er vor sehr langer Zeit tatsächlich lebendig gewesen war, aber ich hatte mich so sehr an ihn als Teil meines Lebens gewöhnt, dass ich dazu neigte, seine Geschichte zu ignorieren. So war es einfach leichter. Und jetzt? Diesen Beweis einer vergangenen Liebe in Stein gemeißelt vor mir zu sehen war – nun, ein Schock. Ein großer Schock.

Obendrein versuchte ich, meine Gefühle für ihn ebenfalls zu verdrängen, denn sie waren so verwirrend. Ich hatte den Verdacht, wenn er kein Vampir gewesen wäre, wäre er die Liebe meines Lebens. Aber er war nun mal ein Vampir. Und während ich eine Hexe war, war ich doch immer noch sterblich. Jedes Paar hat seine Probleme, aber diese hier türmten sich zu regelrechten Problembergen.

„Lucy?" Das war Violet, und es klang, als sei sie sehr weit weg. „Lucy, Alice hat nach dir gerufen."

Ich atmete tief durch und befahl meinen Gesichtszügen, sich zu entspannen, bevor ich mich umdrehte. *Geliebte Gattin von Rafe Crosyer.* Was stimmte bloß nicht mit mir? Natürlich war Rafe im Laufe der vielen Jahrhunderte verheiratet gewesen. Vermutlich mehrfach. *Geliebte.* Würde er dieses Wort eines Tages für mich verwenden?

Ich ging zu den drei anderen Frauen zurück, die inzwischen vor dem Altar standen. Violet ließ die anderen dort stehen und kam mir entgegen, um mich abzufangen. „Lucy, was ist los?"

Ich schüttelte meinen Kopf. „Nichts." Und als sie mir weiterhin mit besorgtem Blick den Weg verstellte, fügte ich hinzu: „Ich erkläre es dir später."

„Unbedingt." Weil sie schon sehr viel länger als ich als Hexe praktizierte, hatte sie den Hang, mich herumzukommandieren, selbst wenn es um etwas anderes als die Hexenkunst ging. Aber zugleich war sie fast so etwas wie eine Schwester für mich und irgendwie mochte ich ihre fürsorglichen Einmischungen. Wir drehten uns gemeinsam um und kehrten zu den anderen zurück, die in der Nähe der Kanzel standen.

„Hier werden wir stehen", erklärte Alice. Dann legte sie eine Hand auf ihr Herz. Ihre Wangen leuchteten vor Glück. „Ich kann gar nicht glauben, dass ich Charlie heiraten werde. Endlich."

Wir wussten bereits über die Abfolge der Brautjungfern Bescheid. Ich zuerst, dann Vi und zum Schluss Beatrice, die die erste Brautjungfer war. Eigentlich war Alice eine vernünftige, praktisch denkende Frau, aber heute schien sie geradezu erfüllt von Romantik und launenhaften Einfällen. Sie schaute uns mit leuchtenden Augen an. „Sollen wir den Gang zum Altar üben?"

„Aber morgen wird es eine richtige Probe geben", erinnerte ich sie. Ich wollte weg von diesem Ort, an dem Constance stets die geliebte Gattin sein würde und wo Rafe einst vorgegeben hatte, er wäre tot.

„Sei keine Spielverderberin", schalt mich Violet. Ich sah in die glücklichen Gesichter der drei, allesamt wie kleine Mädchen ganz wild darauf, Braut und Brautjungfern zu spielen.

„Na dann los", sagte ich.

„Danke. Ich bin mir sicher, ich werde über eine der Steinfliesen stolpern", gab Alice zu. „Ich will weiter üben."

„Alles wird gut gehen", sagte Violet. Ich sah, wie sich ihre Lippen bewegten, und wusste, sie sprach einen Zauberspruch, der sicherstellte, dass Alices Weg zum Altar glatt verliefe.

Wir alle liefen den Mittelgang entlang bis zu den alten Eichentüren, durch die wir am Tag der Tage schreiten würden. „Hier kommt die Braut."

Sie hatte eine schöne Stimme, aber dennoch kicherten wir, als wir unsere Positionen einnahmen.

„Geh, Lucy", befahl Violet, „und vergiss nicht zu lächeln", als wäre sie die Hochzeitsplanerin. Dennoch tat ich, wie sie mich geheißen hatte. Ich stellte mir all die Menschen in den Bankreihen vor und ging im Tempo des Gesangs langsam den Mittelgang hinunter. In meinen Händen trug ich einen imaginären Blumenstrauß vor mir her. Als ich den Altar erreichte, blieb ich stehen und drehte mich um. Violet war bereits unterwegs. Auch sie trug einen imaginären Blumenstrauß und lächelte, als würde ein Fotograf den Moment für die erste Seite eines Brautmagazins festhalten.

Als sie näher kam, hörte ich von oben ein Geräusch, das an eine knarrende Tür erinnerte. Ich blickte hoch, aber alles, was ich sehen konnte, waren die dicken Holzbalken, die sich oben kreuz und quer erstreckten und das Steindach trugen. Als sie bei mir ankam, fragte ich: „Hast du das gehört?"

„Was denn? Lucy, du bist so schreckhaft wie eine Maus."

„Du hast das knarrende Geräusch nicht gehört?"

„Nein. Ich habe Beatrices Gesang gehört. Du hättest das Informationsblatt nicht lesen dürfen. Es sorgt dafür, dass du dir alles Mögliche einbildest. Reiß dich zusammen." Aber ich hatte kein Klopfen oder Tappen gehört. Was ich gehört hatte, hatte eher nach einem Stöhnen geklungen.

Bevor Beatrice zu uns trat, die noch immer singend den Gang hinunterschritt, flüsterte ich: „An der Wand dahinten ist ein Gedenkstein von Rafes Frau Constance, der 1610 als Todesjahr von Sir Rafe Crosyer angibt."

Sie nickte, ohne dass sie geschockt oder auch nur überrascht ausgesehen hätte. „Was für eine Wahl hatte er denn? Da er nicht alterte, konnte er nicht ewig hierbleiben. Außerdem hat er Constance in Oxford kennengelernt. Hier war alles so voller Erinnerungen, dass er die Gegend verließ. Er war sehr lange fort. Lange genug, dass ihn niemand mehr mit dem Rafe Crosyer in Verbindung bringen würde, der hier Jahrhunderte zuvor gelebt hatte."

„Er muss sie sehr geliebt haben."

Vi beugte sich näher zu mir. „Sie war eine von uns."

„Du meinst ...?"

„Ja, Lucy, Rafes erste Frau, Constance Crosyer, war eine Hexe."

Alice kam den Gang herunter und sah dabei zugleich aufgeregt und peinlich berührt aus. Sie trug ihr dunkles Haar zurückgebunden, aber einige kleine Locken waren entwischt und klebten an ihren Wangen. Hinter ihren Brillengläsern strahlten ihre Augen vor Glück.

Dann riss sie sie weit auf und hielt plötzlich mitten auf dem Weg an, als sich eine Männerstimme vernehmen ließ: „Ich dachte, ich würde jemanden singen hören. Was für eine liebliche Stimme Sie haben."

Natürlich ließ das Beatrice sofort mitten im Lied verstummen. In der Stille sahen wir, wie ein Mann, der einen Anzug mit Kollar trug, herantrat. Alice löste sich aus ihrer Erstarrung und ließ ihren imaginären Strauß fallen. „Ich hoffe, es stört Sie nicht. Wir wollten sehen, wie viele Schleifen wir für die Kopfenden der Bankreihen bestellen müssen." Dann wurde ihr offenbar klar, dass das weder das Singen noch ihr Abschreiten des Mittelganges erklärte, und sie gestand: „Und ich wollte den Gang zum Altar üben."

„Aber natürlich, Alice. Nehmen Sie sich so viel Zeit, wie Sie mögen, solange Sie damit vor der Abendmesse fertig sind."

Er trat zu ihr und sie beide gingen das kurze Stück bis zu uns Brautjungfern. „Reverend Philip Wallington, das sind meine Brautjungfern." Und dann stellte sie uns alle vor. Der Vikar schüttelte uns nacheinander die Hand und sagte: „Bitte, nennen Sie mich Philip. Ich werde Alice und Charlie trauen, also werden Sie mich bei der morgigen Probe ziemlich gut kennenlernen."

Philip Wallington war jünger als ich mir den Vikar eines englischen Dorfes vorgestellt hätte. Mit seiner hohen Stirn und dem braunen Haar, das er aus dem Gesicht gekämmt trug, schätzte ich ihn auf Mitte dreißig. Er hatte ein angenehmes Lächeln mit etwas schiefen Zähnen und machte einen gelassenen Eindruck. Allein in seiner Gegenwart zu sein, beruhigte mich bereits.

„Es tut mir leid wegen des Gerüstes", sagte er und deutete auf das verhüllte Metallskelett. „Es wird natürlich noch schlimmer werden, wenn wir die Reparaturen durchführen. Im Moment ist es wenigstens noch nicht zu unansehnlich."

„Sind Sie sicher, dass es ungefährlich ist?" Das musste ich einfach fragen.

„Aber ja. Wir hatten einen Statiker hier, der sich alles angesehen hat. Dennoch müssen einige Balken ausgetauscht und der Befall behandelt werden."

Als wollte er seine Worte Lügen strafen, gab der Balken über mir wieder dieses Geräusch von sich.

Ich spähte hinauf. Vielleicht stöhnte Constance, um mich zu warnen, dass ich besser die Finger von ihrem Gatten lassen solle.

KAPITEL 2

„Lucy, Violet, versprecht ihr, dass ihr mich nicht in Verlegenheit bringen werdet?", fragte Alice, wobei ein besorgtes Stirnrunzeln ein wenig an ihren Brautfreuden kratzte. „Ich hätte einem Junggesellinnenabschied niemals zustimmen sollen. Die wenigen, an denen ich je teilgenommen habe, endeten alle mit Kotzerei und Katzenjammer." Allein bei dem Gedanken wurde sie grün um die Nase. „Und irgendwie lief es jedes Mal darauf hinaus, dass ich die Schweinerei beseitigte."

Wir versicherten ihr beide, dass wir nichts Schlimmes geplant hatten. Violet sagte: „Aber was wäre es denn für eine Hochzeit, wenn du vorher keinen Junggesellinnenabschied feiern würdest? Ich bin nicht mal sicher, dass es ansonsten eine gültige Eheschließung wäre."

Wir drei hatten verabredet, dass wir uns eine Stunde vor dem Abendessen zum Junggesellinnenabschied in meiner Wohnung über dem Cardinal Woolsey's Woll- und Garnladen treffen würden. Wir machten einander die Haare, kicherten und klatschten. Nyx, die schwarze Katze, die meine

Vertraute war, war so genervt von uns, dass sie demonstrativ zum Fenster stolzierte und miaute, um hinausgelassen zu werden.

„Ehrlich, wir wollen, dass du Spaß hast bei deinem Junggesellinnenabschied und ein paar schöne Erinnerungen noch dazu", versicherte ich ihr. Das stimmte, genau das wollten wir. Auf der Skala der Wilden und Verrückten kam Alice mit Ach und Krach auf 0,5, also würden wir den Abend mit einem Dinner mit einigen Frauen beginnen, die entweder hier vor Ort lebten oder schon vor der Hochzeit angereist waren. Danach hatten wir den Besuch einiger der berühmtesten Pubs in Oxford eingeplant, denn auch eine Frau, deren Vorfreude sich sonst auf brandneu erschienene Romane richtete, verdiente es, vor ihrer Hochzeit etwas Spaß mit den Mädels zu haben.

Alice lächelte widerwillig. „In Ordnung. Ich vertraue euch."

Tatsächlich hatte es einige Diskussionen unter uns drei Brautjungfern gegeben, wie Alices Junggesellinnenabschied aussehen könnte. Beatrice war dafür gewesen, jedem einzelnen Pub in Oxford einen Besuch abzustatten und zum krönenden Abschluss mit allen Mädels in einer Hotelsuite eine Nacht im Rausch zu verbringen. Ich wusste, dass Alice das hassen würde, aber wenn Beatrice und einige der anderen Frauen weiterfeiern wollten, wer wollte sie daran hindern? Unser Kompromiss bestand darin, mit einem netten Abendessen zu starten und dann auf Tour durch die Pubs zu gehen. Alice musste versprechen, in den ersten mitzukommen. Danach stünde es ihr frei, nach Hause zu gehen, und alle, die weiter Party machen wollten, könnten das tun.

Da Violet mehr über britische Brautbräuche und Hen Partys, wie Junggesellinenabschiede hier hießen, wusste als ich, überließ ich ihr die Auswahl des Restaurants. Sie sagte: „Das größte Problem ist, dass jede etwas anderes isst. Neben den Mädels, die auf Diät sind und einen Zusammenbruch erleiden, wenn du ihnen auch nur ein Salatblatt aufdrängst, sind da all die anderen, die Laktoseintoleranten, die Vegetarierinnen und Veganerinnen und die, die Allergien haben, ob nun gegen Knoblauch, Fisch, Käse, Fleisch, Schnecken, was auch immer." Sie seufzte. „Und dann gibt es schließlich noch diejenigen von uns, die gerne ein richtiges Abendessen haben wollen."

Sie hatte recht. „Was schlägst du vor?"

„Tapas."

Das klang nach einer guten Idee. Es war ihr gelungen, eine kleine Tapas-Bar mit einem separaten Raum und einer umfangreichen Speisekarte zu finden. Wir waren vierzehn, die Braut eingeschlossen.

Unsere nächste Diskussionen drehte sich um die Frage, welches Outfit wir Alice aufzwingen würden. Beatrice war Feuer und Flamme für Plastikketten samt -kugel, eine grauenhafte Plastiktiara, einen Schleier und eine große pinkfarbene Schärpe, auf der „Braut" stand, passende Schärpen für uns mit der Aufschrift „Brautjungfer" und solche mit „Noch zu haben" für alle, die Singles waren. Ich erschauderte allein beim Gedanken daran und wusste, Alice würde es genauso gehen.

Ich sprach mich gegen jede Art von Deko aus. Violets Position war irgendwo dazwischen. Als ich Granny und Sylvia am nächsten Abend beim neuesten Treffen des Strickclubs der Vampire das Dilemma erläuterte, sagte Sylvia, sie habe genau das, was wir bräuchten. Und so war es auch. Am folgenden Abend brachte sie mir eine wunderschöne Tiara vorbei, die einem Mitglied des niedrigeren Adels würdig gewesen wäre. Sie wollte es Alice für den Junggesellinnenabschied leihen. Ich sah sie misstrauisch an. „Das ist nicht echt, oder?"

Sylvia war sehr alt, sehr reich und sie liebte Schmuck. Ich hätte ihr zugetraut, dass sie uns mit einer Krone, die einst Katharina die Große getragen hatte, auf die Piste schicken würde. Sie lächelte mich an, las offensichtlich meine Gedanken. „Nein. Diese hier ist aus Bergkristall. Ich verwahre meine gute Tiara im Safe."

Wo auch sonst.

Obendrein hatte Sylvia eine Alternative zu den Schärpen im Stile einer Miss America, von denen ich wusste, sie wären für Alice der reinste Albtraum. „Wir werden euch allen hübsche Strickjacken zum Anziehen stricken. Sie werden etwas Besonderes sein, aber keinesfalls vulgär." Alice war eine hervorragende Strickerin und ich wusste, sie würde es zu schätzen wissen, erst recht, da Sylvia die Strickjacken selbst entwerfen würde. Also machte sich der Strickclub der Vampire an die Arbeit. Sie freuten sich über jedes Projekt, mit dem sie die langen Nächte füllen konnten, und da sie mit derart rasender Geschwindigkeit strickten, dass einem gewöhnlichen Sterblichen vom bloßen Hinsehen allein schwindelig werden konnte, erzeugten sie im Handumdrehen erstaunliche Mengen an Strickwaren.

Ich bestellte eine Menge Wolle in exakt dem zarten Rosa, das auch die Kleider der Brautjungfern hatten. Die Jacke für Alice war die schönste und auf ihrer Rückseite stand in Weiß

„Braut" und darunter „Alice und Charlie" sowie das Datum der Hochzeit.

Sylvia sagte, sie würden die Vorderseite der Strickjacke mit wunderschönen Häkelrosetten und mit Knöpfen in Form winziger Bräute und Bräutigame verzieren. Wir anderen bekamen ebensolche Jacken, bloß ohne die Rosetten oder die Aufschrift „Braut", nur mit den Namen von Alice und Charlie sowie dem Hochzeitsdatum auf der Rückseite.

Ich war begeistert. Mir schien, dass wir genau den richtigen Kompromiss zwischen grausiger Zurschaustellung von Alice und gleichzeitigem Spaß am Verkleiden und Ausgehen gefunden hatten, um ihre Hochzeit zu feiern. Ich hoffte, sie würde das auch so sehen.

In der Zeit, die ich nun schon hier wohnte, waren mir Violet und Alice sehr ans Herz gewachsen, deshalb war ich ganz aus dem Häuschen, dass ich bei all dem dabei sein würde. Aufgeregt fieberte ich dem Abend entgegen, denn es war meine erster britischer Junggesellinnenabschied.

Ich öffnete den Champagner, den ich bei Marks & Spencer's gekauft hatte und schenkte jeder von uns ein Glas ein. Ich setzte gerade zu einem Trinkspruch an, als Alice die Hand hob. „Vorrecht der Braut. Jeder wird eine Rede über Charlie und mich halten, aber wo wir Mädels hier unter uns sind, darf ich da eine halten?"

„Natürlich", sagte ich.

Sie nahm sich einen Moment, um ihre Gedanken zu sammeln, dann hob sie ihr Glas. „Ich habe noch nie leicht Freundschaften geschlossen. Ich war schon immer eher schüchtern. Als ich anfing, bei Frogg's Books zu arbeiten, habe ich mich gleich am ersten Tag in Charlie verliebt. Natürlich nahm er keine Notiz von mir. Und wahrscheinlich wäre das noch jahrelang so weitergegangen, bis er eine andere geheiratet hätte, wärt da nicht ihr beiden gewesen."

Violet und ich schauten einander an. Wir hatten nie darüber gesprochen, aber Alice hatte sich so verzweifelt nach Charlies Liebe gesehnt, dass sie sofort zugestimmt hatte, als Violet sagte, sie habe eine Freundin, die eine Hexe sei und einen Liebestrank brauen könne. Das Problem war bloß, dass Violet dachte, ich würde mehr Übung in unserem Handwerk benötigen, sodass sie darauf bestand, dass ich bei der Herstellung des Liebestrankes unter Aufsicht der mächtigen Hexe Margaret Twigg, die zugleich die Anführerin unseres Hexenzirkels war, assistieren sollte. Das Ganze ging fürchterlich schief. Glücklicherweise fügte sich am Ende alles doch noch, und Charlie und Alice hatten sich ineinander verliebt, ganz so, wie sie es sollten. Dennoch, wenn mich je wieder jemand darum bitten würde, einen Liebestrank zu brauen, würde ich schreiend davon laufen.

„Ohne euch beide wäre ich heute nicht hier. Ihr habt mir den Mut gegeben, daran zu glauben, dass ich einen Mann wie Charlie verdiene, und niemand hat mich die ganze Verlobungszeit hindurch so sehr unterstützt wie ihr beide." Sie hob ihr Glas noch höher. „Auf die beiden besten Brautjungfern, die sich eine Frau wünschen kann." Und dann krauste sich ihre Stirn erneut. „Natürlich war Beatrice die längste Zeit meines Lebens meine Freundin, und ich liebe sie wie eine Schwester. Aber das mit euch beiden ist etwas ganz Besonderes."

Ich hatte Beatrice eingeladen, aber sie hatte einen Termin für eine Gesichtsbehandlung und würde deswegen erst im Restaurant zu uns stoßen.

Wir nippten an unserem Champagner und dann holte

ich die Strickjacken hervor, die Oma und Sylvia für uns organisiert hatten. Dr. Christopher Weaver hatte die von Alice gemacht. Von allen Vampiren war er vermutlich derjenige, dessen Wollkreationen die kunstvollsten und extravagantesten waren, und der Cardigan für sie war einfach umwerfend. Während andere Bräute womöglich ihre Brautkleider für die Nachwelt aufhoben, hoffte ich, dass sie stets diese Strickjacke behalten würde. Sie war ein Kunstwerk.

Ich hatte alle Strickwaren in rosafarbenes Papier gewickelt und in Geschenktüten gesteckt. Ich reichte Alice ihre zuerst und hoffte sehr, sie würde sich nicht schämen, die Jacke zu tragen. Die Vampire hatten sich solche Mühe damit gegeben.

Aber als sie sie sah, verschwand ihr offenkundiges Zögern schlagartig. Sie quietschte und sprang auf, zog umgehend den Cardigan über ihr Blumenkleid an. Das Kleid war mit altmodischen Rosen und grünen Stängeln bedruckt. Die Strickjacke schien dafür geschaffen, mit ihm kombiniert zu werden. Sie wirbelte lachend im Raum herum. „Ich kann es gar nicht glauben. Sie ist so schön. Vielen Dank, dass ihr mich nicht dazu zwingt, eine grauenhafte Brautschärpe zu tragen, die womöglich auch noch leuchtet." Sie betrachtete sich selbst im Spiegel, dann schaute sie mich frech an. „Und dass du die nicht gemacht hast, weiß ich."

Wir alle lachten. Es war für keine im Raum ein Geheimnis, dass ich als Strickerin nicht viel taugte. Violet und ich hatten das schon besprochen n und waren übereingekommen, dass Violet den Ruhm für diese Jacke einstreichen würden. „Aber", hatte sie protestiert, „niemand wird glauben, dass ich allein innerhalb weniger Wochen ein Dutzend Strickjacken gestrickt habe."

„Nein." Ich war auf und abgelaufen, dann hatte ich die Lösung. „Wir werden sagen, wir haben sie im Internet gefunden. Du weißt, dass es so etwas gibt. Man kann andere anheuern, damit sie etwas für einen stricken."

Ich gab Violet ihre Jacke und zog meine eigene über. Alice schaute aus dem Fenster, als würde ihr Blick von Frogg's Books auf der anderen Straßenseite angezogen. „Das ist seltsam."

Natürlich traten Violet und ich an ihre Seite und starrten ebenfalls aus dem Fenster. Ein gut gekleidetes Paar betrat gerade den Buchladen mit einem großen, als Geschenk verpackten Paket. Das silberne Papier und die passende Schleife zeigten, dass es sich um ein Hochzeitsgeschenk handelte.

„Was ist daran seltsam?", fragte ich.

„Die Adresse auf den Hochzeitseinladungen ist die meiner Wohnung. Alle Geschenke wurden dorthin geschickt. Wer würde ein Geschenk zu Frogg's Books bringen?"

„Das weiß ich nicht", sagte Violet.

„Außerdem kenne ich das Paar auch nicht. Natürlich hat Charlie Freunde und Verwandte, denen ich noch nicht begegnet bin." Sie lächelte breit. „Macht es euch etwas aus, wenn ich rüberhusche und sie begrüße? Ich hasse den Gedanken, auf meiner Hochzeit Fremden zu begegnen." Sie errötete. „Außerdem möchte ich Charlie die Jacke zeigen. Ihr beiden kommt einfach mit und danach gehen wir gleich ins Restaurant."

Und so gingen wir drei in unseren aufeinander abgestimmten Brautjacken auf die andere Straßenseite. Wir betraten den Buchladen und stießen auf Charlie, der in der Umarmung der Frau feststeckte. Sie hatte sich regelrecht um ihn gewickelt und die Arme um seinen Hals geschlungen, während ihr männlicher Begleiter zuschaute und reichlich albern aussah, wie er mit dem Geschenk dastand.

Charlie blickte mit rotem Gesicht und peinlich berührtem Ausdruck über die Schulter der Frau. Sein Ausdruck wechselte zu Erleichterung, als er uns sah. „Gut. Alice." Er legte seine Hände auf die Schultern der Frau und schob sie von sich weg. Sie ließ eher unwillig los. „Sophie, ich möchte dir meine zukünftige Braut vorstellen. Alice Robinson, Sophie Wynter und ihr Bruder Boris Wynter. Boris und ich sind zusammen zur Schule gegangen."

Irgendwas an Sophie Wynter erinnerte mich an einen Eiszapfen. Teils mochte das an ihrem weißblonden Haar liegen, und teils daran, dass sie so dünn war, dass sie geradezu scharfkantig erschien. Sie hatte große, tiefblaue Augen und ein bleiches, schmales Gesicht. Ihr Bruder Boris war groß und stark. Er hatte ebenfalls blass-blondes Haar und große blaue Augen, aber während sie dünn wie ein Rauchfähnchen war, war er kräftig und stark wie eine Steinmauer.

Alice trat einen Schritt vor. „Ich freue mich, euch kennenzulernen", sagte sie mit ausgestreckter Hand. Zuerst schüttelte sie Sophies Hand, dann die von Boris. Er hielt ihre Hand fest. „Ich war begeistert, als ich hörte, dass Charlie heiraten würde. Dabei war er ein ganz schöner Aufreißer. Ich könnte dir so manches über unsere Zeiten hier in Oxford erzählen."

Charlie kicherte gekünstelt. „Aber ich bitte dich, das sein zu lassen."

Boris lachte wiehernd auf. „Nein, nein. Deine Geheimnisse sind bei mir sicher." Dann zwinkerte er Alice übertrieben zu. „Aber ich bin für Bestechungsversuche offen."

„Wirklich, Boris", sagte Sophie mit kalter, ärgerlicher

Stimme, „niemand hält dich für witzig." Ihr kalter Blick wanderte über uns drei. „Wart ihr drei Freiwillige im Krankenhaus oder so?"

Wir sahen einander verwundert an, und dann lachte Violet. „Oh, du meinst die aufeinander abgestimmten Jacken. Die sind für die Hen Party heute Abend."

Hastig erklärte Alice: „Das sind meine Brautjungfern Lucy und Violet."

Violet und ich kannten beide die Gästeliste für heute Abend auswendig. Darauf stand keine Sophie Wynter. „Wir wussten nicht, dass du bereits in Oxford sein würdest, Sophie. Bitte, du musst zur Hen Party kommen. Wir treffen uns in einer Stunde zum Abendessen." Ich nannte ihr den Namen der Tapas-Bar.

Ich dachte, sie würde ablehnen, aber Boris sagte: „Großartige Idee. Du gehst mit den Mädels aus, Soph. Ich leiste dem alten Sack hier an seinen letzten Tagen in Freiheit Gesellschaft."

Charlie schien vom Gedanken, den Abend mit Boris zu verbringen, nicht begeistert. „Eigentlich hatte ich gehofft, heute Abend noch einige fällige Arbeiten anzugehen. Ich möchte alles erledigt haben, bevor es in den Urlaub geht."

Aber Boris wollte nichts davon hören. „Unsinn. Das Geschäft kann warten. Ich mache ein paar Anrufe. Wir trommeln einige von der alten Gang zusammen." Er lachte herzlich. „Vielleicht stolpern wir über euch Mädels, wenn ihr die Stadt unsicher macht."

Sophie seufzte, als wäre den ganzen Abend auszugehen eine schreckliche Zumutung. „Nun, wenn ich auf einen Junggesellinnenabschied soll, muss ich mich umziehen. Wir müssen sofort ins Hotel, Boris."

Sie scheuchte uns drei zur Tür, als sei sie eine Bäuerin und wir wären drei pinkgewandete Hühner. Alice warf einen Blick zu Charlie zurück. Ich hatte das Gefühl, sie wollte bleiben und mit ihm reden, aber Sophie war sehr autoritär und sorgte dafür, dass wir im Handumdrehen alle zur Vordertür heraus waren und auf dem Gehweg der Harrington Street standen.

„Nun", sagte Violet, „wir sollten zum Restaurant aufbrechen und dafür sorgen, dass wir die ersten sind, die dort ankommen." Glücklicherweise war die Tapas-Bar von der Harrington Street aus leicht zu Fuß erreichbar. Alle, die nicht in Laufdistanz wohnten, übernachteten entweder bei Freunden oder, wie Boris und Sophie, in einem Hotel in der Stadt. Niemand würde heute Abend mit dem Auto fahren. Violet würde bei mir schlafen und Beatrice hatte Alice eingeladen, in ihrem Hotelzimmer zu übernachten. Ich hatte so eine Ahnung, dass sie sich darauf freuten, zu tratschen und einander auf den neuesten Stand zu bringen.

Boris und Sophie brachen auf, um sich umzuziehen und wir drei gingen weiter zum Restaurant.

Wir erreichten die Tapas-Bar eine Viertelstunde bevor wir die anderen Gäste erwarteten. Beatrice war bereits dort und richtete die Dekoration her. Alice lachte und klatschte in die Hände, als sie die großen, rosafarbenen Luftballons und das Banner mit der Aufschrift „Glückwunsch, Alice!" sah. Jede von uns dreien trug eine große Tragetasche, in der die Jacken in ihren Geschenkverpackungen steckten. Glücklicherweise hatten die Vampire sicherheitshalber zwei Extrajacken in Rosa gestrickt, falls Alice zusätzliche Mädels bei ihrem Junggesellinnenabschied dabeihaben würde. Ich war wirklich froh über Sylvias vorausschauendes Handeln, denn so hatte ich eine Jacke für Sophie Wynter.

Seit wir Alice dazu ermuntert hatten, Kleidung zu tragen, die ihr besser stand, schien sie sich in ihrer eigenen Haut wohler zu fühlen. Alice hatte dunkles Haar, das sie oft im Nacken zusammengenommen trug. Das sah streng und sehr formell aus oder hätte es zumindest, wären da nicht die frechen Locken gewesen, die sich stets herausstahlen und ihr herzförmiges Gesicht umrahmten. Die Augen hinter ihrer Brille waren klar und grau. Sie hatte eine gerade Nase, volle Lippen und wunderschöne Haut. Tatsächlich war sie eine Schönheit, und versuchte stets, ihr Aussehen herunterzuspielen, aber ihre Schüchternheit unterstrich es irgendwie nur noch mehr.

Polly und Scarlett waren die ersten Gäste, die ankamen. Wir alle waren enge Freundinnen geworden, als wir gemeinsam an einer Collegeproduktion von „Ein Sommernachtstraum" teilgenommen hatten. Sie schienen sich wirklich für Alice zu freuen, umarmten sie und fragten sie, ob sie nervös sei.

„Ich bin nicht nervös, weil ich Charlie heiraten werden. Das ist ein Traum, der wahr wird. Aber wenn ich mitten in der Nacht aufwache und mich sorge, dass ich meine Verlobung lediglich geträumt habe, dann werde ich nervös."

Scarlett lachte. „Hört sich für mich nach wahrer Liebe an. Und du musst dir wegen Charlie keine Gedanken machen. Er ist ganz verrückt nach dir."

Wir bestellten Krüge voller Sangria und Softdrinks und eröffneten den Abend, indem wir mit unseren Sangriagläsern anstießen.

Weitere Frauen trafen ein. Ich kannte nicht viele von

ihnen. Es waren Freundinnen von Alice und auch einige wenige von Charlie.

Sophie Wynter war eine der letzten, die kamen. Sie schaute sich die kichernde Frauenschar an und blieb mit erhobenen Augenbrauen auf der Schwelle stehen. Etwas an ihrem Auftritt sorgte dafür, dass die Raumtemperatur sank. Es erinnerte mich ein wenig an Margaret Twigg, wenn sie den Vorsitz über unseren Hexenzirkel einnahm. Sie war eine mächtige Hexe, aber sie war auch ein wenig gemein und allemal herablassend mir gegenüber. Sophie Wynter benahm sich, als wäre sie am falschen Ort und sollte sich in Gesellschaft viel interessanterer Menschen befinden.

Einen Augenblick lang starrten alle die Frau an, die am Eingang stand, dann stand Alice auf und ging zu ihr hin. „Sophie, ich freue mich, dich zu sehen. Komm herein und lerne die anderen kennen."

Liva, eine Dänin, die zu Studienzeiten mit Charlie ausgegangen war und die mit Ehemann und Baby im Schlepptau zur Hochzeit angereist war, stand auf und trat vor. „Oh, Sophie, es ist wirklich schön, dich wiederzusehen."

Liva hatte, abgesehen von einer gewissen Härte in der Aussprache, so gut wie keinen wahrnehmbaren Akzent. Sophie schien nicht besonders erfreut, sie wiederzusehen, aber sie begrüßten einander typisch europäisch mit Luftküsschen auf jede Wange. Einerseits wirkten sie wie gute Bekannte, andererseits herrschte eine seltsame Energie zwischen ihnen. Tatsächlich hatte gleich die erste Begegnung mit Sophie meine Hexensinne zum Kribbeln gebracht. Das war eine Art niedrigschwelliger Alarm. Ich hatte mir vorgenommen, sie im Auge zu behalten. Da mein Liebestrank geholfen hatte, Alice und Charlie zusammenzubringen, lag mir viel daran, dass die Beziehung ein Erfolg wurde. Ich würde keiner knallharten Eiskönigin erlauben, Alices Glück zu zerstören, und meine Intuition sagte mir, dass das genau das war, was Sophie Wynter im Sinn hatte.

Für den Augenblick schienen sie und Liva glücklich vertieft in ihre Unterhaltung. Liva kannte nicht allzu viele Leute hier und ich hatte den Eindruck, Sophie kannte außer ihr gar niemanden, also hatten sie zumindest einander. Indem ich ihnen einen Krug mit Sangria anbot, bekam ich mit, wie sie über ein Wochenende in Wembley sprachen, an dem Liva und Charlie Zeit mit Sophie und Boris verbracht hatten. Das schien ganz harmlos.

„Wie lange das her zu sein scheint", sagte Liva. „Ich weiß nicht, ob du dich erinnerst, aber mich streckte an dem Wochenende eine wirklich schreckliche Erkältung nieder, die mir Wembley ziemlich madig machte."

„Sie hätte dir Charlie madig machen sollen", sagte Sophie.

Liva blickte erstaunt. „Aber er war so lieb zu mir. Das sorgte nur dafür, dass ich ihn noch lieber mochte."

Plötzlich sah Sophie zornig aus. „Nun, das mit dir und Charlie hat nicht lang gehalten, oder?"

„Nein. Wir waren nicht füreinander bestimmt. Und nun habe ich den Richtigen gefunden und ich bin sehr froh, dass Charlie seine Traumfrau bekommen hat." Liva schaute voller Zuneigung zu Alice, die mit ihren Freunden lachte. Aber als Sophie ihrem Blick folgte, war ihr Ausdruck so kalt, dass ich beinahe erzitterte.

Nun, da alle da waren, verteilten Violet und ich die Geschenktüten. Alle am Tisch schauten erfreut, als sie ihre Strickjacken auspackten und zogen diese sofort an. Ich war wirklich froh, dass wir auch eine für Sophie hatten, damit sie sich willkommen fühlte, sodass sie hoffentlich versuchen würde, mitzumachen und ihre Haltung zu ändern. Als ich die Geschenktüte überreichte, war sie einen Augenblick überrascht. Sie öffnete sie und zog die Jacke heraus. „Oh. Das hatte ich nicht erwartet." Sie drehte sie in ihren Händen um, zog sie aber nicht an. Als würde ich durch ihre Augen blicken, sah ich, dass die Braut- und Bräutigam-Knöpfe aus billigem Plastik waren und die Worte Charlie und Alice sowie das Datum der Hochzeit auf unbeholfene Weise eingestrickt schienen.

Vielleicht war ich diejenige, die unfreundlich war, und sie fühlte sich bloß beschämt, da ihr bewusst war, dass man sie nicht erwartet hatte. Also versicherte ich ihr: „Das sollte passen. Das ist mehr oder weniger eine Einheitsgröße." Sie starrte weiterhin die Strickjacke an, als wüsste sie nicht recht, was sie damit anfangen sollte. „Alice ist so froh, dass du hier bist. Wir haben hier nicht allzu viele von Charlies Freunden dabei."

Blitzartig durchfuhr so etwas wie Zorn ihre blauen Augen. „Freunde?" Bedeutungsschwanger hing das Wort in der Luft. „Eine *Freundin* von Charlie?" Sie starrte mich an, als wären wir in einer dieser furchtbaren Game Shows und ich hätte die falsche Antwort gegeben. Ich war kurz davor, von der Insel gewählt, von der Bühne verlacht, aus dem Fenster geworfen zu werden. Dann lachte sie kalt. „Oh ja, Charlie und ich sind gute Freunde."

Liva blickte erst zu mir und dann zu Sophie. „Du musst die Strickjacke anprobieren. Sie ist so hübsch. Und überdies in Alices Hochzeitsfarben, wie ich gehört habe."

Sophie rümpfte die Nase. „Blassrosa. Perfekt. Wenn man ein Baby ist."

Glücklicherweise plauderte Alice fröhlich mit einigen ihrer alten Schulfreundinnen und hatte Sophies abschätzigen Kommentar nicht gehört. Ich wusste nicht, was ich tun sollte, also warf ich Liva einen hilflosen Blick zu, die mir daraufhin ein leises Kopfnicken schenkte. Ich verstand das als ‚mach dir keine Sorgen, ich werde mich um sie kümmern'. Ich hoffte, das hatte sie auch so gemeint, denn ich hatte vor, ihr genau das zu überlassen.

Ich hatte ein schlechtes Gefühl, was Sophie Wynter betraf. Ein sehr schlechtes Gefühl.

KAPITEL 3

Man begann, unser Essen auf großen Tabletts zu servieren. Es gab riesige Platten mit Paella, Fleisch, Fisch und vegetarischen Gerichten. Es gab Platten voller Tapas, Oliven, Käse und Charcuterie in verschiedenen Varianten sowie dickes, knuspriges Brot.

Dazu Salate und mundgerecht geschnittenes Gemüse. Für so ziemlich jede Diätvariante, die uns eingefallen war, war hier gesorgt.

Ich ließ mich neben Violet nieder und behielt Sophie weiterhin im Blick. Im Lärm, den fünfzehn Frauen veranstalteten, die miteinander Spaß hatten und lachten, klärte ich Vi rasch über Sophies seltsames Verhalten auf. „Empfängst du was von ihr?" Weil diese Hexendinge für mich alle noch recht neu waren, war ich mir meiner selbst nie ganz sicher. Violet wusste schon ihr ganzes Leben, dass sie eine Hexe war, deshalb war sie viel routinierter in ihrer Kunst.

Meine Cousine schaute verwundert. „Warum wollte sie zu seiner Hochzeit, wenn er für sie kein Freund ist?"

Ich seufzte. „Du kennst doch Charlie. Er sieht umwerfend

aus, aber ich habe den Verdacht, die meiste Zeit ahnt er nicht mal, welche Frauen gerade in ihn verliebt sind. Denk bloß an Alice. Vielleicht ist so etwas früher schon mal passiert."

Violet nahm sich einen weiteren Schlag Paella. „Nie im Leben werde ich in mein Brautjungfernkleid passen, wenn ich nicht aufhöre, das zu essen. Das ist so gut." Sie balancierte vorsichtig eine Garnele auf ihren Berg aus Reis und Gemüse. „Also denkst du, Sophie sei mal in Charlie verschossen gewesen?"

„Vielleicht. Sie hat auf jeden Fall eigenartig reagiert."

Sie blickte zum anderen Ende des Tisches, wo Sophie saß, nichts aß und außerdem die Einzige war, die nicht ihre Strickjacke trug. „Er und ihr Bruder Boris sind alte Freunde. Vielleicht ist sie mitgekommen, um ihrem Bruder Gesellschaft zu leisten? Vielleicht geht es gar nicht darum, dass sie Charlie zu sehr mochte, sondern vielmehr darum, dass sie ihn gar nicht leiden kann."

„Vielleicht." Was immer es war, ich würde Sophie Wynter im Auge behalten.

Nachdem wir uns satt gegessen hatten und vermutlich mehr Sangria getrunken hatten, als für eine Gruppe Frauen gut war, die kurz davor standen auszugehen, um noch mehr zu trinken, verschwanden wir nacheinander in kleinen Zweier- und Dreiergrüppchen auf der Toilette, um uns frisch zu machen. Dann war es Zeit aufzubrechen.

Wir hatten Beatrice überredet, Alice die Tiara zu übergeben. Als die zukünftige Braut Bedenken äußerte, stemmte Beatrice eine Hand in die Hüfte und schob mit der anderen der Braut die geschmackvolle Tiara zu. „Wenn ich das Ding ausgewählt hätte, müsstest du eine riesige Plastiktiara mit Batterie tragen, die die Juwelen aufleuchten lässt. Und du dürftest eine Plastikkette mitsamt Kugel herumschleppen und eine dieser riesigen Schärpen tragen, auf denen ‚Braut' steht. Ich hatte eine gefunden, die leuchten kann." Sie schaute sich mit einem ziemlich bösen Blick um. „Das ganze Zeug ist in meinem Hotelzimmer. Kostet mich keine Minute, es herzuholen."

Alice prustete lachend los und nahm sich die kleine, geschmackvolle Tiara. „Nein. Alles, nur das nicht. Ich verspreche, ich werde diese hübsche Tiara tragen."

So leicht ließ Beatrice sie nicht vom Haken. „Und du versprichst, dass du sie nicht abnehmen wirst?"

„Solange man mich nicht mit Gewalt dazu zwingt."

„Nun denn." Beatrice schien ein wenig angeheitert, wie sie eine Hand in die Höhe hob und eine Bewegung voll-führte, als sei sie ein Cowgirl, das mit dem Lasso sein Pferd einfangen will. Oder einen Cowboy. „Also los Ladys, brechen wir auf."

Es war ein angenehmer, warmer Abend, also hatten die meisten von uns außer den Strickjacken lediglich eine Hand-tasche dabei. Unsere erste Zwischenstation – The Turf Tavern – lag nicht weit entfernt von der Tapas Bar. Beatrice und Violet liefen mit Alice voran und gaben den Weg vor, und ich hatte mich entschieden, am anderen Ende wie ein Border Collie dafür zu sorgen, dass unsere kleine Herde zusammenblieb. Ich war wild entschlossen, dass wir es wenigstens hinkriegen sollten, den ersten Pub gemeinsam zu erreichen. Danach mochte jemand anders dafür sorgen, dass zögerliche Junggesellinnen bei der Herde blieben.

Wir liefen unter Oxfords Seufzerbrücke durch und folgten dann der engen Gasse, die zu einem meiner Lieb-lingspubs führte. Das Turf war alt und bestand aus einer

Reihe miteinander verbundener Räume. Es war unter Touristen wie Einheimischen gleichermaßen beliebt. Als wir eintraten, war eine andere Gruppe Frauen gerade auf dem Weg nach draußen. Es handelte sich eindeutig um eine konkurrierende Hen Party. Die Braut trug eine Plastiktiara mit batteriebetriebenen Lämpchen. Eine pinkfarbene Plastikschärpe leuchtete um den Leib der Braut. Sie trug ein hautenges Kleid und die höchsten High Heels, die ich je gesehen hatte. Sie waren so hoch, dass ich nicht begriff, wie sie es schaffte, nicht einfach vornüber aufs Gesicht zu fallen. Sie warf einen Blick auf Alice und quietschte: „Meine Brautschwester!" Und dann schlang sie ihre Arme um Alice, wobei ihre Absätze sie vornüber taumeln ließen, sodass die beiden ins Schwanken gerieten, sie nach vorn fallend, Alice nach hinten. Der Rest ihrer Freundinnen lachte und hieß uns willkommen.

„Wir haben den Laden schon mal für euch vorgewärmt", sagte eine von ihnen. „Eure Jacken sind toll."

Dann sammelten sie ihre Braut auf und verschwanden die Straße hinunter. Eine von ihnen drehte sich um und rief: „Vermutlich sehen wir uns später wieder."

Früher dachte ich, Oxford sei eine sehr ernsthafte Stadt des Geistes, aber das war, bevor ich hierher zog. Dann entdeckte ich, dass es eines der beliebtesten Ziele für Junggesellinnenabschiede war. Oxford war so schön, wer würde hier nicht ein Wochenende verbringen wollen? Außerdem hatte es einen netten Stadtkern mit zahlreichen Pubs, die alle fußläufig zu erreichen waren. Scharen von Bräuten kamen von überall für Mädelswochenenden hierher.

Natürlich waren auch Scharen junger Männer wild darauf, ihre Junggesellenabschiede in Oxford zu feiern.

Kurz fragte ich mich, wie Charlie wohl den heutigen Abend verbringen würde. Er hatte darauf bestanden, dass er nur ein ruhiges Abendessen mit seinen engsten, männlichen Freunden haben wollte, aber ich konnte mir nicht vorstellen, dass der ruhige Abend am Ende nicht zu einem wüsten Gelage werden würde, erst recht nicht, seitdem ich Boris begegnet war.

Wir hatten bereits vorgesorgt, dass es in dieser Bar für uns einen Deckel auf Rechnung gab, aber Alice marschierte schnurstracks zum Barkeeper und sagte: „Ich gebe einen aus. Das sind alles meine Freundinnen. Ich lade sie alle auf einen Drink ein, um meine Hochzeit zu feiern."

Alice hatte bei mir vielleicht zwei Schluck Champagner getrunken und ein Glas Sangria, aber sie sah schon ziemlich mitgenommen aus. Alice war keine große Trinkerin, fürchtete ich. Aber der Barkeeper war feiernde Bräute gewohnt, sodass er lediglich sagte: „Mit Vergnügen." Und dann deutete er auf die beiden Tische, die Violet und ich bereits reserviert hatten. Ich glaubte zwar nicht, dass wir hier sehr lange sitzen bleiben würden, aber es war schön, einen Platz zu haben, um sich zu setzen, die Taschen abzustellen und ein Weilchen zu plaudern. Violet und ich hatten uns vorgenommen, alle Frauen zu ermuntern, in jedem Pub die Plätze miteinander zu tauschen, damit sich alle gegenseitig kennenlernten.

Wir warteten, bis alle saßen, und als sie dann ihren ersten Drink bekommen hatten, ließen wir alle aufstehen und ihren Platz so wählen, dass sie in der Reihenfolge saßen, in der sie Alice kennengelernt hatten. Das brach das Eis, denn nun mussten wir alle gemeinsam herausfinden, wann Alice wem das erste Mal begegnet war. Das sorgte für viel Gelächter und einige Platzwechsel. Am Ende landete Alice zwischen ihrer

31

Cousine Ginny, die sie unbestreitbar am längsten kannte, und Sophie, die die Braut erst eine Stunde vor dem Mädelsabend kennengelernt hatte und sie damit am kürzesten kannte.

Beatrice stand auf. Sie sagte: „Da es früh am Abend ist und wir alle unser Mundwerk noch unter Kontrolle haben, will ich, dass wir reihum erzählen, wie wir Alice kennengelernt haben und dabei eine besondere Sache über sie sagen."

„Oh, das ist eine großartige Idee", sagte Ginny. „Weil ich ihre Cousine bin und Alice am längsten kenne, scheint es mir nur fair, wenn ich anfange."

Alice blickte bereits peinlich berührt. Ginny war zehn oder fünfzehn Jahre älter als ihre Cousine und machte einen sehr bevormundenden Eindruck. „Bitte, erzähl keine peinlichen Geschichte von mir als Baby."

Sie schüttelt ihren Kopf. „Alice, zu den wunderbarsten Dingen, die man über dich sagen kann, gehört, dass es keine peinlichen Geschichten gibt." Sie wendete sich an uns andere. „Alice war bereits als kleines Mädchen stets sehr brav. Sie liebte Tiere, Handarbeiten und natürlich Lesen. In der Schule war sie sehr gut. Sie hat meiner Mutter beim Stricken zugeschaut. Und sie sagte, dass sie selbst auch stricken wolle. Das Erste, was ihr Mum zeigte, war, wie man einen Schal strickt, und Alice arbeitete so gewissenhaft daran, wobei sie beim kleinsten Fehler alles immer wieder aufribbelte und neu machte."

Das klang sehr nach Alice. Eine Perfektionistin in jeder Lebenslage.

Während wir in der Tischrunde der Reihe nach erzählten, erfuhren wir, dass Alice eine leidenschaftliche Feldhockeyspielerin gewesen war und dass sie eine gewisse

Boygroup geliebt hatte, weshalb wir uns alle heftig über sie lustig machten, obwohl selbst ich, wie wahrscheinlich die meisten anderen Frauen, insgeheim zugeben musste, dass ich einen ähnlichen Schwarm gehabt hatte, und als Teenager vielleicht sogar ein Poster besagter Boygroup über meinem Bett hängen hatte. Als ich an der Reihe war, erzählte ich davon, dass Alice in meinem Wollladen Strickkurse für mich gab, und dass ihre Geduld ihren Schülern gegenüber genauso groß war wie die Genauigkeit, mit der sie ihre eigenen Arbeiten ausführte. Okay, das sorgte nicht gerade für stürmisches Gelächter, aber es war wahr, und Alice blickte bei meinen Worten ehrlich gerührt.

Schließlich kamen wir bei Sophie Wynter an. Sie trank etwas, das wie ein Martini aussah, eben einer dieser klaren, tödlichen Drinks, die aus nichts als Alkohol bestehen. „Ich kenne Alice erst so kurz, da ich ihr heute Abend das erste Mal begegnete, also kann ich keine Geschichte über sie erzählen. Aber ich kann euch eine darüber erzählen, wie es war, als ich mit Charlie verlobt –"

Ein gequältes Japsen unterbrach sie. Unnötig zu erwähnen, dass das gequälte Japsen von Alice kam. „Verlobt?" Vor Schock verzog sie die Miene.

Sophie hob ihre schmalen Augenbrauen. „Oh, meine Liebe, ich nehme an, Charlie hat nicht all seine Geheimnisse mit dir geteilt." Dann grinste sie derart überheblich, dass mich das Verlangen packte, sie zu ohrfeigen. „Wie dem auch sei, wir gingen zu einer Wohltätigkeitsveranstaltung und dort konnte man sich Tarotkarten legen lassen. Es hat Spaß gemacht, doch meine Prophezeiung habe ich nie vergessen. Die Frau sagte, ‚Sie und Ihr Verlobter haben einen gewundenen Pfad vor sich. Aber am Ende werden Sie zusammenfinden. Es wird nicht Ihre erste Ehe sein, aber Ihre glücklichste.‘“

In die schockierte Stille hinein hob sie ihr Glas zu einem gespielten Toast, bevor sie trank.

Ginny sagte: „Jeder weiß, dass Wahrsager bloß Scharlatane sind. Mir hat mal einer vorhergesagt, dass ich einen Filmstar heiraten würde. Daraus ist ganz offensichtlich nichts geworden, nicht wahr?“

Da wir uns umgesetzt hatten, saß ich nun leider nicht mehr in der Nähe von Violet. Ich versuchte, ihr einen Blick zuzuwerfen, aber das funktionierte nicht. Violet hatte eine kurze Zeit als Wahrsagerin gearbeitet und sie war kein Scharlatan. Unglücklicherweise war sie auch nicht besonders taktvoll und hatte den Hang, den Leuten die Wahrheit über ihre Zukunft zu sagen, selbst, wenn diese negativ war. Damit hatte sie sich auf dem Dorffest in Moreton-under-Wychwood sehr unbeliebt gemacht. Ich sah, wie sie jetzt Sophie Wynter angespannt betrachtete. Ich wusste nicht genau, wie ihre Fähigkeit, in die Zukunft zu schauen, funktionierte, ob sie dafür die Person berühren musste oder es reichte, wenn sie sich auf sie konzentrierte, aber sie starrte Sophie derart fokussiert an, dass die Frau zu ihr hinüberschaute. „Klebt mir etwas auf der Nase oder so?“

Mit lauter Stimme sagte Beatrice: „Nun denn, wer ist als nächste dran?“ Das zeigte nur, wie mitgenommen sie war, denn wir hatten ja inzwischen bereits alle unsere Erinnerungen miteinander geteilt.

Es gab eine kleine Pause, und dann sagte Ginny, die manchmal ein wenig nerven konnte, aber sehr freundlich war: „Oh, mir ist gerade eine andere Geschichte über Alice eingefallen, von der ich denke, dass sie euch gefallen wird.“

Und damit war der Bann gebrochen und all die anderen Frauen hatten nur nette Dinge über Alice zu sagen und erzählten liebevolle, humorvolle und manchmal auch tränenreiche Geschichten über ihre Freundin.

Alice lächelte weiter, aber ich konnte dennoch sehen, dass sie das, was Sophie gesagt hatte, schockiert hatte. Als es Zeit war, zum nächsten Pub zu gehen, sorgte ich dafür, dass ich neben der Braut lief. Mit leiser Stimme sagte ich: „Ich glaube, du solltest mit Charlie reden. Wenn du mich fragst, ist diese Frau bloß eine Querulantin. Zweifelsohne hat er sie zurückgewiesen und sie ist nur verbittert und gemein."

Ihr Gesichtsausdruck war sorgenvoll. „Meinst du? Wir haben nie wirklich über unsere früheren Beziehungen geredet. Okay, ich hatte kaum welche, und Charlie hat immer gesagt, dass es keine Rolle spielt. Er liebt mich und er wird mich immer lieben." Sie drehte sich um und sah mich direkt an. „Aber hätte er es mir nicht gesagt, wenn er mit einer anderen Frau verlobt und drauf und dran gewesen wäre, sie zu heiraten? Besonders, wo er sie zur Hochzeit eingeladen hat."

„Bitte, versuch einfach, heute Abend Spaß zu haben. Verbanne all das aus deinem Kopf. Und morgen kannst du mit Charlie in Ruhe über alles sprechen."

„Ja, natürlich, du hast recht." Sie schüttelte ihren Kopf. „Ich mache mich nur verrückt."

Als wir beim zweiten Pub ankamen, konnte ich Violets Emotionen spüren. Sie vibrierten und hätte ich malen können, wären sie rote und schwarze Blitze gewesen, die pulsierten. Ich hielt sie zurück, sodass alle anderen vor uns hineingehen konnten. Mit leiser, wutverzerrter Stimme sagte sie zu mir: „Ich werde sie in einen Frosch verwandeln. Nein.

Ein Frosch ist zu gut für sie. Frösche sind hübsche Kreaturen. Eine Kakerlake, ich werde sie in eine Kakerlake verwandeln."

Ich musste nicht fragen, wen sie da bedrohte. Auch ich war wütend auf Sophie, aber ich glaubte nicht, dass Hexerei die Lösung sei. „Du kannst keinen von Alices und Charlies Hochzeitsgästen in ein Insekt verwandeln. Die Leute werden anfangen zu reden."

Die rote und schwarze Aura verlor an ihren Rändern ein paar Stacheln. „Ich weiß." Sie warf ihr langes, dunkles Haar über ihre Schulter. Sie liebte es, eine der Strähnen, die ihr Gesicht umrahmten, zu färben, und zu Ehren von Alices Hochzeit war der Streifen pink. Vielleicht ein etwas grelleres Pink, als Alice es ausgewählt hätte. „In Ordnung. Aber wenn ein großes Glas Rotwein sich versehentlich über ihr Kleid ergießt, wundere dich nicht."

Ich dachte, damit könnte ich leben, also einigten wir uns darauf, dass ich kein Wörtchen sagen würde, wenn Sophie Wynter einen unglücklichen Weinunfall erleiden würde. Hauptsächlich, weil sie das vom Mädelsabend vertreiben würde, und dann würde Alice diesen vielleicht wieder genießen können.

„Du hast Sophie sehr intensiv angestarrt, als sie über diese Wahrsagerin sprach. Hast du etwas gesehen?"

Vi wedelte mit ihrer Hand hin und her. „Ich sah sie bei einer Hochzeit. Sie war mit Sicherheit die Braut. Aber der Bräutigam blieb verschwommen. Es könnte Charlie gewesen sein, aber es hätte jeder andere weiße Mann mit braunem Haar in seinem Alter sein können."

„Ich denke, es ist unsere Aufgabe dafür zu sorgen, dass diese grauenhafte Person Charlie niemals in ihre Krallen kriegt. Um seinetwillen wie auch für Alice."

„Einverstanden." Sie warf mir einen Blick durch den Vorhang ihrer Wimpern zu. „Bist du sicher, dass du es dir wegen der Kakerlake nicht noch einmal anders überlegst?"

Um zum Eagle and Child Pub zu kommen, hatten wir ein ganzes Stück laufen müssen, aber da Alice Bücher liebte und hier unter anderem Tolkien und C.S. Lewis ihr Unwesen getrieben hatten, hatten wir ihn einschließen müssen. Allerdings war in dem Hinterzimmer, in dem auch wir landeten, eine Rugbymannschaft und so begann sich unsere Hühnerschar zu zerstreuen.

Einer der Rugbyspieler versuchte, ein Gespräch mit Sophie anzufangen, aber was immer sie ihm geantwortet hatte, ließ ihn mit eingezogenem Schwanz abdampfen. Ich entschied, mich neben sie zu setzen und zu schauen, was ich über ihre angebliche Verlobung herauszufinden könnte. Alice hatte die Sache schwer getroffen, und als eine ihrer Brautjungfern sah ich es als meine Pflicht an, dafür zu sorgen, dass bei dieser Hochzeit alles glatt lief. Außerdem war ich neugierig. War Charlie wirklich mal mit diesem Eiszapfen verlobt gewesen?

In meinem freundlichsten Ton sagte ich: „Ich hatte noch gar keine richtige Gelegenheit, dich kennenzulernen." Ich setzte mich neben sie, und es schien ihr gleich, ob ich nun da saß oder nicht. „Habe ich richtig verstanden, dass du mit Charlie zur Schule gegangen bist?"

Sie sah mich kalt an. „Mein Bruder ging mit Charlie zur Schule. Ich bin ein paar Jahre jünger als Boris und lernte Charlie durch ihn kennen."

Nun, wenn sie kalt und direkt war, war ich das auch. „Und du warst mit ihm verlobt?"

Plötzlich wurde ihr kaltes Gesicht warm und belebt. Die

Verwandlung war ziemlich überraschend. Sie sah jünger aus und viel netter. „Ja, das war ich. Und das werde ich wieder sein. Täusch dich nicht. Charlie liebt mich. Ich bin mir sicher, diese ganze Verlobung ist bloß ein Bluff, um mich zurückzugewinnen." Sie schaute zu Alice, die still ihrer Cousine Ginny zuhörte. Sie tranken Tee. Alices Brille verrutschte ein wenig und sie schob sie mit einem Finger zurück auf ihre Nase. „Schau sie dir an. Sie ist wie ein Victoria Sponge Cake. So süß und zart und in der Mitte nichts als Marmelade."

Ich war an Alices statt wütend. In der zukünftigen Braut steckte so viel mehr, als man auf den ersten Blick sah. Zumal, wer würde einen Victoria Sponge Cake nicht einem harten, kalten Eiszapfen vorziehen?

Mit heller Stimme sagte ich: „Nun, ich glaube nicht, dass Charlie blufft. Ich glaube, dass Charlie und Alice am Samstag in der Kirche in Moreton-under-Wychwood heiraten werden." Den Rest ließ ich unausgesprochen. *Und es gibt nichts, was du dagegen tun kannst.*

Sie schaute weiterhin Alice an, aber ihr Gesicht wurde hart. „Da wäre ich mir nicht so sicher."

KAPITEL 4

Als ich am nächsten Morgen erwachte, dachte ich als erstes an Wasser. Alles in mir verlangte nach einem sehr großen Glas Wasser. Vorzugsweise eiskalt. Dieser Gedanke brachte mich dazu, das Bett zu verlassen. Ich hatte nicht wirklich einen Kater, aber als ich das große, kühle Glas Wasser hinunterstürzte, fragte ich mich, ob der letzte Drink im letzten Pub am gestrigen Abend ein Fehler gewesen war.

Aber immerhin hatte ich meinen ersten Junggesellinnen-abschied überlebt. Sogar genossen. Zumindest größtenteils.

Ich setzte Kaffee auf und während er durchlief, kam Nyx auf der Suche nach ihrem Frühstück vorbei. Ihr schwarzes Fell war glatt und glänzend und sie sah so aus, als sei sie sehr zufrieden mit sich selbst, da sie gestern eine großartige Nacht draußen verbracht hatte, und nun allemal in Stimmung für eine frische Dose Thunfisch war. Sie miaute herzzerreißend, ganz so, als wäre sie nur noch eine Dose Thunfisch vom Hungertod entfernt. Ich holte den Dosenöffner. Als der Geruch des Thunfischs meine Nase attackierte, stöhnte ich. Vielleicht waren die letzten beiden Drinks Fehler gewesen.

„Thunfisch? So früh am Morgen? Im Ernst, Nyx?"

Meine Katze hatte kein Mitleid mit mir und meinem heiklen Zustand und miaute erneut. „Schmusekatze, musst du so einen Aufstand veranstalten?", hörte ich Violets klagende Stimme hinter mir.

Ich drehte mich um und unterdrückte ein Grinsen. Meine Cousine Violet hatte es eindeutig schlimmer erwischt. Ihr langes, schwarzes Haar war verknotet, als hätte sie die Nacht damit verbracht, durch dichte Brombeerfelder zu rennen. Make-up war rund um ihre Augen verschmiert, wo sie ihr Gesicht vor dem Zubettgehen nicht ordentlich gewaschen hatte. Ihre Augen waren verquollen und ihre Haut fahl.

„Du siehst schrecklich aus", sagte ich.

„Fühlt sich noch schlimmer an."

Ich stellte Nyx ihren Thunfisch hin und die Katze machte sich darüber her. „Ich habe Kaffee aufgesetzt."

Violet ging schnurstracks zu dem Schrank, in dem meine Großmutter all ihre Kräuter aufbewahrt hatte, und dessen Bestand ich aufgefrischt hatte. Sie schüttelte den Kopf über mich. „Hast du noch nie was von der *Hexenmedizin* gehört?"

Ich war nicht ganz einverstanden damit, wie sie meine kostbaren Kräuter durchwühlte. „Willst du einen Zaubertrank gegen den Kater anrühren?" Mein Ton ließ durchblicken, dass mir das nicht als optimale Anwendung unserer Künste erschien.

„Ich werde uns einen speziellen Tee brauen, der die Energie verbessert", sagte sie tugendhaft. „Dass er auch gegen den Katzenjammer wirkt, ist lediglich eine positive Nebenwirkung."

Sie nahm Zitronenmelisse, getrockneten Ingwer, drei verschiedene Sorten Minze und ein paar Kräuter, die ich nicht erkannte, heraus. Ich setzte den Wasserkessel auf, während sie eine Keramikschüssel mit verschiedenen Kräutern befüllte. Es war eine ganz schön große Menge für eine einzige Kanne Tee. Als sie zufrieden war, vermischte sie alles miteinander. Dann hielt sie ihre Hand über die Kräuter und bewegte sie in einem kreisförmigen Muster über ihnen, während sie sprach: „Kräuter zum Heilen voll wahrer Kraft, macht uns gesund mit ird'schem Saft. Entfernt das Gift, reinigt mit diesem Tee. Das ist's, was ich will, das soll gescheh'n."

Dann wühlte sie im Schrank herum, bis sie eine leere Dose fand, in der früher mal Kamillenteebeutel gewesen waren. Vorsichtig füllte sie die Mixtur ein. „Vergiss nicht, das mit einem Etikett zu versehen. Das wirkt gegen Kopfschmerzen, Verdauungsstörungen –"

„Und Katzenjammer."

Sie starrte mich an. „Willst du etwas davon oder nicht?"

„Ich denke, wegen der Energie könnte ich etwas davon trinken", sagte ich leichthin.

Der Tee schmeckte wirklich gut. Ich erkannte den Ingwer und die Minze, da beider Geschmack ausgeprägt war. Ich schloss meine Augen und ließ das Gebräu über meine Zunge hin und her fließen, als wäre ich ein Sommelier, der den feinsten Wein kostete. „Ist etwas Ginkgo darin?"

Violet schenkte mir einen verschlagen Seitenblick. „Geheimes Familienrezept."

Ich würde in meinem Grimoire nachschlagen. Jede Wette, dass dieses Rezept oder ein sehr ähnliches im Zauberbuch unserer Familie zu finden war. Violet war bloß genervt, weil schließlich ich das Buch mit den gesammelten Zaubersprüchen bekommen hatte und nicht sie.

Wir tranken unseren Tee und dann leerte ich als Zugabe noch eine Tasse Kaffee. Nyx putzte ihre komplette Schüssel Thunfisch weg und trank ein wenig Wasser, bevor sie ins Wohnzimmer spazierte und aufs Sofa sprang. Sie fand einen Sonnenstrahl und rollte sich in ihm zusammen, bereit für ihr Nachfrühstücksschläfchen.

Ich öffnete den Kühlschrank in der wilden Hoffnung, über Nacht hätte sich ein magisches Wesen in die Küche geschlichen und ihn mit appetitlichen Delikatessen befüllt, aber nichts da. Das war der Kühlschrank einer allein lebenden Frau, die selten kochte. Ich blickte zu Violet. „Ich habe ein paar Eier. Käse. Ein halbes Brot. Ich könnte Rührei und Toast machen. Ich glaube, es müssen noch irgendwelche Getreideflocken im Schrank sein."

„Warum gehen wir nicht rüber in den Elderflower Tea Shop?"

Mir schien, der Tee wirkte wirklich. Er hatte auf jeden Fall Violets Gehirn auf Touren gebracht, wenn sie auf diese hervorragende Idee kam. Wir duschten, zogen uns an und gingen hinaus. Ich trug Jeans mit einem seidigen, mohnroten Pullover, den Theodore für mich gestrickt hatte. Ich versuchte, immer abwechselnd die Geschenke meiner strickenden Vampire zu tragen, damit sich keiner von ihnen missachtet fühlte. Bei Mabel fiel das manchmal etwas schwer, denn sie hatte die Tendenz Dinge zu stricken, die toll an mir ausgesehen hätten, wenn ich eine Hausfrau in den 1950ern gewesen wäre.

Theodore dagegen strickte nach meinen aktuellen Mustern und fragte mich für gewöhnlich vorab, ob mir etwas gefallen würde, bevor er loslegte und es fertigstellte. Wir hatten die Wolle gemeinsam ausgesucht und heute trug ich den Pullover zum ersten Mal.

Violet trug einen enganliegenden, schwarzen Rock und einen lässigen, lilafarbenen Pullover. Im Gegensatz zu mir konnte sie exzellent stricken.

Das Elderflower war gleich nebenan, also mussten wir nicht weit gehen, doch bevor wir dort ankamen, sah ich etwas Seltsames. Ein kleines Stück entfernt auf der Straßenseite gegenüber dem Cardinal Woolsey's war Frogg's Books. Vor dessen Schaufenster standen Alice und Beatrice und kicherten. Ich hätte sie gerufen, aber laute Geräusche waren gerade so gar nichts für Violet und mich. Stattdessen hakte ich mich bei Violet unter und wir gingen über die Straße zu den beiden kichernden Frauen hinüber. Kurz hatte ich den Verdacht, dass sie vielleicht noch angeheitert sein könnten, aber zumindest Alice hatte am Ende der gestrigen Party einen hellwachen Eindruck gemacht.

Tatsächlich hatte Sophie Wynters Ankündigungen, dass sie Alices Verlobten heiraten würde, wie die Kombination aus einer eiskalten Dusche und ein paar Tassen schwarzem Kaffee gewirkt und dafür gesorgt, dass Alice schlagartig nüchtern wurde. Danach war Alice strikt bei Tee geblieben und ich hatte mich gefragt, ob sie einen kühlen Kopf behalten wollte, um nichts zu sagen oder zu tun, was sie später vielleicht bereuen würde.

Sophies unangemessenes Benehmen hatte den Abend nicht ruiniert, aber es hatte der Feier einen gewissen Dämpfer verpasst. Allerdings hatte der Abend eine Wendung zum Besseren genommen, als ein Glas Rotwein in ihren Schoß fiel. Sie hatte aufgeschrien und war von ihrem Stuhl aufgesprungen. Sie hatte sich bei dem Versuch, jemanden zu erspähen, dem sie die Schuld geben konnte, regelrecht verrenkt, aber in dem Moment hatte niemand auch nur in ihrer Nähe gestanden.

Ich hatte mich umgesehen und Violet entdeckt, die wenige Meter abseits stand und sehr zufrieden mit sich selbst war. Nachdem Sophie gegangen war, hatte die Party viel mehr Spaß gemacht.

Ich wollte die beiden gerade fragen, was so lustig war, als ich ins Fenster spähte. Danach hatte sich die Frage erübrigt. Auf einem der bequemen Sessel, die für die Kunden des Buchladens bestimmt waren, schlief Charlie tief und fest. Er trug immer noch die schwarze Hose und das weiße Hemd, die er gestern Abend zum Dinner angezogen hatte.

Er sah aus, als hätte er eine unbequeme Nacht verbracht und wäre am Ende mit dem Kopf auf einer der gepolsterten Armlehnen gelandet, die Füße gegen einen Bücherschrank gestemmt, vermutlich, um so zu verhindern, dass er aus dem Sessel auf den Boden rutschte. Einer seiner Arme lag über der Rückenlehne des Stuhls, an der er sich festhielt.

„Das ruhige, elegante Abendessen war wohl früh zu Ende", sagte Violet.

Ob er uns vier gehört hatte, wie wir über ihn lachten, sich von uns beobachtet gefühlt hatte oder einfach bloß aufgewacht war, er blinzelte jedenfalls ein paar Mal mit den Augen, dann setzte er sich auf und rieb sich mit den Händen übers Gesicht.

Mit einer Hand winkte er uns, dann stand er sehr langsam auf. Ich hatte den Verdacht, dass Charlie dringend etwas von Violets magischem Tee brauchte.

Er rappelte sich unbeholfen auf und kam langsam zur Tür, um uns hereinzulassen.

„Warum schläfst du im Laden?", wollte Beatrice von ihm wissen.

Er schaute sich um, als könnte er selbst nicht glauben, wo er sich befand. „Ich habe keine Ahnung."

Alice sagte: „Ich werde dir einen Tee machen."

Sein Gesicht verzog sich schmerzverzerrt. „Bin nicht sicher, dass ich das vertrage."

Ich warf Violet einen Blick zu, die verstand und nickte. „Ich habe einen speziellen Tee gegen Katzenjammer. Ich laufe eben zurück zu Lucy und hole ihn aus ihrer Wohnung."

Ich steckte ihr meinen Schlüssel zu und sie ging hinaus. Beatrice, die nicht so verständnisvoll wie Alice war, sagte: „Ich dachte, es sollte gestern Abend für dich bloß ein ruhiges Dinner werden?"

Er stöhnte. „Das hatte ich auch gedacht. Es ging ja auch ganz ruhig los. Aber ich fürchte, am Ende wurde es ziemlich wild."

Er schaute sich um und blinzelte ein paar Mal. „Ich muss mich umziehen. Duschen. Kommt doch mit hoch."

Ich wollte sagen, dass wir später wiederkommen würden, und Alice schüttelte bereits ihren Kopf, aber Beatrice war schon halb oben. Alice schaute mich an und zuckte mit den Achseln, also folgten wir Charlie hinauf.

Als er die Tür zu seiner Wohnung über dem Buchladen öffnete, wurde klar, warum er unten geschlafen hatte. Seine Wohnung schien voller Körper zu sein. Vermutlich toter Körper.

Ein Kerl lag hingestreckt auf der Couch und ein anderer auf dem Boden in eine Decke gehüllt, wobei sein Kopf auf einem der Polster der Couch lag. Aus dem Schlafzimmer ertönte das mächtigste Schnarchen, das ich je gehört hatte.

Charlie hielt einen Augenblick inne und lauschte. Dann nickte er, als wäre er froh, ein Rätsel gelöst zu haben. „Deshalb bin ich also runter gegangen. Wegen dem Lärm."

Er schaute uns unbestimmt an. „Macht es euch bequem. Werft Alistair auf den Boden, damit ihr euch setzen könnt."

Er ging ins Bad und ich hörte, wie die Dusche aufgedreht wurde und dann einen durchdringenden Schrei. Die Dusche wurde abgestellt. Eine Minute später kam ein Fremder mit tropfnassem Kopf heraus, dem das weiße Hemd feucht am Körper klebte. Als er uns erblickte, blinzelte er ein paar Mal. „Guten Morgen. Ich habe im Bad geschlafen." Er rieb sich seitlich über den Nacken. „Ein Fehler." Er ging zum Herd und nahm das Geschirrtuch, das an der Stange der Ofentür hing, und fuhr sich damit über sein nasses Gesicht.

Er besah sich jede Oberfläche sehr genau aus der Nähe, bis er oben auf dem Kühlschrank schließlich seine Brille fand. Als er sie aufsetzte, sah sein Gesicht vollständiger aus, als wäre er schon so lang Brillenträger, dass sein Gesicht nicht mehr ohne sie auskam. Er rückte die dicken Gläser richtig auf seiner Nase zurecht und sagte: „Ich bin Nigel Potts. Erfreut, euch kennenzulernen."

Ein trommelfellzerreißender Schnarcher drang aus dem Schlafzimmer. Der Typ auf der Couch fuhr hoch: „Was ist? Ich bin wach." Dann erwachte er richtig und sah uns alle, die wir ihn ansahen. Er war ein Rotschopf mit Sommersprossen und großen, grünen Augen. Er drehte sich herum und setzte seine Füße auf den Boden. Er fuhr sich mit der Zunge über seine trockenen Lippen und ich erinnerte mich, wie ich mich heute früh beim Aufwachen gefühlt hatte. Ich öffnete den Kühlschrank und fand einen Krug mit kaltem, gefiltertem Wasser. Ich goss ein Glas ein und reichte es dem Kerl auf der

Couch, der es nahm und auf einen Zug leerte. „Du musst ein Engel sein", sagte er zu mir.

Ich nahm das leere Glas zurück. „Nachfüllung?"

Er nickte. „Lass mich das revidieren. Du musst die Königin der Engel sein."

Diesmal trank er langsamer. „Ich habe geträumt, ich sei im Wilden Westen, glaube ich. Man hatte mich auf den Schienen festgebunden und ein Dampfzug kam auf mich zu." Er deutete mit dem Kopf zum Schlafzimmer, wo das Schnarchen ein wenig wie eine Dampflok klang. „Jetzt weiß ich warum." Er zuckte zusammen. „Kann ihn jemand aufwecken? Das ist Folter."

Nigel, der tropfnasse Kerl, der immer noch das Handtuch festhielt, ging ins Schlafzimmer. „Hey, Welly", rief er. „Du schnarchst."

Es gab noch ein paar Schnarcher, dann hörte das Schnarchen auf. Eine tiefe Stimme grummelte etwas und dann kam Nigel wieder zum Vorschein. Ihm folgte der vermutlich schönste Mann, den ich je gesehen hatte. Er hatte dunkle Haut, kurz geschnittenes schwarzes Haar und seine Augen waren erstaunlich blau. Kein Wunder, dass er mit dem Brustkorb derartige Schnarchlaute erzeugten konnte. Er musste ein Athlet sein. Er schaute sich schuldbewusst im Raum um. „Habe ich geschnarcht?"

Nigel warf ihm das Handtuch ins Gesicht.

Als er lächelte, blitzten seine Zähne weiß und ebenmäßig. „Ladys", sagte er.

Ich glaube, es hatte uns allen die Sprache verschlagen, denn keine von uns sagte auch nur ein Wort. Zum Glück kam Charlie in einem marineblauen Frotteebademantel aus dem Badezimmer. Er war barfuß und seine Haare waren noch feucht vom Duschen. Er schüttelte seinen Kopf. „Nun, dass wir uns alle so kennenlernen, hatte ich mir nicht vorgestellt. Aber das hier sind die Trauzeugen." Er stupste den schlafenden Mann am Boden mit dem Zeh an. „Außer Giles hier. Er wäre bei Bedarf Trauzeuge gewesen, wird aber stattdessen die Lesung halten."

Giles setzte sich langsam auf. Er hatte blondes, verstrubbeltes Haar und wirkte jungenhaft zart, doch als er uns Brautjungfern betrachtete, war da so ein Funkeln in seinen Augen, dass sich mir der Verdacht aufdrängte, er müsse dennoch erwachsen sein.

Beatrice fand als erste ihre Stimme wieder. „Ihr seid die Trauzeugen?"

Giles kicherte. „Ihr seid die Brautjungfern?"

Es hatte den Anschein, als hätten diese zwei Gefallen aneinander gefunden.

Charles rieb sich die Stirn, als wolle er so etwas mehr Verstand dahinter herbeimassieren. „Okay. Dann stelle ich euch mal vernünftig vor." Er ging zu Alice hinüber und legte einen Arm um sie. „Das ist die Wichtigste von allen, meine Verlobte Alice Robinson."

In dem Moment, da Nigel sagte: „Du hast Glück, Mann.", meldete sich Alistair, der Kerl, der auf dem Sofa geschlafen hatte, ebenfalls zu Wort: „Es ist noch nicht zu spät, Alice. Verschwende dich nicht an ihn. Wirklich, ich bin die viel bessere Wahl."

Alice lachte und errötete, und Charlie sagte: „Mach dich nicht zum Deppen, Alistair. Eine Frau wie Alice würde dir nicht mal dann einen zweiten Blick schenken, wenn du kostenlose Süßigkeiten drauflegen würdest."

„Nein, du hast recht, nehme ich an", sagte Alistair, wofür ich ihn zu mögen begann.

Charlie wendete sich Beatrice zu. „Das ist Alices Freundin aus Kindertagen, Beatrice. Sie ist die erste Brautjungfer." Dann wendete er sich zu mir und Violet. „Lucy ist eine gute Freundin von uns beiden. Ihr gehört der Strickladen gegenüber. Ihre Cousine Violet, ebenfalls eine gute Freundin, arbeitet bei Lucy."

Wir sagten beide Hallo und Lucy setzte Wasser auf.

„Der Bursche auf dem Sofa ist Alistair Grendell-Smythe. Wir kennen uns schon seit Kindertagen und er ist mein Trauzeuge. Nigel Potts ist der nasse Waschlappen."

Wir alle kicherten. Wenn du in England jemanden einen nassen Waschlappen nennst, erklärst du ihn für dumm oder langweilig. Ich war beeindruckt, dass Charlie einen Kater haben und trotzdem witzig sein konnte. „Der Mann mit dem unglaublichen Schnarchen ist Wellesley Clark und der Kerl auf dem Fußboden Giles Brighouse. Wir sind alle in derselben Gegend in Wembley aufgewachsen und waren alle zugleich in Oxford."

Das schien eine gute Gelegenheit, einander besser kennenzulernen. Ich sagte: „Violet und ich waren gerade auf dem Weg, auswärts zu frühstücken. Wollt ihr nicht mitkommen?"

Violet fing an, Tassen mit ihrem magischen Katertee zu verteilen. „Trinkt zuerst das hier", riet sie.

Alle nickten oder sagten, dass das eine gute Idee sei. Nigel meinte: „Ich habe gesehen, es gibt den Elderflower Tea Shop noch immer. Ich frage mich, ob ihn nach wie vor die beiden alten Damen führen."

Normalerweise hätte ich Anstoß daran genommen, wenn

jemand meine beiden Freundinnen, die Schwestern Watt, alte Damen nannte, aber er sagte das voller Respekt. Und da sie beide über achtzig waren, waren sie wohl tatsächlich alte Damen. Ich versicherte ihm, dass die Schwestern Watt immer noch das Elderflower führten.

„Dann müssen wir dorthin gehen. Erinnert ihr euch an das wunderbare Frühstück, das sie uns immer zubereiteten?"

Ich dachte, dass sich die Zeiten womöglich geändert hatten. „Sie bieten hauptsächlich Scones und Vergleichbares an. Eine Quiche ist vermutlich das, was einem warmen Frühstück am nächsten kommt."

Er schaute ganz und gar herausfordernd zu Wellesley Clark. „Was denkst du, Welly? Können wir sie noch immer um unsere kleinen Finger wickeln?"

Wellesley Clark sah nicht aus, als ob er ein Problem damit hätte, irgendeine Frau auf dem Planeten um seinen kleinen Finger zu wickeln. „Das werden wir wohl ausprobieren müssen."

Sie tranken ihren magischen Tee und machten sich nacheinander fertig. Es war überraschend, wie schnell aus einem Haufen verlotterter, verkaterter Kerle ausgesprochen ansehnliche Männer werden konnten.

Mir wurde bewusst, dass Charlie bei der Verwandlung seiner Wohnung in das Lager einer Studentenverbindung Boris übergangen hatte. Ich fragte mich, ob der Bruder beim Junggesellenabschied genauso viel Ärger gemacht hatte wie Sophie bei unserem Mädelsabend.

Was war bloß mit diesen Wynters los? Und warum hatte Charlie sie zu seiner Hochzeit eingeladen?

KAPITEL 5

Zu neunt machten wir uns auf den Weg und teilten uns ordentlich in Pärchen auf. Natürlich bildeten Charlie und Alice eines, händchenhaltend erzählten sie sich all das, was sie in den Stunden, die sie einander nicht gesehen hatten, verpasst hatten. Ihnen folgten Beatrice und Alistair Grendell-Smythe. Violet klammerte sich an den reizenden, ansehnlichen Wellesley Clark als wäre er ein Rettungsring und sie kurz vorm Ertrinken. Blieben noch Nigel, Giles und ich, um gemeinsam die Nachhut zu bilden. Er musste sich ganz schön verrenkt haben, wo er die ganze Nacht in der Badewanne geschlafen hatte.

„Wie geht es deinem Nacken?", fragte ich Nigel.

Er bewegte seinen Kopf einmal von der einen zur anderen Seite. Und dann ein zweites Mal. Er schaute mich erstaunt an. „Prima. Tatsächlich fühle ich mich bemerkenswert gut. Was war in dem Tee?"

Er machte eindeutig einen Witz, also lachte ich. *Ha ha ha.* „Altes Familienrezept."

Wir betraten den Elderflower Tea Shop. Ich dachte, die

armen Schwestern Watts könnten sich unmöglich an Studenten des Cardinal Colleges erinnern, die sie zuletzt vor über einem Jahrzehnt gesehen hatten. Charlie war vierunddreißig Jahre alt, also mussten seine Freunde im selben Alter sein. Wenn sie ihre Abschlüsse mit zweiundzwanzig gemacht hatten, waren ein Dutzend Jahre verstrichen, seit Florence und Mary Watt sie zum letzten Mal gesehen hatten. Nun, natürlich sahen sie Charlie regelmäßig, aber die anderen mussten für sie sicher Fremde sein.

Doch entweder hatten die Schwestern Watt ein unglaubliches Gedächtnis für ihre Kunden oder Wellesley, Nigel, Charlie, Giles und Alistair hatten die Besitzerinnen des Elderflower Tea Shop tatsächlich fest um ihre männlichen Finger gewickelt. Florence entdeckte sie als Erste und stieß einen kleinen Schrei aus. „Ich traue meinen Augen nicht." Sie sah die Männer an, die keine Stunde zuvor überall in Charlies Wohnung und Buchladen katerstarr herumgelegen hatten, als wären sie VIP-Gäste allerersten Ranges. „Wellesley? Nigel? Giles? Und Alistair." Sie drehte sich um und rief nach ihrer Schwester. „Mary. Du wirst nicht glauben, wer uns besuchen kommt."

Ihre Schwester eilte emsig aus der Küche und machte genauso einen Wirbel. Sie tätschelte Wellesley beeindruckende Brust. „Ich werde nie vergessen, wie aufregend es war, als du Kapitän des Achters warst und uns zum Sieg gerudert hast."

An den Rest von uns gewandt, ergänzte sie: „Er ruderte bei der Olympiade für England, müsst ihr wissen."

„Allerdings ohne zu gewinnen", beeilte sich Nigel, sie zu erinnern. „Kam er nicht als Neunter ins Ziel?"

Sie wischte den Einwand vom Tisch. „Neuntbester von

allen auf der Welt? Das nenne ich in der Tat einen großartigen Auftritt hinlegen."

Also war Wellesley Ruderer gewesen. Das erklärte die breiten Schultern und den entsprechenden Brustkorb. Die Männer umarmten die beiden Damen und dann hießen die Schwestern uns weniger illustre Gäste willkommen. Ich war kein bisschen erstaunt, als sie uns zum besten Tisch in der Fensternische führten. Wir mussten einen zweiten Tisch heranziehen und ein paar Stühle hinzufügen, aber ich war mir sicher, sie hätten anwesende Gäste hinaus auf die Straße geworfen, wenn das nötig gewesen wäre, um Platz für ihre Ehrengäste zu schaffen. Glücklicherweise war das nicht nötig, und die Kunden, die bereits da waren, konnten sich in aller Ruhe weiter ihren Scones und ihrem Tee widmen. Was immer an Ruhe blieb, wo wir neun doch gerade dabei waren, einander kennenzulernen.

Den zweiten Schock erlebte ich, als Wellesley und Co nicht einmal ihren Charme auspacken mussten. Mary schaute ihn mit einem Augenzwinkern an. „Sag es nicht, du willst bestimmt mein Spezialfrühstück."

Wellesley grinste sie an. Er hatte die weißesten Zähne, die ich gesehen hatte, seit ich die USA verlassen hatte. „Seit ich aus Oxford weg bin, habe ich an nichts anderes gedacht."

Sie schaut in die Runde. „Frühstück für euch alle?"

„Warum nicht?" Wellesley blickte in die Runde und wir alle nickten.

„Und Tee oder Kaffee?"

Wir alle wollten Kaffee und kurz darauf kam Mary mit ein paar großen Kannen zurück und stellte sie auf den Tisch. Ich habe keine Ahnung, wie sie es hinbekamen oder ob sie eine Aushilfe rüber zum Lebensmittelladen an der Ecke schickten, aber irgendwie schafften sie es, ein komplettes englisches Frühstück aufzutischen, das gar nicht auf der Speisekarte stand. Wir wurden mit gebratenen Pilzen, Baked Beans, Speck, Würstchen, gebratenen Eiern und Blutwurst verwöhnt. Es gab silberne Ständer mit einer Auswahl von braunem und weißem Toastbrot. Der Toastständer ist eine seltsame britische Erfindung, die sicherstellt, dass der Toast kalt ist, bevor er am Tisch ankommt.

Ich konnte es nicht glauben. Die Schwestern Watt kannten mich schon mein ganzes Leben und – nicht, dass ich angeben will – ich hatte geholfen, einen Mordfall aufzuklären, der in eben dieser Teestube passiert war, aber sie hatten mir niemals ein englisches Frühstück angeboten. Ich hätte es nie gewagt, etwas zu bestellen, das nicht auf der Speisekarte stand. Immerhin, dank des herzhaften Frühstücks und Violets magischem Tee verhielten sich unsere beiden Gruppen Unbekannter bald wie alte Freunde.

Ich hatte Charlie stets nur als Eigentümer eines Buchladens und den Mann, den Alice heiraten würde, angesehen, also war es erhellend, ihn mit den Jungs zu sehen, mit denen er aufgewachsen und zur Uni gegangen war. Ich hatte den Verdacht, dass ihr Zusammentreffen die Jahre von ihnen allen abfielen ließ, sodass sie sich wieder wie Studenten fühlten.

„Ich werde nie diese Party im Ruderclub vergessen", sagte Alistair. „Erinnerst du dich, Welly? Als Boris Wynter sich derart betrank, dass er sich eines der Boote nahm und in den Fluss fiel? Der Depp bekam Panik und wäre beinahe ertrunken."

„Was hat dich bloß dazu gebracht, ihn zur Hochzeit

einzuladen?", fragte Nigel. „Er ist nicht wirklich einer von uns."

Charlie schaute unglücklich. „Es war unmöglich, ihn nicht einzuladen. Wir waren schon als Kinder befreundet. Ich gebe zu, dass wir uns auseinander entwickelt haben, aber er wäre so verletzt gewesen, wenn ich ihn nicht eingeladen hätte. Das konnte ich einfach nicht tun."

Ich blickte zu Alice, um herauszufinden, wie sie die Unterhaltung über Sophies Bruder aufnahm. Sie blickte fest auf ihren Teller und verstrich gewissenhaft Marmelade auf einem Stück Toast, darauf bedacht, dass jede Ecke ihren Teil abbekam.

Plötzlich lachte Wellesley. „Was für ein Paar, diese Wynters. Erinnert ihr euch, als Sophie Wynter heimlich ins –"

„Ich glaube nicht, dass die Mädels sich für unsere alten Collegeerinnerungen interessieren", sagte Charlie sehr bestimmt.

„Oh, ja. Hab nicht nachgedacht."

Ich blickte erneut zu Alice. Nun, da jedes bisschen ihres Toasts mit Marmelade bedeckt war, strich sie erneut mit ihrem Messer darüber, um jede Welle und Delle auszugleichen, als ginge es um den perfekten Guss einer Torte.

In die plötzliche, eigenartige Stille hinein sagte Alistair: „Boris ist gar nicht so übel. Von Zeit zu Zeit besucht er meinen Vater. Sie schauen dann Fußball im Fernsehen oder gehen in den Pub. Ich bin ihm und Giles hier sehr dankbar. Er wird immer einsamer. Er freut sich, alte Gesichter zu sehen."

„Wie geht es deinem Vater?", fragte Charlie.

„Seit wir Mum verloren haben, ist er nicht mehr der Alte.

Nun gibt es nur noch uns zwei." Er zerschnitt sein Würstchen, türmte es mit den Bohnen auf. „Ich find's gut, dass du ihn zur Hochzeit eingeladen hast. Es ist gut, wenn er mal etwas rauskommt."

„Das ist doch selbstverständlich. Es tut mir nur leid, dass deine Mum nicht dabei sein kann."

Keine von uns Frauen sagte etwas, und, als ihm klar wurde, dass wir keine Ahnung hatten, sagte Alistair: „Mum starb letztes Jahr an Krebs. Ohne sie ist Dad ganz verloren. Ich habe mir schon etwas Sorgen um ihn gemacht. Er benimmt sich nicht wie er selbst. Ich kann nicht die ganze Zeit da sein. Ich arbeite in Birmingham. Jedenfalls finde ich es gut, dass du und Alice ihn eingeladen habt, Charlie. Damit hat er etwas Schönes, auf das er sich freuen kann, und es ist echt nett von deinen Eltern, dass sie ihn einfach so ganz vorn bei sich in der ersten Reihe sitzen lassen. Das gibt ihm das Gefühl, zur Familie zu gehören. Mum hatte stets ein Faible für dich."

„Rupert ist wie Familie. Ich hatte auch ein Faible für deine Mum. Und für ihre Sonntagsessen."

Alistair kicherte. „Wenn du kamst, hat sie extra für dich ihre Bakewell-Törtchen gemacht. Sie wusste, dass es dein Lieblingsessen ist."

Charlie nickte. „Kannst du nachschauen, ob du das Rezept findest? Du kannst es Alice geben." Er griff rüber und berührte die Hand seiner Verlobten. „Wenn du mich glücklich machen willst, machst du mir die Bakewell-Törtchen von Alistairs Mutter. Serviert mit Vanillesauce."

„Sollte ich dich je glücklich machen wollen, werde ich gewiss nicht vergessen, das zu tun." Dann biss sie herzhaft und entschieden in ihren perfekt mit Marmelade bestrichenen Toast.

Da Alice Charlie ihre Liebe in den ersten Jahren, in denen sie für ihn arbeitete, gezeigt hatte, indem sie ihm jeden Tag Kuchen zu seinem Tee gebacken hatte, musste ihm seine Bitte, ihm ein Törtchen zu backen, ganz normal vorgekommen sein. Er schaute sie erstaunt an. Aber er war ja auch nicht beim Junggesellinnenabschied dabei gewesen. Sophies und Boris Namen waren während des Frühstücks oft genug gefallen, damit sich Alice offenkundig fragte, was es mit Charlies und Sophies gemeinsamer Vergangenheit auf sich hatte und warum er ihr nichts davon erzählt hatte. Ich machte ihr deswegen keinen Vorwurf. Ich fragte mich das nämlich auch.

Alice starrte weiterhin nur auf den Teller. Dann erinnerte Wellesley Charlie daran, dass sie über kurz oder lang am Nachmittag ihre Cuts abholen müssten und damit war der Moment auch schon vorbei, fortgespült von Erinnerungen an Treffpunkte und verabredete Zeiten.

Als die Rechnung kam, streckte Charlie seine Hand danach aus. Mary stemmte eine Hand in ihre Hüfte und wedelte in der anderen mit der Rechnung herum. „Na das ist ja mal eine Überraschung, dass einer von euch tatsächlich die Rechnung haben will, anstatt zu versuchen, sie einem anderen zuzuschieben."

Wellesley hob seine Hand ebenfalls. „Nein, nein. Das geht auf mich."

Mary schaute uns einen nach dem anderen mit erstauntem Gesicht an. „Jetzt schlagen sie sich auch noch wegen der Rechnung. Wunder über Wunder, wo soll das noch enden?" Sie zwinkerte mir zu.

Charlie sah Wellesley an und schüttelte den Kopf. „Wirklich. Das geht auf mich. Ihr alle seid so gut, zu meiner Hochzeit zu kommen."

Giles, Alistair und Nigel stürzten sich nun ebenfalls ins Kampfgetümmel mit ihren jeweiligen Gründen, warum sie die Gelegenheit haben sollten, die Rechnung zu begleichen. Ich sah, dass Alice kurz davor war, Mary ihre Kreditkarte zu reichen, und da hatte dann ich das Gefühl, ich sollte zahlen. Aber Wellesley stand einfach auf, ging um den Tisch herum, nahm Mary in seine Arme und gab ihr einen fetten Schmatzer auf die Wange. Er reichte ihr ein paar Scheine. „Ist das ausreichend?"

Ich hatte Mary noch selten geschockt gesehen, aber jetzt fiel ihr die Kinnlade herunter. „Welly. Das ist viel zu viel."

„Ich bin inzwischen Investmentbanker. Ich verdiene geradezu unanständig viel Geld. Außerdem hoffe ich, dass ich damit all die Male aufwiegen kann, wo wir arme Studenten euch nicht genug Trinkgeld dagelassen haben."

Sie tätschelte seine Wange. „Du bist ein lieber Junge. Das seid ihr alle."

„Ich bin auch im Bankgeschäft", sagte Giles und blickte verärgert.

Gemeinsam hinausgehend riefen wir unseren Dank. Beatrice sagte zu Wellesley: „Du bist nicht zufälligerweise noch Single?"

Lächelnd und ohne im mindesten peinlich berührt sein, ganz so, als werde er das andauernd gefragt, schaute er zu ihr hinunter. „In einer ernsthaften Beziehung."

Sie zuckte mit den Achseln, sah nicht gerade überrascht aus. „Du verdienst unanständig viel Geld und siehst umwerfend aus. Ich hatte keine allzu großen Hoffnungen gehegt."

Wir alle lachten und Alice legte einen Arm um ihre leicht peinliche Freundin. „Auf geht's. Wir haben noch ein paar letzte Erledigungen auf dem Zettel. Wir sehen euch heute Abend bei der Probe."

Tatsächlich hatten wir heute nicht mehr viel zu erledigen. Alice war so ungemein organisiert. Dennoch, wir alle wollten zur Maniküre, also liefen wir zu dem Salon, in dem Alice Termine für uns ausgemacht hatte.

Auf dem Weg dorthin gelang es mir, eine Unterhaltung mit Alice anzufangen. Als ich dachte, niemand würde zuhören, fragte ich sie, ob sie mit Charlie über Sophie Wynter geredet hatte.

„Nein. Ich wollte, aber dann zogen sie ihn damit auf, dass Sophie an der Uni in sein Zimmer eingedrungen sei, und ich wollte nicht eifersüchtig erscheinen. Zumal, was immer er tat, bevor er mich kannte, geht mich nichts an."

„Doch, das tut es, wenn es dich belastet", gab ich zurück.

„Vielleicht hatte Sophie zu viel getrunken und meinte das, was sie sagte, gar nicht so."

Mir war sie stocknüchtern erschienen. Aber ich war keine Expertin. „Die Sache ist, es ist doch egal, ob sie betrunken oder nüchtern war. Wenn dich das, was sie gesagt hat, belastet, musst du mit Charlie reden. Du willst doch deine Ehe nicht unter einer dunklen Wolke beginnen." Persönlich hatte ich den Verdacht, dass eine Wolke düsterer Zweifel über Alices Hochzeitstag aufziehen zu lassen, Sophie Wynters erklärte Absicht gewesen war. Warum hätte sie sonst etwas so Eigenartiges sagen sollen?

„Ich weiß, dass du recht hast. Natürlich hast du das. Ich komme mir bloß so albern vor. Hätte Charlie Sophie Wynter heiraten wollen, hätte er jede Gelegenheit dazu gehabt. Ich will nicht wie eine eifersüchtige Ehefrau rüberkommen, und das, bevor wir überhaupt verheiratet sind."

„Dein Problem ist, dass du netter bist, als es dir gut tut. Weil du niemals etwas sagen würdest, um einen anderen Menschen absichtlich zu verletzen, kannst du nicht glauben, dass es Menschen gibt, die genau das tun."

Sie kicherte leise. „Ich bin keine Heilige, Lucy." Sie deutete auf das Schaufenster. „Und ich liebe diese zehenfreien Sandalen. Sie würden toll aussehen zu meinem Kleid für die Party danach. Ich wollte eigentlich die anziehen, die ich bereits habe, aber es wäre schön, dafür neue Schuhe zu haben."

Mir gefiel die Richtung, in die sich ihre Gedanken bewegten. Eine Frau, die über das Outfit für die Hochzeitsparty nachdachte, musste sich in Bezug auf die Ehe sicher fühlen. Ich warf einen Blick auf die Uhrzeit auf meinem Smartphone. Zeit hatten wir reichlich. „Lass uns reingehen und sie anprobieren."

Also mussten wir natürlich alle in den Schuhladen gehen. Für Alice wurden es ihre Sandalen, und Beatrice verliebte sich in ein Paar Stiefeletten für den Herbst.

Ich brauchte keine Schuhe, aber ich fand eine kleine Handtasche, die sehr viel besser zu meinem Brautjungfernkleid passen würde als die Strohtasche, die ich eigentlich hatte nehmen wollen.

Zufrieden mit unseren Neuerwerbungen setzten Braut und Jungfern den Weg zum Nagelstudio fort.

Auf dem Weg spazierten wir in ein Kosmetikgeschäft und probierten sämtliche Lippenstifte aus, bis wir einen Ton gefunden hatten, der jeder von uns stand und dessen Rosa zu dem unserer Brautjungfernkleider passte. Alice und Beatrice würden sich ihr Make-up im Hotel machen lassen und dann würde der Friseursalon Friseurinnen schicken, die sich um ihre Haare kümmerten. Sie hatte mich und Violet zu dem Spaß eingeladen, aber ich ertrug den Gedanken nicht, so viele Stunden in einem Schönheitssalon zu verbringen. Außerdem wollte ich Zeit haben, um mich mit William, Rafes Butler, der zugleich der Caterer für Alices und Charlies Hochzeit war, zu besprechen. Das wäre vermutlich eine Aufgabe für Beatrice gewesen, die ja die erste Brautjungfer war, aber im Gegensatz zu mir kannte Beatrice William nicht.

Also hatte ich zugestimmt, das zu übernehmen und mein Make-up am Morgen machen zu lassen, und anschließend zu Sylvia zu gehen, die mich frisieren würde. Die glamouröse Vampirdame machte das stets großartig, war so viel besser darin als jeder Friseur, den ich je gefunden hatte.

Das würde mir Zeit geben, mich um alle Fragen zu kümmern, die William in letzter Minute haben mochte und dafür zu sorgen, dass alles perfekt wäre, bevor Alice kam. Die Braut und ihre Begleiterinnen würden sich in Croyser Manor fertigmachen. Alices Vater hatte einen Freund, der einen antiken Rolls-Royce besaß, und mit dem würde Alice abgeholt. Wir Brautjungfern würden in einem bescheideneren Fahrzeug gefahren werden, aber wir alle würden von dem Tudor Manor House aufbrechen.

Wir würden uns fühlen wie Mitglieder des Königshauses.

KAPITEL 6

*A*lice und Charlie hätten sich keinen perfekteren Tag für ihre Hochzeit wünschen können, dachte ich, als ich an diesem Morgen zu Rafe rausfuhr. Es standen nur einige wenige weiße Wölkchen am Himmel, die so freundlich aussahen, als wären sie Engel, die von oben die Vereinigung der beiden segneten. Ja, Hochzeiten führten dazu, dass ich Objekte wie Wolken plötzlich wie Engel ansah, die aus der Höhe herabblickten. Zweifelsohne verhießen sie nichts anderes, als dass tatsächlich Regen unterwegs war, aber ich dachte nicht, dass der früh genug eintreffen würde, um Alice und Charlie irgendwelche Probleme zu bereiten, weder bei ihrer Hochzeit hier in Moreton-under-Wychwood noch bei dem Empfang, der anschließend in Rafes Haus stattfinden würde.

William war so begeistert, dass er für das Catering bei der Hochzeit sorgen sollte, dass er bereits seit Wochen höchst effizient daran arbeitete.

Alice hatte keinen Hochzeitsplaner engagieren müssen. Sie und William hatten die ganze Angelegenheit gemeinsam wunderbar gemanagt. Da Rafes Haus näher bei der Zeremonie war als meines, hatte ich sein Angebot einer Übernachtung bei ihm angenommen. Ich war zwar keine große Trinkerin, aber es war nett zu wissen, dass ich nach Herzenslust so viel von dem Champagner, der bereits auf die perfekte Temperatur heruntergekühlt wurde, zu mir nehmen konnte, wie ich wollte, ohne mir Gedanken über die Heimfahrt machen zu müssen.

Rafe, der wie immer der perfekte Gastgeber war, hatte eine ganze Flotte an Autos mit Fahrern organisiert, die die Gäste zurück nach Hause oder in ihre Hotels bringen würden, sodass alle stilvoll feiern konnten. Die Fahrer waren allesamt Vampire, aber ich dachte nicht, dass das jemand wissen müsse.

Wellesley hatte mit noch mehr von seinem unanständig hohen Gehalt um sich geworfen und eine Suite in einem Hotel mitten in Oxford gebucht, wo sich Charlie und seine Trauzeugen fertig machen würden.

Charlie und Alice würden ihre Hochzeitsnacht im Randolph, einem luxuriösen Fünf-Sterne-Hotel in Oxford verbringen. Ich freute mich, dass Charlie keine Kosten und Mühen für seine Braut scheute. Ganz so, wie es sich gehörte.

Nachdem sie eine Nacht lang von vorn bis hinten in der Hochzeitssuite verwöhnt worden waren, würden sie eine Rundreise zu den berühmtesten Bibliotheken Europas machen. Das mochte für manche ein eigenartiger Plan für die Hochzeitsreise sein, aber für Alice und Charlie, die die Liebe zu den Büchern vereinte, war es perfekt.

Wo andere Bräute beim Anblick weißer, palmengesäumter Strände am tiefblauen Ozean schwach wurden, ließ der Gedanke an die Königliche Bibliothek in San Lorenzo de El Escorial bei Madrid, die Bibliothek des Trinity Colleges in

Dublin und die Nationalbibliothek der Tschechischen Republik in Prag Alices Herz höher schlagen. Das wusste ich, weil ich die Fotos gesehen hatte. Ich musste zugeben, wenn man auf Bibliotheken stand, gehörten diese sicher zu den richtig guten.

Ich hatte vermutlich rund eine Stunde, bis Alice und die anderen beiden Brautjungfern eintreffen würden. Ich wollte bei William nach dem Rechten sehen und Rafe treffen. Es würde ein voller Tag werden, also würden wir kaum Gelegenheit haben, allein miteinander zu reden. Als ich mit meinem roten Auto, das immer noch sehr neu roch, beim Herrenhaus ankam, ließ mich William rein. Er trug eine Schürze und hatte einen Klecks Tortenguss auf der Nase. Abgesehen davon war er so makellos wie immer. „Lucy. Wie schön Sie zu sehen. Soll ich etwas für Sie aus dem Wagen holen?"

Ich zerrte meine Rollreisetasche nicht zuletzt deswegen hinter mir her, damit er nichts aus meinem Auto holen musste. „Nein. Sind unsere Kleider gestern wie vorgesehen geliefert worden?"

„Oh ja. Oben ist alles für die Damen bereit. Ich war nur noch dabei, ein paar Kleinigkeiten in letzter Minute zu erledigen." Er sah zufrieden mit sich aus. „Kommen Sie herein und schauen Sie sich um. Sagen Sie mir, was Sie davon halten."

Ich wusste, wenn William eine Aufgabe übernahm, war alles in besten Händen, aber als er mich in den vorderen Salon führte, der auf die Terrasse und den Garten hinausging, musste ich nach Luft schnappen. Ich streckte meinen Arm aus und hielt mich an dem seinen fest. „Oh, William. Das ist wunderschön."

Meine Augen wurden feucht, als ich die Blumenarrangements und die Stumpenkerzen in Alices Lieblingskombination rosa-weiß betrachtete, die nur darauf warteten, angezündet zu werden, sobald es dunkel wurde. Silber und Kristall glänzten und funkelten, und als er mich durch den Raum geführt hatte, öffnete er die Terrassentüren weit und wir traten hinaus. Ich hatte das Gefühl, an einem magischen Ort zu sein.

Runde Tische standen im Garten verstreut, und jeden zierte ein winziges Arrangement aus roséfarbenen und weißen Rosen in einer silbernen Halterung. Alle Tischdecken waren in Alices Lieblingsrosa gehalten. Auf der Terrasse standen riesige Vasen voller Blumen und über den Garten waren Lichterketten gespannt, die zu funkeln beginnen würden, wenn der Nachmittag sich zum Abend neigte. Der offene Pavillon war bereit für den Tanz unterm Sternenhimmel.

Als wäre ich mit den Einzelheiten nicht längst bestens vertraut, erklärte William: „Es wird ein Streichquartett geben, das am Nachmittag stimmungsvolle Musik zur Untermalung spielen wird. Wenn es Abend wird, wird es von einer Band abgelöst, die zum Tanz aufspielt. Alice und Charlie wollten alles einigermaßen leger handhaben, also werden die Reden hier gehalten werden, wo sich alle drumherum versammeln können. Sie wollen die Formalitäten aufs Minimum begrenzen, was in meinen Augen stets eine vernünftige Idee ist."

Hingerissen sah ich mich um. Wenn ich mir vorstellte, wie hier überall Köstlichkeiten auf Tabletts serviert würden und dazu noch das Büfett im Esszimmer bedachte, das es später geben würde, war ein perfekterer Hochzeitsempfang für mich schlicht undenkbar. Aus einem Impuls heraus sagte ich: „William, wenn ich jemals heiraten sollte, werden Sie auf jeden Fall das Catering übernehmen."

Er schenkte mir einen eigenartigen Blick und ich begriff, dass er an Rafe und mich dachte. Es war schwer, nicht an Rafe und mich zu denken, die hier heirateten, wo es doch sein Zuhause war. Im Laufe der Zeit hatte ich begonnen, diesen Ort genauso sehr zu lieben, wie er es tat. Allerdings gab es einige ziemlich offensichtlich Hürden zwischen uns, und sie waren nicht von der Art, die man mit ein paar Sitzungen vorehelicher Beratung lösen konnte. Konnte ich einen Vampir heiraten? Hatte es sein Herz gebrochen, eine sterbliche Frau an Alter und Tod zu verlieren?

Ich dachte an Constance Croyser, die in ihrem Grab ruhte oder auch nicht ruhte, je nachdem, ob sie es gewesen war, die die Balken über meinem Kopf hatte knacken lassen, und fragte mich ein weiteres Mal, wie diese Ehe für ihn gewesen sein musste.

Als ob unser Nachdenken über ihn ihn herbei beschworen hätte, spazierte Rafe auf die Terrasse. „Guten Tag, Lucy. Ich hoffe, es gefällt dir. Ich wurde die letzten Wochen gänzlich vernachlässigt, während William mein Heim in einen Hochzeitspalast verwandelte." Er klang mürrisch, aber ich wusste, wie sehr es ihn freute, dass er der Gastgeber für Alices und Charlies Hochzeit war.

Ich ging zu ihm und küsste ihn sanft. „Es tut dir gut, dich unter die Leute zu mischen. Du kannst nicht dein ganzes Leben nur damit verbringen, die Nase in einem Buch zu vergraben, weißt du." Als Experte für seltene Bücher und Manuskripte verbrachte Rafe in der Tat den größten Teil seines Lebens damit, sich in Büchern zu vergraben. Oder in Papyrusrollen oder in illuminierten Handschriften, je nachdem, was seine Klienten hatten. Kein Wunder, dass er und Charlie und Alice sich so gut verstanden. Sie alle waren absolute Bücherliebhaber. Ich mochte Bücher, wie man Bücher eben mochte, aber mir waren aktuelle Taschenbücher als Lesestoff am liebsten. Ich konnte verstehen, dass eine Erstausgabe von Dr. Johnsons Wörterbuch aufregend war oder dass eine kürzlich am Toten Meer gefundene Schriftrolle ein überraschender Fund war, aber den Feuereifer dieser drei hatte ich nicht und würde ihn nie haben.

Während ich den bescheidenen William mit Lob überhäufte, schaute sich Rafe um und stimmte mir zu: „Sie haben wirklich eine großartige Leistung vollbracht, William."

Ich dachte, angesichts eines solchen Lobes von einem Mann, der selten etwas Derartiges äußerte, müsste seinen Butler schier vor Stolz platzen. Wir wurden von einer fröhlichen Männerstimme unterbrochen, die sagte: „Macht euch keine Mühe. Packt alles weg. Planänderung. Ich kann das nicht durchziehen."

Da der fröhliche Tonfall nicht zu den Worten passte, ging ich davon aus, das sei nichts weiter als ein weiteres Beispiel des unverständlichen britischen Humors. Jedenfalls kam Charlie um die Ecke und sah dabei so aufgeregt und glücklich aus, wie ein Mann auszusehen hatte, der kurz davor stand, die Frau seiner Träume zu heiraten.

William schüttelte seinen Kopf. „Kumpel, das hier wird durchgezogen. Oder ich werde jede der zweihundertzwanzig handgefertigten Lachspasteten in Ihren Rachen stopfen. Und nochmal dieselbe Anzahl Krabbenwindbeutel."

Männliches Händeschütteln und Schulterklopfen folgten. Erneut wurde mir klar, dass ich Männer nie verstehen würde. Ganz sicher keine britischen.

Ich war nicht ganz so erfreut wie die anderen, Charlie zu sehen. „Charlie, was machst du hier? Alice wird in einer Stunde hier sein, und es bringt Unglück, die Braut am Hochzeitstag zu sehen."

„Ich weiß. Ich habe bei Beatrice nachgefragt, und sie sind immer noch beim Friseur. Tatsächlich wollte ich dich sprechen." Er sah sehr adrett aus. Offenkundig hatte er seine Haare schneiden und stylen lassen und hatte sich obendrein von einem Profi rasieren lassen, wie ich annahm. Er war so bereit für die Hochzeit, wie es ein noch anzugloser Mann sein konnte, und er sah großartig aus.

Entsprechend hob ich die Augenbrauen, als ich fragte: „Mich?"

„Ja." Er blickte entschuldigend. „Gehen wir ein Stück spazieren?"

Liebe Güte. Es konnte nichts Gutes bedeuten, wenn der Bräutigam am Morgen seiner Hochzeit mit einer der Brautjungfern spazieren gehen wollte. Dennoch gab ich mir Mühe, mich ganz locker zu verhalten, als ich zu ihm auf den Rasen hinunterging. „Was ist los?", fragte ich, als wir den Weg betraten, der fort vom Garten und in den Wald hinterm Herrenhaus führte.

„Es geht um den Junggesellinnenabschied", hob er an, wobei er zu den Schafen blickte, die ein Stück entfernt glücklich auf einer Wiese grasten. Ich hatte das Gefühl, er hätte überall hingeschaut, nur um zu vermeiden, mich anzusehen.

Ich gab mir Mühe, meine Stimme unbeschwert klingen zu lassen. „Du weißt, was man sagt, Charlie: Was immer auf dem Junggesellinnenabschied passiert, bleibt auf dem Junggesellinnenabschied."

Nun drehte er sich um, um mich anzuschauen. „Dann ist etwas passiert?"

„Nein. Das ist eine Redensart. Habt ihr die hier nicht? So etwas wie ‚Was immer in Vegas geschieht, bleibt in Vegas'."

Er blickte komplett verwirrt. „Was hat Las Vegas damit zu tun? Ich wünschte mir, du würdest dich konzentrieren. Es ist mir ernst."

Ich schüttelte meinen Kopf. „Tut mir leid. Was hast du gesagt? Der Junggesellinnenabschied?"

„Es ist bloß so, dass Alice sich seitdem etwas seltsam verhält, so distanziert. Ist etwas passiert, von dem ich wissen sollte? Jedes Mal, wenn Sophie Wynters Name fällt, bekommt Alice einen eigenartigen Gesichtsausdruck."

Ich drehte mich zu ihm und stemmte die Hände in meine Hüften. „Ich bin nicht diejenige, mit der du darüber reden solltest, Charlie. Das ist Alice. Ihr wollt den Rest eures Lebens miteinander verbringen. Ihr müsst in der Lage sein, über Dinge zu reden."

„Ich habe versucht, ihr die Sache mit Sophie zu erklären, aber Alice bestand darauf, dass sei alles Vergangenheit und wäre nichts, was sie interessiere."

Oh, Alice. „Natürlich ist sie interessiert. Sie wollte bloß nicht den Eindruck erwecken, sie sei von deiner Ex besessen. Verstehst du denn gar nichts von Frauen?"

„Ehrlich gesagt, nein."

Nun, ich verstand ja auch nichts von Männern, also konnte ich da wenigstens mitfühlen.

„Sophie Wynter war ein unglücklicher Fehler. Weißt du, unsere Familien waren miteinander bekannt. Boris und ich haben als Kinder zusammen gespielt und gemeinsam die Schule besucht. Sophie ist ein paar Jahre jünger. Ich habe mir keine großen Gedanken über sie gemacht, bis zu diesem einen Sommer zu Studienzeiten. Da sah ich sie nach ein paar Jahren zum ersten Mal wieder, und sie war zu einer erstaunlichen jungen Frau geworden. Aber du hast sie ja gesehen."

„Ja, sie ist wirklich der Hammer, wenn du auf den kalten, grausamen Typ stehst."

„Sie war berüchtigt dafür, wie verächtlich sie jeden behandelte, der seinen Mut zusammennahm, um sie zum Date zu bitten. Das war schon so etwas wie ein Running Gag unter unseren Freunden. Und dann verwendete sie schmeichelhaft viel Aufmerksamkeit auf mich und natürlich versuchte ich mein Glück, und als sie dann ja sagte, war ich darüber so überrascht wie alle anderen."

Ich konnte fühlen, wie sich meine Lippen ganz von allein verächtlich verzogen. „Du bist als eine Art Mutprobe mit ihr ausgegangen? Nur um rauszufinden, ob es dir gelingen würde?"

„Ja. Ich bin nicht stolz darauf. Aber bedenke, ich war jung. Gerade mal einundzwanzig. Ich hatte zu der Zeit keine andere. Wir waren einen Sommer lang zusammen. Und dann war es vorbei und ich habe weiter studiert." Er hatte einen seltsamen Gesichtsausdruck und ich fühlte, an der Geschichte war noch mehr dran, was er mir aber nicht erzählte.

Okay, vielleicht sollte, was immer beim Junggesellinnenabschied passierte, auch dort bleiben, aber ich dachte, er sollte wissen, was Sophie gegenüber uns allen verkündet hatte. „Charlie, sie sagte, sie wäre mit dir verlobt gewesen."

Er sah weder vollständig geschockt ob dieser Aussage aus, noch stritt er sie sofort ab. Er stieß einen tiefen Seufzer aus. „Das war nicht ernst gemeint. Wir waren auf einer Wohltätigkeitsveranstaltung, wo es eine Wahrsagerin gab. Es war nur ein großer Spaß. Aber nachdem sie bei der Frau drin gewesen war, erzählte Sophie uns, dass die Wahrsagerin ihr geweissagt hätte, wir würden heiraten. Ich lachte und sagte: ‚Nun, ich nehme an, dann sind wir wohl verlobt.‘"

„Du hast was getan?" Oh nein, er verstand wirklich nichts von Frauen, erst recht nicht von sehr jungen, die es schwer erwischt hatte.

„Es war nur ein Witz. Ich wollte nicht, dass sie das ernst nimmt." Er schaute wieder zu den Schafen. „Und dann fing sie an, all ihren Freunden zu erzählen, dass wir heiraten würden. Als ich herausfand, dass sie bereits Hochzeitsveranstalter angerufen hatte, um dort für uns zu buchen, nun, da beendete ich die ganze Sache." Seine Augen schlossen sich halb angesichts der schmerzhaften Erinnerung. „Es gab eine ziemlich schreckliche Szene. Ich ging zurück ans College und sie schrieb einige leidenschaftliche Briefe. Sie kam ein paar Mal, um mich zu besuchen. Nun, sie war ein nettes Mädchen, eine Freundin der Familie, also bin ich mit ihr zum Essen oder auf einen Tee ausgegangen und wir haben geredet. Ich habe versucht, das Ganze mit ihr möglichst sanft zu beenden."

Ich bin keine Frau, die zu Gewalt neigt, aber in dem Moment wollte ich ihm wirklich auf den Schädel schlagen. „Ich habe den Eindruck, dass das nicht funktioniert hat."

Er schüttelte seinen Kopf. „Sie sagte, dass sie mich liebt und dass sie niemals einen anderen lieben könnte." Er hob seine Hände. „Was hätte ich tun sollen? Ich war einundzwanzig Jahre alt. Ich hegte nicht dieselben Gefühle für sie. Sie war ein Sommerflirt. Für mich war es nie mehr als das."

Ich konnte nicht glauben, dass er Alice diese Frau aufgezwungen hatte. „Charlie, sie hat uns erzählt, dass die Wahrsagerin gesagt hätte, ihr würdet einander vielleicht nicht beim ersten Mal heiraten, aber dass ihr am Ende zusammenkommen würdet. Oder etwas in der Richtung. Warum hast du sie zu deiner Hochzeit eingeladen?"

Mit völlig frustrierter Stimme sagte er: „Das habe ich nicht. Ich habe Boris eingeladen, weil wir von Kindesbeinen an Freunde waren. Auf jeder Einladung stand ‚plus Begleitung'. Wie hätte ich ahnen können, dass er seine Schwester als Begleitung mitbringen würde? Das ‚plus Begleitung' war für Ehefrauen oder Freundinnen gedacht. Für Ehemänner und Freunde."

„Hast du all das Alice erzählt?"

„Nun, offensichtlich habe ich ihr weder von der Verlobung noch von Sophies früherem Verhalten erzählt."

„Stalking."

Mit einem Kopfnicken deutete er seine Zustimmung zu meiner Einschätzung der Situation an. „Zum Teil aus Respekt für Sophie. Man möchte ja nicht mit jeder seiner demütigenden Jugendsünden aufs Neue konfrontiert werden."

Mochte sein, dass ich eine unausgesprochene Regel gebrochen hatte, was die Vertraulichkeit von Junggesellinnenabschieden anging, aber ich war froh, dass ich es getan hatte. „Wo du jetzt weißt, dass sie beim Junggesellinnenabschied allen, auch Alice, gesagt hat, dass du und sie am Ende zusammenkommen würden, liegt auf der Hand, dass du all das deiner zukünftigen Ehefrau erzählen musst."

Er sah einigermaßen panisch aus. „Heute kann ich das nicht tun. Du weißt, dass es Unglück bringt, die Frau vor der Hochzeit zu sehen."

„Das weiß ich. Ich glaube aber, es könnte noch mehr Unglück bringen, jemanden zu heiraten, der glaubt, dass man eine frühere Verlobung verschwiegen hat."

„Was soll ich tun?" Er schenkte mir diesen hilflosen Blick eines kleinen Jungen. Ich war genauso eine Idiotin wie Alice.

Ich ertappte mich dabei, dass ich meine Hände wie Waagschalen ausgestreckt hielt und auf und ab bewegte, während ich versuchte abzuwiegen, was er tun sollte. Sollte er in Kauf nehmen, was immer es an Unglück brachte, wenn er Alice vor der Hochzeit sah? Oder an dem Glück festhalten, das es brachte, sie nicht zu sehen, aber dafür diese Sache zwischen ihnen stehen lassen? Das Beste, was mir einfiel, war: „Warum rufst du sie nicht an? Das ist vielleicht nicht ideal, aber die Regel mit dem Unglück bezieht sich ja eindeutig darauf, die Braut vor der Hochzeit zu sehen. Ich glaube nicht, dass es eine Regel gibt, die sich auf das Sprechen mit ihr bezieht. Ihr werdet euch beide besser fühlen, wenn ihr das aus der Welt geschafft habt. Du willst doch nicht, dass bei eurer Hochzeit eine andere Frau zwischen euch steht, schon gar keine, die beim Junggesellinnenabschied allen erzählt hat, dass sie immer noch daran glaubt, dass sie dich am Ende kriegt."

Er ließ davon ab, die Schafe zu betrachten und starrte stattdessen wieder mich an. „Das hat sie gesagt?"

„Oh ja. Sie hat es so aussehen lassen, als wäre das hier nur eine Art Übungshochzeit, und sobald du das kapierst, würdest du Alice den Laufpass geben und stattdessen sie heiraten."

Er kratzte sich im Nacken, als würden Feuerameisen über seinen Körper auf und ab rennen. „Oh, das ist übel. Geradezu schrecklich."

„Schau nicht so besorgt. Alice liebt dich. Und sie ist, im Gegensatz zu Sophie, eine vollkommen vernünftige Person. Sie wird es verstehen."

„Denkst du das wirklich?"

Ich sah mich in dem perfekten Hochzeitsgarten um. „Sie sollte es besser verstehen, oder hier wird eine gewaltige Menge Krabbentörtchen verschwendet."

Er blickte zu Boden, als seien die Äste des Efeus, die lässig am Stamm einer Eiche entlang wuchsen, ausgesprochen faszinierend. „Lucy, die Sache ist die. Ich habe versucht, Alice anzurufen. Sie hebt nicht ab."

„Wahrscheinlich ist sie einfach bloß beschäftigt."

„Ich habe Angst, dass sie meinen Anruf nicht annehmen wird." Er blickte zu mir auf und der Ausdruck seiner blauen Augen, in denen Tränen standen, war ernst. „Ich habe immerzu diese Vision, in der ich vor den Augen aller Hochzeitsgäste am Altar stehe und dann verkündet jemand, dass meine Braut es sich anders überlegt hat." Er schauderte. „Ich muss nur ihre Stimme hören und es ihr erklären. Wenn du sie anrufst, wird sie abheben, dessen bin ich mir sicher."

Ich war mir ebenfalls ziemlich sicher, dass sie abheben würde, wenn ich anrief. Aber mir gefiel der Gedanke nicht, dass sie womöglich die Anrufe ihres Verlobten nicht annehmen wollte. Ich befand mich in einer Zwickmühle. Wie sah das korrekte Verhalten einer Brautjungfer in so einer Situation aus? Ich war einigermaßen sicher, darüber war in keinem Buch mit Regeln für Hochzeiten irgendetwas zu lesen.

Eine Minute lang rang ich mit mir. „Das ist mein Vorschlag: Ich rufe sie an und sage ihr, dass du neben mir stehst und mit ihr sprechen möchtest. Dann kann sie entscheiden, ob sie mit dir telefoniert."

„Wirst du ihr sagen, dass ich alles erklären will? Dass es ganz und gar nicht um etwas Schlimmes geht, wie sie zu denken scheint? Und bitte, bitte, wenn sie vorhat, mich am Altar stehen zu lassen, sag es mir, bevor ich mich dort zum Narren mache."

„Ich kenne Alice noch nicht sehr lange, aber alles, was ich über sie weiß, sagt mir, dass sie niemals einen Mann am Altar stehen lassen und ihn so zum Narren machen würde. Ich kenne niemanden, der so ein gutes Herz hat wie sie."

Das sorgte dafür, dass er wieder fröhlicher dreinblickte. „Also glaubst du nicht, dass sie unsere Verlobung auflösen wird?"

„Das habe ich nicht gesagt. Ich habe nur gesagt, dass sie dich nicht am Altar stehen lassen würde. So etwas Grausames würde sie nie tun."

Er sah nervös aus und ich begann mir Sorgen über den armen William und all die Hochzeitsvorbereitungen zu machen und darüber, wer wohl all die Lachspasteten und die Krabbentörtchen essen würde. Ich nahm mein Telefon und wählte Alices Nummer. Ich hielt mir den Finger an die Lippen und schaute Charlie an, damit er wusste, er durfte nichts sagen, bevor ich ihm das erlaubte. Er schien das zu verstehen, denn er nickte und betrachtete dann das Telefon so, wie ein Hund einen saftigen Knochen betrachten würde.

Alice ging ran. „Lucy. Du hättest mit uns zu diesem Friseur gehen sollen. Er ist großartig."

„Das freut mich zu hören. Aber wenn wir noch jemanden auf die Liste fürs Haarstyling für heute gesetzt hätten, hätte es noch eine Stunde länger gedauert. Und abgesehen davon bevorzuge ich meine eigene Stylistin." Meine langen Naturlocken benahmen sich nicht immer, außer bei Sylvia. Sie musste sie nur anschauen und die Locken sprangen, taten folgsam, was sie sollten.

Ich konnte ein Rascheln hören, dann sagte sie: „Sobald sie mit Beatrice fertig sind, machen wir uns auf den Weg. Wir sollten innerhalb einer Stunde bei dir sein."

Charlie ließ mein Gesicht nicht aus den Augen und ich wusste, er strengte sich an, um ihren Teil des Gesprächs zu hören. Ich musste ihn von seinem Elend erlösten. „Alice, du planst doch nicht etwa, Charlie am Altar stehen zu lassen?"

Ich konnte hören, wie sie keuchend nach Luft schnappte. „Nein. Wie kommst du bloß auf so eine Idee?"

„Weil Charlie gerade bei mir ist. Er sagt, du gehst nicht ran, wenn er anruft, und dass du dich seit dem Junggesellinnenabschied distanziert verhältst."

„Charlie steht direkt neben dir?"

„Ja. Er möchte mir dir reden. Alice, ich denke wirklich, dass du dir anhören solltest, was er zu sagen hat. Es betrifft das, was Sophie Wynter an dem Abend gesagt hat. Das war nicht wirklich wahr."

„Du meinst, dass sie nie verlobt waren?"

„Bitte, lass dir die Geschichte einfach von Charlie erzählen. Er ist krank vor Sorge, dass du ihn vor der Hochzeit verlassen wirst."

„Das würde ich nie tun. Aber ich bin enttäuscht."

„Nun, ich bin zutiefst davon überzeugt, dass niemand mit einem Gefühl der Enttäuschung in eine Ehe gehen sollte. Ich empfehle also dringend, dass ihr beide miteinander redet und die Sache aus der Welt schafft, bevor ihr eure Ehegelübde sprecht."

Einen Augenblick lang herrschte Stille, dann hörte ich ein leises Kichern. „Ist er wirklich in Sorge, dass ich ihn vor dem Altar verlassen würde?"

Da wusste ich, alles würde gut werden. Ich fing an zu grinsen. „Zu Tode erschrocken. Er zittert wie Espenlaub. Ich schwöre, wenn du ihn nicht aus seinem Elend erlöst, fängt er an zu weinen."

Ich fand, Charlie verdiente zumindest ein klein wenig Strafe dafür, dass er Alice in solche Nöte gestürzt hatte. Er sah mich an und schüttelte seinen Kopf. Er wusste genau, was ich da tat. „Trag nicht zu dick auf, Lucy, oder sie wird mich verlassen, weil ich ein Weichei bin."

Jetzt war es an mir zu lachen. Ich reichte ihm das Telefon. „Ich bin oben auf der Terrasse. Gib mir mein Telefon wieder, wenn ihr fertig seid."

Als ich fortging, hörte ich Charlie sagen: „Alice. Darling, du bist meine ganze Welt, mein Ein und Alles."

Ja, dachte ich, so sollte man in eine Ehe gehen, mit Liebesschwüren, nicht mit unausgesprochenen Ressentiments. Das sollte ich auf ein Kissen sticken.

KAPITEL 7

*W*ürdevoll und wie aus einer anderen Zeit lag St. John the Divine in Moreton-under-Wychwood im Licht der Nachmittagssonne. Auf dem Dorfanger herrschte reges Treiben. Kinder spielten und Hunde jagten hinter Bällen und hintereinander her. Es war Anfang September, und obwohl die Tage noch warm waren, spürte man am Abend bereits einen Hauch Kühle, was deutlich machte, bis zum Herbst mitsamt Regen war es nicht mehr allzu lang hin.

In der High Street blühten in den Gärten der steinernen Cottages Dahlien, Chrysanthemen und schwere, große Spätsommerrosen. Es war ein schöner Tag für eine Hochzeit.

Alice und ihr Vater saßen in einem antiken Rolls-Royce, den ein Freund ihrem Vater geliehen hatte. Wir drei Brautjungfern folgten in einem bescheideneren Sedan, den Alfred fuhr. Die Art, wie seine lange Nase unter der sehr korrekten Chauffeursmütze hervorragte, verlieh ihm einen sehr distinguierten Ausdruck. Ich hatte mich gegen einen Vampir als Fahrer ausgesprochen, aber Alfred war so sehr darauf aus gewesen, uns alle herausgeputzt zu sehen, dass ich nachgegeben hatte. Ich wusste, dass seine Chauffeursmütze aus einem besonderen Gewebe bestand, das UV-Licht abhielt und ihn vor der Sonne schützte – dennoch, um diese Tageszeit schlief er normalerweise. Allerdings war er ein hervorragender Fahrer und er und Theodore sowie Christopher Weaver würden später die Gäste von Rafes Herrenhaus zurück nach Hause und in ihre unterschiedlichen Hotels in der Gegend fahren.

Alfred hatte uns bei Rafe abgeholt und uns mit Komplimenten über unser gutes Aussehen überhäuft. Ich konnte dem nur zustimmen. Wir alle sahen ganz besonders schön aus. Unsere blassrosa Seidenkleider waren schlicht und elegant. Jede trug das Haar hochgesteckt. Sylvia hatte sich selbst übertroffen, sodass mein Haar gebändigt und dennoch gelockt war. Ich hatte mich gefragt, ob Violets pinkgefärbte Haarsträhne womöglich grell hervorstechen würde, aber tatsächlich passte sie gut ins Bild. Jede von uns trug einen kleinen Strauß aus Rosen und wundervoll duftenden Freesien. Ich war ein bisschen nervös, weil ich vorangehen sollte, und in der Probe hatte ich mehrere Versuche gebraucht, bis ich meine Schritte so verlangsamt hatte, dass ich nicht vorausrannte.

Wir fuhren vor und schauten uns um, um sicherzugehen, dass hier keine verspäteten Nachzügler waren, und als wir keine sahen, stieg Alfred aus, öffnete die hintere Tür für uns und half uns beim Aussteigen. Im warmen Nachmittagssonnenschein fühlte sich seine Hand angenehm kühl an. Alices Wagen war direkt vor uns, und gerade half ihr Vater ihr liebevoll aus dem Fonds des Rolls-Royce.

Sie richtete sich auf und schüttelte ihr Röcke aus, dann

reichte der Fahrer ihr ihren Brautstrauß. Als ich sie ansah, spürte ich, wie sich ein Schleier über meine Augen legte. Alice war eine schöne Braut. Sie hatte unser Flehen erhört und für heute ihre Brille abgelegt. Stattdessen trug sie Kontaktlinsen. Ihre Augen waren atemberaubend. Ich hatte sie so lange nur als eine Frau gekannt, die ihre Schönheit versteckte, dass sie mir nun mit ihrem perfekten Make-up, ihrem hochgesteckten Haar, ihrem Hochzeitskleid und ohne Brille geradezu verwandelt erschien. Ich stellte mir vor, wie Charlie sie das erste Mal so erblickte, und mir wurde klar, wenn ich weiter in diese Richtung dachte, würde ich mein Make-up mit heftiger Heulerei ruinieren.

Zeit für Tränen hätte ich später noch genug, für den Moment musste ich fototauglich bleiben. Wir alle flatterten um sie herum, sagten ihr, wie schön sie aussah.

Alfred hatte sich diskret aus der Sonne in den Wagen zurückgezogen, aber Alices menschlicher Fahrer tat uns den Gefallen und schoss einige rasche Fotos mit unseren Smartphones. Ich streckte meine Hand aus, um sie am Handgelenk zu berühren. „Nun, der Moment ist gekommen. Bist du bereit?"

Tränen stiegen in ihren Augen auf. „Oh, Lucy, seit dem Augenblick, als ich Charlie das erste Mal sah, bin ich für diesen Moment bereit."

„Dann lass es uns durchziehen. Lass uns dafür sorgen, dass du verheiratet wirst."

Wir alle lachten, dann stellten wir uns in der richtigen Reihenfolge auf. Vorsichtig öffnete ich die schwere Kirchentür, um ins Innere zu spähen. Alle Gäste saßen, so viel war sicher. Leise Gespräche waren zu hören und dazu das Rascheln von Menschen, die versuchten, es sich in ihren besten Kleidern und ebensolchen Schuhen, die ganz gewiss drückten, auf hölzernen Kirchenbänken bequem zu machen. Der Platzanweiser, der nach mir Ausschau gehalten hatte, rannte zu uns nach hinten. Es war Charlies Cousin Walter, ganze siebzehn Jahre alt, der sehr bedeutend tat. „Alle bereit?"

„Allesamt."

Er gab ein Zeichen, die leise Harfenmusik hörte auf und die Orgel begann Pachelbels Kanon zu spielen, das Stück, das sich Alice für ihre Hochzeit ausgesucht hatte. Ich trat ein und nahm mir einen Moment, um durchzuatmen. Ich sah Charlie, der in seinem Cut bemerkenswert attraktiv war. Neben ihm standen seine drei Trauzeugen in Reih und Glied. Ich erinnerte mich daran zu lächeln und auf den Rhythmus der Musik zu achten, um meine Schritte zu verlangsamen. Während ich den Gang hinunterschritt, fühlte ich den Drang, nach rechts zu schauen, und sah Rafe, der mich mit einem eigenartigen Gesichtsausdruck anstarrte. Er sah auf düstere Art gut aus in seinem leichten grauen Sommeranzug. Als sich unsere Blicke trafen, nickte er mir unmerklich zu, dann wandte ich mich wieder nach vorn und ging weiter. Violet folgte, dann Beatrice, und schließlich erschien die Braut am Arm ihres Vaters.

Zu dem Zeitpunkt war ich vorne in der Kirche in Position, sodass ich Alice sehen konnte.

Die Musik veränderte sich, ein Zeichen dafür, dass die Braut den Gang hinunterschritt.

Im ersten Moment, als er sie erblickte, seufzte Charlie erleichtert auf. Und dann hörte ich ihn flüstern: „Alice, du bist so schön."

Ich hatte das Gefühl, bis zu diesem Moment war er in

Sorge gewesen, dass sie vielleicht nicht erscheinen würde. Aber wenn es eine Braut gab, die aussah, als sei sie sich ihres Bräutigams sicher, dann war das Alice. Ihr Gesicht strahlte. Alle in der Kirche erhoben sich und ihre Mutter fing an zu weinen.

Alice erreichte ihre Position vorn beim Altar, und der traditionelle Hochzeitsgottesdienst begann. Charlie und Alice hatten keinerlei Hang zu Neumodischem. Kein Gedanke daran, dass sie ihre eigenen Ehegelübde hätten schreiben wollen. Sie nahmen die Worte, die das englische Book of Common Prayer vorgab, Worte, die alt und schön waren.

Der einzige Punkt, in dem sie von der Tradition abwichen, war die Lesung. Als die zwei Büchermenschen, die sie waren, hatten sie ein Gedicht von E.E. Cummings gewählt, „I Carry Your Heart With Me". Giles Brighouse trat vor. Er sah ganz anders aus als der verkaterte Mann, den ich kennengelernt hatte, als er schlafend auf Charlies Fußboden lag. Sein blondes Haar war frisch gestylt, sein dunkelblauer Anzug war perfekt gebügelt und er las gut.

Es war natürlich ein Gedicht über die Liebe und wie schicksalhaft sie erschien.

Die Decke über mir knarzte und stöhnte, aber ich schien die Einzige zu sein, die das wahrnahm, also bemühte ich mich, die Sache zu ignorieren und mich auf die Worte zu konzentrieren, die mein Herz ein wenig schwer werden ließen. Für manche Menschen war die Liebe ganz einfach, und mir erschien sie ungeheuer kompliziert.

Als er mit der Lesung fertig war, nahm Giles das Buch, aus dem er gelesen hatte und machte sich vorbei an dem

Gerüst leise auf den Weg zum äußeren Gang, während Beatrice seinen Platz einnahm und „Ave Maria" sang. Wie ich schon sagte, Charlie und Alice waren Traditionalisten.

Als sie fertig war, kam Beatrice zurück und während Alice ihrer ersten Brautjungfer einen Dank zuflüsterte, übergab sie ihr auch ihren Brautstrauß. Reverend Wallington trat vor und die Ehegelübde begannen. Ein weiteres Mal hörte ich das Dach stöhnen. Ein weiteres Mal widerstand ich dem Drang, nach oben zu schauen, und hörte stattdessen den Gelübden zu.

„... in Krankheit und Gesundheit zu lieben und zu ehren, bis dass der Tod uns scheidet." Da fragte ich mich, ob Rafe und Constance einander dieselben Versprechen gegeben hatten. Zweifellos hatten sie das getan, ohne zu ahnen, was ihre Zukunft bereithielt. Aber Constance hatte gewusst, dass er ein Vampir war, und sie war das Risiko trotzdem eingegangen. War sie mutiger als ich gewesen?

Als wir zu dem Punkt kamen, an dem der Priester fragte, ob ein Anwesender einen Hinderungsgrund gegen diese Ehe vorzubringen hätte, hielt ich den Atem an. Ich glaube, wir alle drehten uns um und schauten zu Sophie Wynter, die ganz in Schwarz gekleidet war, als wäre sie auf einer Beerdigung, nicht auf einer Hochzeit. Sie hielt ein Taschentuch vor ihr Gesicht. Sie war nicht die Einzige in der Kirche, die weinte – die Hälfte der Frauen tupften sich vorsichtig die Augen ab –, aber Sophie Wynter schluchzte geradezu.

Sie saß in der Mitte der Kirche, mit Liva und ihrem Ehemann auf der einen und ihrem Bruder auf der anderen Seite. Ich sah, wie Boris ihr ein sauberes Taschentuch reichte. Dann war der Moment vorbei und bevor ich es realisierte, sprach der Pfarrer die magischen Worte: „Ich erkläre euch zu Mann und Frau." Ich glaubte nicht, dass er gesagt hatte: „Sie dürfen die Braut nun küssen." Aber Charlie küsste Alice aus eigenem Antrieb.

Ich spähte nach hinten, um zu sehen, wie Sophie auf den Kuss reagierte und stellte fest, sie war fort. In der Reihe, in der Boris und sie gesessen hatten, war eine Lücke, und als ich mich umsah, sah ich gerade noch, wie sich die Kirchentüre schloss.

Den ganzen Gottesdienst hindurch war mir unheimlich zumute. Ich hörte noch ein paar Mal, wie das Dach stöhnte, und ich begann mich zu fragen, ob sich die Kirche wegen der Anwesenheit von Hexen und Vampiren in der versammelten Schar von Sterblichen beklagte.

Konnten all wir besonderen Wesen das Holz stöhnen hören? Als ich mich umschaute, sah ich nichts als glückliches Strahlen in Violets Gesicht und Rafe hatte seine Augen halb geschlossen, als ränge er darum, nicht einzuschlafen. Ich hatte den Verdacht, ich würde mir Dinge einbilden, vermutlich, weil ich von dem Gedenkstein für Rafes Gattin an der Wand wusste. Seiner geliebten Gattin.

Charlie drehte sich um und schüttelte Alistair, seinem Trauzeugen, die Hand, und bekam von den anderen auf die Schulter geklopft.

Alice nahm Beatrice ihren Strauß wieder ab und wir halfen ihr alle beim Umdrehen und beim erneuten Richten ihre Röcke. Die Musik für den Auszug begann. Die Orgel legte mit Mendelsohns Hochzeitsmarsch los. Die Organistin war voller Enthusiasmus und die tiefen Töne ließen die Holzbohlen rattern. Zumindest stellte sich das in meiner Einbildung so dar.

Obwohl wir den Auszug aus der Kirche geprobt hatten, kam es dennoch zu einer kleinen Verzögerung, als wir alle Aufstellung nahmen. Aufgereiht würden wir hinausschreiten und uns dann draußen auf dem Rasen vor der Kirche eine Weile unter die Leute mischen, bevor wir zum Empfang bei Rafe aufbrachen. Alice und Charlie versuchten, die Sache einigermaßen entspannt zu halten.

Charlies Eltern saßen zusammen mit Alistairs Vater Rupert auf der einen Seite des Mittelganges und Alices Eltern auf der anderen. Rupert Grendell-Smythe sah viel älter aus als Charlies Eltern und wirkte ein wenig verwirrt. Als Charlie und Alice den Mittelgang entlangschritten, streckte er den Arm aus und ergriff die Hände der Braut, hielt sie davon ab, weiter den Gang hinunterzugehen.

Der Platzanweiser hatte auf der Westseite der Kirche die Türen weit geöffnet und ich konnte die Wiese in der Sonne sehen und sogar einen Blick auf die High Street erhaschen. Das war wie das Licht am Ende eines langen, dunklen Tunnels. Mein ungutes Gefühl wurde immer schlimmer und ich wollte wirklich hier raus. Nervös und frustriert tappte ich mit dem Fuß, während Rupert, ohne jeden Sinn für gesellschaftliche Gepflogenheiten, einfach weitersprach. Wir alle konnten hören, wie er ihr sagte, was für eine schöne Braut sie sei und wie glücklich sie Charlie mache.

Inzwischen war die ganze Gemeinde aufgestanden und klatschte. Und Rupert sprach weiter. Die Auszugsmusik war zum Ende gekommen und musste wieder von vorne beginnen, und noch immer redete Rupert weiter. Inzwischen verlor er sich in Erinnerungen an seine eigene Hochzeit und wie sehr seine Frau es geliebt hätte, heute dabei zu sein. Bevor er seine ganze, glückliche Ehe Revue passieren lassen konnte, was er vorzuhaben schien, schritt Charlie ein.

Der Bräutigam schenkte Alistairs Vater sein liebenswürdigstes Lächeln, sagte etwas, das ich nicht hören konnte, und begann, Alice hinauszuführen.

Und mit diesem ersten Akt des Chefgebarens als Ehemann rettete er Alices Leben.

KAPITEL 8

Als wir endlich begannen, uns in Richtung Tür zu bewegen, hörte ich über meinem Kopf etwas, das wie ein Pistolenschuss oder eine kleine Explosion klang und schaute erschrocken nach Luft schnappend nach oben.

Ich sah, wie einer der schweren Balken, aus denen das Dach bestand, abbrach und hinunter fiel. Stumm schrie ich „nein", während ich in meinem Verstand nach irgendeinem Zauberspruch suchte, der diese Katastrophe aufhalten könnte, aber es war zu spät. Während ich noch dabei war zu begreifen, dass dieser massive Balken herunterkam, krachte er auf den Boden, genau dort, wo noch vor wenigen Sekunden Alice im Gespräch mit Rupert gestanden hatte.

Charlies Mutter besaß die Geistesgegenwart, sich gegen ihren Mann zu werfen und sie beide so aus dem Weg zu befördern, aber der arme Rupert Grendell-Smythe bekam vermutlich noch nicht einmal mit, was ihn da erwischte. Eben noch hatte er voller Liebe Charlie und Alice hinterher-gesehen, und einen Augenblick später war er nicht mehr.

Die ersten Sekunden nach dem Sturz des Balkens waren

wirklich furchtbar. Hinten in der Kirche klatschten die Leute weiter, als hätten sie nicht begriffen, welch schreckliche Tragödie sich ereignet hatte. Die Orgel spielte noch ein paar Takte und brach dann abrupt ab.

Eine Wolke aus Staub und Holzstückchen stob auf, und unter dem Balken lag Rupert Grendell-Smythe. Er war an Ort und Stelle zerquetscht worden.

Wellesley schubste Alistair hinter sich und stürzte nach vorn.

Reverend Wallington stand wie angewurzelt da, als wäre er eine der steinernen Figuren, die gelassen auf alles herabblickten. Und dann begannen sich seine Lippen zu bewegen, als bete er, aber so leise, dass es niemand hören konnte.

Alice und Charlie hielten einander fest, mit kreidebleichen Gesichtern.

Ich sah hinunter und begriff, wie ungemein nah die Braut dem Tod gewesen war. Die Schleppe ihres Hochzeitskleides war unter dem herabgestürzten Balken eingeklemmt. Hätte sie dort nur noch zehn, ach was, fünf Sekunden länger gestanden, und Rupert zugehört, wäre auch sie jetzt tot.

Was Rupert Grendell-Smythe betraf, so war auf den ersten Blick klar, dass er nicht mehr zu retten war. Dennoch hob Wellesley eine schlaffe Hand, um nach dem Puls des Mannes zu fühlen. Er schaute zu Charlie hoch und schüttelte seinen Kopf, dann legte er die Hand des Mannes sanft auf die Fliesen des Kirchenboden zurück. Der Balken hatte den armen Mann am Kopf getroffen, und dann seinen Körper unter sich begraben. Seine Hände streckten sich zur Kanzel. So, wie er dalag, waren seine Schuhsohlen nach oben gerichtet. Ich erkannte noch das Preisschild auf den Sohlen. Er hatte sich extra neue Schuhe für die Hochzeit gekauft.

Als den Hochzeitsgästen bewusst wurde, was geschehen war, eilten sie zum Ausgang, wobei einige innehielten, um älteren Menschen zu helfen und Eltern ihre weinenden Kinder in Sicherheit brachten.

Was uns hier vorne betraf, so standen wir alle stocksteif da, bis plötzlich Leben in Alistair kam. Blass und ganz außer sich sprang er auf. „Helft mir. Helft mir. Ihr alle, helft mir, dieses Ding von ihm herunterzukriegen."

Er rannte zu dem Balken und fing an, daran zu zerren, zu versuchen, es anzuheben. Charlie und Wellesley schauten sich an und schüttelten die Köpfe. Aber dann eilten sie und Nigel zur Hilfe. Ich sah mich nach Rafe um. Irgendwie hatte ich das Gefühl, er würde wissen, was zu tun war. Er war nicht mehr dort, wo er gesessen hatte. Als ich anfing, ihn zu suchen, war er auf einmal da, direkt neben mir. „Lucy. Dir geht es gut."

Ich war mir nicht sicher, ob das eine Feststellung oder eine Frage war, aber ich antwortete dennoch: „Ja. Aber wir müssen alle hier rausbringen, und zwar schnell. Es ist nicht sicher." Ich schaute hoch ins Dach, obwohl das Stöhnen dort für den Moment aufgehört zu haben schien.

Der Vikar stand noch immer betend da. Rafe ging zu ihm. „Reverend Wallington, Sie müssen eine Ansage machen. Alle müssen jetzt gehen. Das Dach könnte einstürzen."

Philip nickte und schien froh, dass ihm jemand sagte, was er tun sollte. Mit seiner tragenden Stimme, die es gewohnt war, Predigten zu halten, die bis in den letzten Winkel einer vollbesetzten Kirche drangen, verkündete er: „Meine Damen und Herren, es hat einen Unfall gegeben. Bitte begeben Sie sich hinaus auf die Wiese vor der Kirche. Reihe für Reihe. So rasch, wie es eben geht. Gehen Sie jetzt. Gott segne Sie."

Der größte Teil der Gemeinde war bereits dabei, so schnell hinauszugehen wie möglich, aber es gab auch Gruppen von Leuten, die herumstanden, als seien sie unsicher, was zu tun sei. Nun, da der Vikar ihnen gesagt hatte, dass sie hinausgehen sollten, drehten sie sich ebenfalls um und machten sich auf den Weg zu den Türen am hinteren Ende der Kirche.

„Die Polizei", sagte ich. „Jemand muss die Polizei rufen."

Rafe schaute zum Dach. „Lass uns erstmal dafür sorgen, dass du hier herauskommst."

Ich wusste seine Sorge um mich zu schätzen, aber ich war nicht die Einzige, die hier in Gefahr war. Die vier Männer, Charlie und seine Trauzeugen, rangen noch immer mit dem schweren Balken. Alice stand da wie angewurzelt. Ich begriff, dass meine Hauptaufgabe als Brautjungfer darin bestand, der Braut zu helfen. Ich musste über den Balken klettern, um zu ihr zu kommen. „Rafe. Ihr Kleid hängt fest."

Er hatte den vier Männern zugeschaut, die schwitzend zogen und zerrten, aber der alte Balken war dick und schwer und rührte sich kein Stück. Er schaute zu mir und nickte kaum merklich, dann trat er vor, um zu helfen. Mir schwirrten einige Zaubersprüche im Kopf herum, aber der einzige, von dem ich annahm, dass er eventuell funktionieren könnte, hätte den Balken dazu gebracht, in die Luft aufzusteigen. Ich hatte nicht das Gefühl, dass einen massiven, alten Balken vor aller Augen herumschweben zu lassen, eine gute Idee wäre. Ich nahm an, Rafe hatte ein ganz ähnliches Problem. Er wollte den Balken nicht anheben, als wöge er nichts, aber um Alice zu befreien, brauchten wir seine übermenschliche Kraft.

Er beugte sich hinunter, schob seine Hände unter den

Balken und sagte dann ganz ruhig: „Auf drei. Eins, zwei, drei." Und sie bewegten den Balken weit genug, dass ich Alices Kleid hervorziehen und so Alice in Sicherheit bringen konnte. Sobald ich Alices Kleid befreit hatte, versuchte Alistair, den Balken weiter anzuheben. „Bitte", keuchte er, „Wir müssen zu Dad."

Rafe hielt ihn zurück. „Für Ihren Vater können wir nichts mehr tun. Es tut mir sehr leid. Lassen Sie uns alle hinausgehen und auf die Polizei warten."

Alle Männer außer Alistair erhoben sich. „Ich kann ihn nicht zurücklassen. Er hat doch nur noch mich." Er stand eindeutig unter Schock.

Violet legte ihren Arm um ihn und zog ihn sanft auf die Füße. „Dein Vater würde dich in Sicherheit wissen wollen. Er wird nicht lange allein bleiben. Es wird sehr bald jemand kommen."

Der Pfarrer trat zu Violet und Alistair und sprach leise mit ihnen. Ich war froh zu sehen, dass er sich anscheinend wieder gefangen hatte. Die ganze Hochzeitsgesellschaft ging aus der inzwischen leeren Kirche hinaus. Eigentlich hätten wir alle in froher Feststimmung hinausgeleiten sollen. Stattdessen humpelten wir erschüttert, von Schock und Trauer erfüllt, den Gang hinunter.

Als wir hinaustraten, eilten sowohl Charlies als auch Alices Eltern auf uns zu. Alices Mutter umarmte sie. „Oh, mein Liebling. Ich bin so froh, dass dir nichts passiert ist. Als ich sah, wie der Balken herunterkrachte, dachte ich zuerst, er hätte dich getötet."

Ich ließ meinen Blick über die Hochzeitsgäste schweifen, die auf der Wiese herumliefen. Sie bildeten kleine Grüppchen – Familien standen zusammen, Paare hielten sich an ihren Händen. Mütter trugen ihre Kinder auf dem Arm. Manche unterhielten sich leise. Einige weinten. Etwas abseits sah ich Sophie Wynter mit ihrem Bruder. Die Frau, die die ganze Hochzeitszeremonie hindurch geheult hatte, erschien nun bemerkenswert ruhig und tränenlos.

Niemand schien zu wissen, was zu tun war. Ich sagte zu dem Vikar: „Jemand sollte die Polizei rufen." Meine Handtasche war bei Alfred im Auto. Ein Blumenstrauß war alles, was ich bei mir trug.

Er schien dasselbe Problem zu haben, denn er klopfte seine Taschen ab, bevor er den Kopf schüttelte. „Ich nehme nie mein Mobiltelefon mit, wenn ich eine Predigt halte."

„Nein, natürlich nicht." Ich sah mich um. Hatte jemand anderes inzwischen die Initiative ergriffen und die Polizei angerufen? Unmöglich, das zu sagen. Charlies Eltern wirkten wie praktische, vernünftige Menschen. Ich fragte sie, ob sie Handys dabei hätten und den Notruf wählen könnten. Es war nicht zu übersehen, dass ihnen das noch nicht in den Sinn gekommen war. „Ja, gewiss." Seine Mutter klappte ihre Handtasche auf und fand ihr Mobiltelefon. Sie musste es zuerst einschalten, bevor sie den Anruf tätigen konnte.

Als sie auflegte, sagte sie: „Sie werden gleich da sein. Sie haben gesagt, dass alle hier bleiben sollen."

Ich nickte. Alistair Grendell-Smythe saß auf den Stufen der Kirche, die Hände vors Gesicht geschlagen. Rechts und links an seiner Seite saßen Wellesley und Violet und versuchten, ihn so gut es ging zu trösten. Ich lief zu den beiden Platzanweisern. „Die Polizei wird bald hier sein. Könnt ihr herumgehen und allen sagen, dass sie hierbleiben müssen, bis die Polizei eingetroffen ist? Niemand darf weggehen."

Charlies Cousin Walter, der uns hereingelassen hatte, war

so blass, dass ich befürchtete, er könnte ohnmächtig werden. „Verdammt, ich habe noch nie so etwas gesehen."

Und dann straffte er seine Schultern – „Los, komm schon, Eric" – und machte sich auf, allen die Nachricht zu überbringen.

Ich wusste nicht, was ich noch tun könnte. Rafe war nirgendwo zu sehen. Ich glaubte nicht, dass er gegangen war. Zweifelsohne hatte er ein schattiges Plätzchen gefunden und sich dorthin zurückgezogen. Während Alice mit Charlie beschäftigt war und Violet ihr Bestes gab, um Alistair zu trösten, fühlte ich mich verloren. Beatrice hatte einen hysterischen Anfall und schluchzte in den Armen von Alices Mutter. Mir war weder danach zu weinen noch mit fremden Menschen zu reden. Nigel und Giles standen bei Charlie und Alice, aber keiner von ihnen sprach. Was hätte man auch sagen sollen?

Ich ging den vorderen Weg zur Steinmauer und dem Tor, das auf die High Street hinausging. Wie war das geschehen? Was war ich nur für eine Hexe, dass ich diese Katastrophe nicht hatte verhindern können? Ich wusste, was Margaret Twigg antworten würde, hätte ich ihr diesen meinen Gedanken mitgeteilt: „Lucy, wir sind keine Zauberer. Und wir sind nicht Gott." Dennoch hasste ich es, dass ich diese Kräfte besaß und sie nicht angewendet hatte. Der Unfall war so plötzlich geschehen. In einem Augenblick machte der nette alte Mann Alice Komplimente, im nächsten war er tot. Zerschmettert.

Ich sah ein Paar, das mit seinem Hund die High Street entlangspazierte. Das war solch eine alltägliche Angelegenheit, dass ich ihren Anblick geradezu in mich aufsog. Der Hund war eine Art Terrier und hüpfte schwanzwedelnd mit heraushängender Zunge herum. Dem närrischen Welpen und dem älteren Paar, das mit ihm unterwegs war, zuzuschauen, besänftigte mein aufgewühltes Gemüt. Als sie näher kamen, erkannte ich sie. Es war Harry Bloom, ein ehemaliger Kriminalpolizist, der nach seiner Pensionierung mit seiner Frau Emily hierher gezogen war. Obwohl er nicht mehr bei der Polizei arbeitete und ganz offensichtlich seinen Samstagnachmittagsspaziergang genoss, winkte ich ihm aufgeregt zu.

Er mochte im Ruhestand sein, aber sein Instinkt war nach wie vor so scharf wie der jedes anderen Kriminalisten. Er übergab die Hundeleine seiner Frau und kam mit großen Schritten zu mir rüber. „Hallo Lucy. Ist alles in Ordnung?"

Er musste kein Detektiv sein, um an meinem Gesicht zu erkennen, dass etwas ganz und gar nicht stimmte und dass die Menge, die sich vor der Kirche versammelt hatte, nicht fröhlich Hochzeit feierte, sondern wie bei einer Beerdigung erschien.

In aller Kürze berichtete ich ihm, was geschehen war. Seine erste Frage war: „Sind alle aus der Kirche heraus?"

„Ja. Nun, alle außer Rupert Grendell-Smythe."

„War er das Opfer?", fragte er sanft.

Ich nickte.

Er hob seine Hand an seine Stirn, um seine Augen vor der Sonne zu schützen und schaute zur Kirche hinüber. „Und Sie sind absolut sicher, dass niemand anderes noch da drin ist?"

War ich das? „Nein." Ich hob meine Hände zu einer hilflosen Geste. „Ich bin ziemlich sicher, dass niemand im Hauptschiff der Kirche zurückgeblieben ist. Aber ich nehme an, in anderen Bereichen der Kirche könnte das anders sein." Ich sah mich um. „Fragen Sie das lieber den Vikar. Er steht da drüben."

„Und Sie haben die Polizei gerufen, nehme ich an?"

„Ja."

Als Harry Bloom durch das Tor schritt und zu Philip Wallington ging, fühlte ich mich unermesslich besser. Ihn umgab eine Aura von Autorität und er hatte jede Menge Erfahrung in Sachen Polizeiarbeit. Nun, da er hier war, musste ich mir nicht mehr so große Sorgen machen.

Seine Frau kam zu mir. „Lucy. Was ist passiert?"

Sie war zwar vielleicht keine Polizeibeamtin, aber sie war lange genug die Frau eines Polizisten gewesen. Ihr Blick, mit dem sie die Menge vor der Kirche betrachtete, war beinahe so scharf und gründlich wie der seine. „Kann ich irgendetwas tun?" Sogar der Hund hatte seine Ausgelassenheit verloren, ganz so, als spürte er die düstere Atmosphäre.

Ich war froh, dass sie keine gezielten Fragen stellte. Dennoch dachte ich, dass der herabgestürzte Balken ohnehin nicht lange ein Geheimnis bleiben würde. Ich sagte ihr also, was geschehen war. Sie legte ihre freie Hand an ihre Brust. „Oh mein Gott. Wie schrecklich, sein Leben als Ehepaar mit einer solchen Tragödie zu beginnen."

Ich hatte so sehr mit Alistair und Rupert Grendell-Smythe mitgelitten, dass ich mir noch gar keine Gedanken gemacht hatte, was all das für Charlie und Alice bedeutete. „Oh nein. Ihr Hochzeitsempfang."

Armer William. In diesem Augenblick war er sicher dabei, den Champagner zu kühlen und den Vorspeisen-platten den letzten Schliff zu verpassen, zu kontrollieren, dass die Schürzen des Servicepersonals makellos waren und ihre Krawatten gerade saßen.

Sie schüttelte ihren Kopf. „Das wird einen Schatten auf ihre ganze Ehe werfen."

„Das haben sie nicht verdient. Sie haben es verdient, glücklich zu werden."

Der Vikar sprach leise mit ihrem Ehemann. Er sah blass und krank aus. „Und der arme Philip. Wir hatten gerade erst die Spendenkampagne gestartet, um wegen des Klopfkäfers das Dach erneuern zu können. Aber das Renovierungskomitee der Kirche hatte extra Sachverständige kommen lassen, nach deren Aussage das Dach sicher sein sollte. Das ist ein furchtbarer Schlag für unsere ganze Gemeinde."

Für Rupert Grendell-Smythe war es ein noch viel furchtbarerer Schlag.

Ich dachte weiter darüber nach, dass ich gehört hatte, wie die Balken über mir stöhnten. Ich wollte nicht, dass sich diese ganze Tragödie allein um mich drehte, aber ich konnte nicht umhin, mich zu fragen, ob Constance Crosyer in irgendeiner Weise hinter dem Unglück steckte. Da draußen gab es sicher Frauen, die ihre Männer derart liebten, dass sie ihre Rivalinnen ermordeten, aber ich konnte mir kaum vorstellen, dass ausgerechnet Rafe so dumm gewesen sein sollte, einer solchen zu verfallen. Andererseits hatte er natürlich bis zu unserer Begegnung rund fünfhundert Jahre gehabt, um klüger zu werden. Vielleicht war er jung und dumm gewesen, als er Constance das erste Mal begegnete.

Emily beobachtete ihren Ehemann, wie er mit dem Vikar sprach. „Ich war in dem Komitee, das Philip Wallington als unseren Vikar auswählte. Er war vorher in Harlesden, wenn ich mich recht erinnere."

Als ich meine Augenbrauen fragend hob, sagte sie: „Das ist in London. Nicht gerade die beste Gegend." Sie schüttelte ihren Kopf. „Philip hat sich schier kaputt gearbeitet bei dem Versuch, die Probleme seiner früheren Gemeinde zu lösen und wir dachten, hierher zu kommen, wäre eine erholsame Abwechslung für ihn." Der Hund zog an der Leine, wollte zu Harry Bloom laufen, aber Emily sagte: „Sitz." Und als der gute Hund, der er war, setzte er sein Hinterteil auf den Boden, während der Rest seines Körpers sichtlich danach drängte, Harry zu folgen. „Was für ein furchtbares Unglück. Für uns alle."

Harry Bloom ging zu Alistair hinüber und übernahm Violets Sitzplatz neben dem trauernden Sohn. Als er sich hinsetzte, sah Alistair ihn ganz aufmerksam an, das Gesicht vollkommen bleich. Ich dachte, der pensionierte Polizist würde ihm sicher erklären, wie das weitere Prozedere aussähe.

Seine Frau sagte: „Bitte entschuldigen Sie mich. Ich werde mit Philip sprechen. Wir müssen die Gemeinde informieren. Einen anderen Ort für den morgigen Gottesdienst finden." Sie entschuldigte sich, dann gingen sie und der Hund zu dem angeschlagen wirkenden Vikar hinüber.

Ich wusste nicht, wo sich die Gemeinde morgen versammeln würde, aber ganz sicher nicht in St. John the Divine.

KAPITEL 9

$\mathcal{I}$ch sah mich suchend nach Rafe um. Ich hasste den Gedanken, ihn nach seiner toten Gattin zu fragen, aber er war der Einzige, der Constance zu Lebzeiten gekannt hatte und noch da war. Wenn ich mehr über sie in Erfahrung brachte, konnte ich vielleicht besser entscheiden, ob sie ein ruheloser Geist war, bereit, alles zu tun, um Rafe weiterhin für sich allein zu haben. Ich lief um die Kirche herum und fand ihn auf einer alten, steinernen Kirchenbank im Schatten eines Baumes, von wo aus man den Friedhof überblickte.

Es war ein friedlicher Ort, mit Blick auf verfallene Gräber und dahinter auf das Dorf selbst. Ich bezweifelte, dass sich diese Ansicht im Laufe der Jahrhunderte nennenswert verändert hatte. Die alten Cottages, die gewundenen Gassen, selbst dieser Baum, all das musste hunderte Jahre alt sein. Als ich mich neben ihn auf die Bank setzen wollte, hielt er mich davon ab. Er stand auf und zog sein Jackett aus, legte es auf den Sitz aus fleckigem Granit. „Ich möchte nicht, dass du dieses hübsche Kleid beschmutzt."

„Und was ist mit deinem Jackett?"

„Das spielt keine Rolle. Ich gehöre ja nicht zum engen Kreis Hochzeitsgesellschaft."

Ich seufzte. „Ich glaube, mein Kleid spielt jetzt auch keine Rolle mehr. Ich habe den Verdacht, diese Hochzeit ist gelaufen."

Er nickte. Im selben Augenblick sagten wir beide: „Armer William."

Dennoch setzte ich mich auf sein Jackett und er nahm wieder seinen Platz neben mir ein.

„Hast du ihn angerufen?"

Rafe nickte. „Aber ich habe ihm gesagt, er soll niemanden nach Hause schicken oder das Essen abräumen. Ich denke, jeder der mag, kann immer noch das Essen genießen, das William mit so viel Sorgfalt zubereitet hat."

„Das wird kein Hochzeitsempfang mehr sein, sondern eine Beerdigung."

Erneut nickte er.

Ich leckte mir über die Lippen. Hatte keinen Schimmer, wie ich eine Unterhaltung über seine tote Frau anfangen sollte. Ich schaute hinunter auf meine Knie, die ich unter meinem rosafarbenen Seidenkleid aneinanderpresste. Aus der Entfernung sahen wir vermutlich wie ein turtelndes viktorianisches Paar aus, wie wir hier so gesittet auf der Steinbank saßen. „Rafe, als ich das erste Mal diese Kirche betrat und auch heute während des Gottesdienstes, hatte ich das Gefühl, ich würde Geräusche hören, die vom Dach kämen. Ein Ächzen oder Stöhnen."

Sein Augen fokussierten sich auf mein Gesicht. „Stöhnen? Bist du sicher, dass es kein tickendes Geräusch war?"

„Nein. Eher wie ein Stöhnen oder Knarzen. Mein Gehör

ist überdurchschnittlich gut, aber deines ist beeindruckend. Hast du etwas gehört?"

„Nein. Aber ich stand auch nicht direkt unter dem schadhaften Balken, so wie du."

Ich fühlte, wie sich die Schuld regelrecht in meine Brust bohrte. Das war ein schreckliches Gefühl. „Hätte ich bloß etwas gesagt. Vielleicht würde dann Alistairs armer Vater noch leben."

Er griff zu mir herüber und nahm meine Hand, kühl und beruhigend hielt er sie in der seinen fest. „Und wenn das Kirchenkomitee den Klopfkäfer ernster genommen hätte, wäre Rupert Grendell-Smythe vielleicht noch am Leben und Charlies und Alices Hochzeit wäre kein Scherbenhaufen."

Daran hatte ich gar nicht gedacht. „Also meinst du nicht, dass es alles meine Schuld ist?"

„Ich glaube, dass das ganz und gar nicht deine Schuld ist."

Wie sollte ich nur davon anfangen, dass seine tote Frau möglicherweise versucht haben könnte, mich mit diesem Balken zu töten? „Ich habe den Gedenkstein an der Wand gesehen. Den für Constance Crosyer."

Ich hatte das mit sanfter Stimme gesagt, aber die Hand, die meine hielt, wurde plötzlich steif, um dann bewusst locker zu lassen. „Constance war meine Frau."

„Das tut mir so leid. Dir muss ihr Verlust so frisch erscheinen."

„Nun, selbst die heftigsten Emotionen verblassen mit der Zeit, aber Constance zu verlieren, war die schwärzeste Tragödie meines Lebens. Selbst ein Tod, den man am Ende eines erfüllten Lebens als dessen natürlichen Abschluss erwartet, führt dennoch zu Trauer. Ganz besonders bei jemandem wie mir. Jemandem, der hier zurückbleibt." Er hielt inne und schaute hinüber zu den Grabsteinen mit ihren von der Zeit ausgelöschten Inschriften, von denen einige umgestürzt waren oder so schief standen, als seien sie betrunken.

„Was war sie für ein Mensch?" Ja, ich war dabei herauszufinden, ob Constance versucht haben könnte, mir einen schweren Balken an den Kopf zu werfen und mich zu töten, aber ich war auch neugierig. Ich nehme an, jede Frau möchte wissen, wie ihre Vorgängerinnen waren.

Er nahm sich Zeit, seine Worte zu wählen. „Sie war von derselben Art wie du."

Obwohl mir Violet bereits gesagt hatte, dass Constance eine Hexe gewesen war, wollte ich mir nicht anmerken lassen, dass wir hinter Rafes Rücken über seine Privatangelegenheiten gesprochen hatten. Also sagte ich in leicht erstauntem Tonfall: „Sie war eine Hexe?"

„Das war sie. Eine sehr gute. Das waren damals gefährliche Zeiten für Hexen, aber sie hatte ein Talent für die Heilkunst und konnte es nicht ertragen, jemanden leiden zu sehen, ohne ihm zu helfen. Das war nicht alles Hexerei. Sie war eine echte Heilerin."

So ziemlich das Übelste, womit Hexen heutzutage zu rechnen hatten, war, dass man sich über sie lustig machte. Aber zu Constances Lebzeiten hatte man Frauen als Hexen verbrannt und gehängt, und die meisten, die umgebracht wurden, waren dabei noch nicht einmal Hexen gewesen.

Eine Frau, die zu Lebzeiten eine Heilerin gewesen war, klang nicht wie jemand, der sich plötzlich in einen rachsüchtigen Geist verwandelte. Dennoch musste ich es fragen: „War sie eine eifersüchtige Frau?"

Er lachte leise und schüttelte seinen Kopf. „Ganz und gar nicht. Es war nicht leicht für sie, wie du dir bestimmt vorstellen kannst. Sie alterte, wie es eine normale Frau eben tut, während ich überhaupt nicht alterte." Er sah mich bedeutungsvoll an und ich stellte mir vor, dass er mir damit zu verstehen gab, was mich erwartete, sollten wir unsere Beziehung fortsetzen. „Heute wie damals war ich gezwungen, ungefähr alle zehn Jahre umzuziehen, damit ich keinen Verdacht errege. Einmal hat uns ein Mob gejagt. Nicht, um mich zu beschuldigen, ein Vampir zu sein, sondern um meine Frau der Hexerei anzuklagen. Sie hatten den Verdacht, dass sie mit einem Zauberspruch dafür gesorgt hatte, dass ich auf ewig jung blieb." Sein Lachen war ein bitteres. „Wenn sie mich hätte verwandeln können, hätte ich mich entschieden, zusammen mit ihr sterblich zu sein. Aber kein Zauberspruch ist mächtig genug, um einen Vampir wieder in einen Sterblichen zu verwandeln."

Er schaute weiter hinüber zu den Grabsteinen. „Am Ende haben wir uns nicht als Mann und Frau, sondern als Mutter und Sohn ausgegeben. Dennoch, Constance war die Liebe meines sehr langen Lebens." Er schaute mich an. „Bis jetzt."

Ich hatte das Gefühl, mir bliebe der Atem weg. Ich wusste, dass ich ihm wichtig war, aber doch nicht auf diese Art. „Ich habe mich gefragt, ob Constance vielleicht wütend auf mich sein könnte."

Sein zärtlicher Gesichtsausdruck verschwand. „Du glaubst, meine Frau, die vor beinahe fünfhundert Jahren starb, könnte ein Geist mit Rachegelüsten sein?"

Jetzt fühlte ich mich wirklich wie eine Idiotin. „Als ich ihre Gedenktafel an der Wand sah und dann das Krachen im Gebälk hörte, fragte ich mich das."

„Nein. Constance würde wollen, dass ich glücklich bin. Das tat sie immer. Als sie alt wurde, sagte sie, sie würde es verstehen, wenn ich mich nach einer anderen umsähe. Dass sie sich nicht nur als meine Mutter ausgeben würde, sondern sich wie diese verhalten und ihre Nachfolgerin willkommen heißen würde. Das war keine Frau, die eine andere verletzen würde. Eher würde es sie glücklich machen zu wissen, dass ich wieder jemanden gefunden habe."

Ich wusste nicht, was ich sagen sollte. Natürlich war er mir wichtig. Aber es war nicht zu leugnen, dass ich dasselbe Problem wie Constance bekommen würde, wenn ich bei ihm bliebe. Er fuhr fort: „Sie hätte dich gemocht. Ihr seid euch sehr ähnlich." Er machte eine Pause, bevor er weitersprach: Als ich dich das erste Mal sah, war das ein Schock. Du siehst sogar so aus wie sie."

Er war hier nicht der Einzige, der einen Schock bekam. „Ich sehe wie deine tote Frau aus? Die im 16. Jahrhundert gelebt hat?"

„Das ist nicht so seltsam, wie man denken könnte. Ein Teil von Constances Familie zog nach Salem, Massachusetts."

„Salem? Ich vermute, das nahm kein gutes Ende?"

„Vergiss nicht, dass die echten Hexen ihre Kräfte hatten und ein sehr gutes Untergrundnetzwerk. Viele von ihnen entkamen. Deine Vorfahren etwa."

„Meine Vorfahren?"

„Ja. Ich vermute, du bist ein Nachkomme von Constances Schwester."

Ich hob meine Hände. „Machst du dich über mich lustig? Mir wird ganz schwindelig bei dem Gedanken."

Er kicherte. „Stell dir einfach vor, wie ich mich fühlte, als ich dich sah."

„Das schmeißt allerdings meine Theorie über den Haufen, dass deine Frau es auf mich abgesehen hatte."

„Alles, was Constance wollen würde, wäre, mich glücklich zu sehen."

Gut gemacht, Lucy. Ich hatte herausfinden wollen, ob seine geliebte verstorbene Gattin meine Todfeindin war und alles, was ich dafür bekam, war, dass er mir praktisch seine unsterbliche Liebe gestand. Und wenn ein Vampir dir seine unsterbliche Liebe gesteht, dann meint er das ganz genau so.

Nun, zumindest musste ich mir nicht länger Sorgen machen, ob da draußen ein unglücklicher Geist Jagd auf mich machte. Allerdings würde ich auch irgendwie auf meinen untoten Verehrer reagieren müssen, obwohl ich nicht die geringste Idee hatte, wie diese Reaktion aussehen könnte.

„Selbst, wenn du nicht zu ihrer Familie gehören solltest, würde sie dennoch über dich wachen, wenn sie das könnte. Nein, falls meine Frau ein Geist ist, dann ist sie ein guter Geist." Er schaute sich beinahe traurig auf dem Friedhof um. „Aber ich glaube nicht, dass sie noch immer auf Erden wandelt. Ich glaube, dass sie wirklich fort ist."

„Also war das nichts als Pech. Der arme Vikar war ganz grau im Gesicht, aber es scheint, als hätte das Restaurierungskomitee der Kirchengemeinde Gutachter beauftragt. Und diese haben allem Anschein nach behauptet, das Dach sei hinreichend sicher. Das Komitee dachte, sie hätten Zeit, um Spenden einzuwerben, mit denen sie dann die Schäden im Dach reparieren lassen könnten. Sieht ganz so aus, als hätte sich da jemand ganz furchtbar vertan."

Rafe drehte sich zu mir, und sein Gesicht hatte diesen wachen, vorsichtigen Ausdruck. „Dessen bin ich mir nicht so sicher."

Das Oberteil meines Kleides fühlte sich plötzlich unangenehm eng an, als hätte ich eingeatmet und vergessen, wieder auszuatmen. „Was meinst du damit?" Ich kannte diesen seinen vorsichtigen Gesichtsausdruck, und der bedeutete für gewöhnlich, dass er versuchte, mich vor schlechten Nachrichten abzuschirmen.

„Ich bin nicht vollkommen sicher, dass ein Unfall hinter dem Sturz des Balkens steckt."

„Was?" Ich kreischte das Wort so laut, das aus einem Busch laut aufgeschreckt quäkend ein Vogel aufflog.

„Man wird den Balken genau untersuchen müssen, aber auf mich wirkten die Enden doch viel zu glatt. Beinahe so, als hätte man sie abgesägt."

„Abgesägt?" Diesmal kreischte ich nicht, also schreckten auch keine Wildtiere auf, obwohl meine Stimme nach wie vor alarmiert war. „Du meinst absichtlich?"

Ich wusste, dass das eine dumme Bemerkung war. An dem Balken war wohl kaum versehentlich gesägt worden, aber Rafes Verdacht erschütterte mich zutiefst. Und Rafe hatte wahrlich keinen Hang dazu, unnötig Angst und Schrecken zu verbreiten.

Er überging meine alberne Reaktion und antwortete ganz ruhig: „Das glaube ich."

„Aber von wem? Warum?"

„Zwei ausgezeichnete Fragen."

In meinem Hirn rotierte es. „Glaubst du, jemand hatte vor, während der Hochzeit Unruhe zu stiften und das Ganze war ein schiefgegangener Streich?"

Er dachte über meine Frage nach. Dann schüttelte er seinen Kopf. „Es ist zu aufwendig, als dass es ein Streich sein könnte."

„Aber sagst du dann nicht, dass Rupert Grendell-Smythe ermordet wurde?"

„Genau das sage ich."

„Wer würde diesen netten alten Mann umbringen wollen?"

Erneut schien es, als würde er meine Frage genau abwägen. „Jemanden umzubringen, indem man einen verrotteten Balken auf seinen Kopf fallen lässt, ist keine besonders zielgenaue Mordmethode, würde ich meinen. Vielleicht war er gar nicht das anvisierte Opfer."

Diese Theorie gefiel mir wahrlich nicht. „Also wäre das echte Opfer immer noch in Gefahr?"

„Ja."

„Aber wer –" Und dann sah ich den Sturz vor meinen Augen, das furchtbar Geräusch beim Aufprall, die Schreie und Alices Kleid, dessen Schleppe unter dem zerbrochenen Balken eingeklemmt war. So nah war sie dem Tod gewesen. „Alice", flüsterte ich.

„Zieh keine voreiligen Schlüsse", ermahnte er mich. „Jeder in der unmittelbaren Umgebung hätte das Ziel sein können oder jemand hegte Groll gegen die Kirche oder den Pfarrer und wählte Charlies und Alices Hochzeit, weil dann die Kirche zu einem ganz bestimmten Zeitpunkt voller Menschen sein würde."

„Aber warum hätten man den Balken nicht an einem Sonntag während des Gottesdienstes herunterkommen lassen sollen? Das wäre ebenfalls ein vorher festgelegter Zeitpunkt und die Kirche wäre auch dann voller Menschen."

„Ich kann mir verschiedene Gründe vorstellen. Erstens könnte der Mörder jemand sein, dessen Fehlen im Sonntagsgottesdienst auffallen würde. Zweitens könnten Menschen, die er oder sie liebt, zur Gemeinde gehören, die er oder sie nicht gefährden wollte. Drittens gehen sonntags vielleicht nicht genug Menschen in die Kirche, sodass damit nicht die Aufmerksamkeit und das Drama erzielt würden, um die es ging."

Mir gefiel die Vorstellung nicht, dass jemand rein zufällig Alices und Charlies Hochzeit gewählt hatte, um dieses schreckliche Tat zu begehen. Aber ebenso wenig gefiel mir die Aussicht, dass Alice und Charlie ins Visier genommen worden waren. So schlimm ein zufällig herabgestürzter Balken gewesen wäre, er wäre doch besser gewesen als das, was Rafe andeutete.

Ich wollte so sehr, dass der Klopfkäfer der Schuldige war.

„Wirst du der Polizei von deinem Verdacht erzählen?"

„Das sind ausgebildete Ermittler. Ich denke, sie werden von alleine darauf kommen."

Ich stand auf, schüttelte seine Jacke aus und gab sie ihm wieder. „Ich denke, ich sollte nachsehen, wie es geht. Schauen, ob Alice etwas braucht."

Er stand ebenfalls auf. „Die Polizei sollte inzwischen da sein. Sie werden alle befragen wollen, nehme ich an."

„Arme Alice, armer Charlie. Was für ein Start ins Eheleben."

„Hätte schlimmer kommen können. Einen von ihnen beiden hätte von dem Balken erschlagen werden können."

Ich warf ihm einen strengen Blick zu. „Nur Augenblicke, bevor der Balken herunterkam, stand Alice da und sprach mit Rupert Grendell-Smythe. Du hast sie gesehen. Sie war so nah dran, dass die Schleppe ihres Kleides unter dem Balken eingeklemmt wurde." Ich schauderte. „Was für ein Glück, dass ihr nicht mehr passiert ist."

„Ich frage mich ...“

Ich wusste, was er dachte. Ich schüttelte meinen Kopf. „Denk gar nicht erst daran. Es ist eine alte Kirche. Wir wissen, dass in diesen Balken der Klopfkäfer rumort. Es könnte sein, dass es ein Unfall war.“

Wenn ich diese Worte nur oft genug wiederholte, würde ich sie vielleicht irgendwann selbst glauben.

Ich wollte nicht, dass Rafe mit seine Theorie richtig lag, aber ich wollte auch nicht den Kopf in den Sand stecken und so womöglich eine Frau, die ich sehr mochte, in Lebensgefahr belassen. Wenn es da draußen einen Killer gab, würden wir ihn finden müssen. Ich sah Rafe an. „Okay. Du hast das alles offenkundig bereits durchdacht. Wie konnte der Mörder den Balken ansägen und sich sicher sein, dass er genau in diesem Moment fallen wird?“

„Der Mörder hat nicht allzu viel dem Zufall überlassen. Ich glaube, er oder sie stieg hinauf ins Dach und sägte den Balken weit genug an, sodass ein kräftiger Stoß den Sturz auslösen würde.“

Ich erinnerte mich an das Geräusch, das wie ein Pistolenschuss geklungen hatte.

„Aber wie kommt man hinauf aufs Dach?“ Ich sah hinter mich und sah den Turm, der in den blauen Himmel aufragte. „Der Glockenturm?“ Dann beantwortete ich meine eigene Frage. „Aber das ist unmöglich. Die Glocken sollten doch läuten, wenn Alice und Charlie aus der Kirche getreten wären.“

Wie ich so darüber nachdachte, wurde mir klar, dass ich nicht allzu viel über Glockentürme wusste. „Kann man überhaupt auf einen Glockenturm hinaufsteigen?“

Er blickte amüsiert. „Was glaubst du, wie man früher die

Glocken geläutet hat? Die Glocken wurden mit der Hand geläutet. Tatsächlich ist das heute noch bei vielen so. Ich kenne Menschen, für die das ein entspannendes Hobby ist. Sie steigen in den Turm hinauf, nehmen sich die Stricke der Glocken und ziehen in einer bestimmten Reihenfolge daran."

Ein mörderischer Glöckner? Das wäre ja das Allerneueste.

„Aber ich glaube nicht, dass der Mörder im Glockenturm war. Der liegt auf der der Apsis gegenüberliegenden Seite der Kirche."

„Aber wie kletterte der Killer dann hinauf ins Dach?" Und dann war es mir plötzlich klar. „Das Gerüst." Die Kirche hatte die metallenen Stützen mit blauer Plane verkleidet, um den hässlichen Anblick zu verhüllen, und so hätte der Mörder die Metallstreben hinauf und hinein ins Dach klettern können. Alles, was er dann noch hätte tun müssen, war dem Balken im passenden Moment einen Stoß zu versetzen.

Er nickte.

Ich begann zu verstehen, warum ich Rafe hier draußen sitzend gefunden hatte. Er hatte nicht einfach nur nach einem schattigen Plätzchen gesucht, er hatte sich auch als Detektiv betätigt.

„Aber wie ist er oder sie entkommen?"

„Das Gerüst befindet sich vor der Orgel, nicht wahr?"

„Ja."

„Unterhalb der Orgelempore gibt es eine Tür ins Freie." Er deutete darauf und ich sah eine Tür in der steinernen Kirchenmauer. „In dem Durcheinander kletterte der Killer ein Stück das Gerüst herunter, glitt an einer Orgelpfeife hinunter und spazierte durch diese Tür hinaus."

Und so leicht war also ein Mörder entkommen.

KAPITEL 10

*I*ch ging zu der Tür und öffnete sie.

„Geh dort nicht hinein", sagte Rafe warnend hinter mir.

„Das werde ich nicht." Aber ich streckte meinen Kopf hinein, damit ich eine Vorstellung von dem bekam, worüber wir hier sprachen. Was ich sah, war ein enger Korridor, der zu einem ziemlich dunklen Ort führte. Ich konnte gerade so eben den Spieltisch der Orgel erkennen, aber da das Licht ausgeschaltet worden war, nicht wirklich viel sehen. Die Orgelpfeifen strebten hoch hinauf und ich fragte mich, ob Rafe recht haben könnte. Könnte ein Killer sie benutzt haben wie ein Feuerwehrmann die Rutschstange und so entkommen sein?

Und hätte der Mörder das tatsächlich bewerkstelligen können, ohne dabei von der Organistin gesehen worden zu sein? Die Musik hätte jegliches Geräusch überdeckt und ich nehme an, die Organistin war viel zu sehr in ihr Spiel vertieft, um zu bemerken, was in ihrem Rücken vor sich ging.

Ich trat vom Durchgang zurück. „Wir sollten das der Polizei sagen."

„Noch einmal, die Polizei ist nicht dumm. Sie werden dieselben Schlüsse ziehen wie wir."

Ich trat noch einen Schritt zurück und betrachtete diese alte Kirche. Der Klopfkäfer war nicht der Einzige, der am Verfall des Gebäudes arbeitete. An manchen Stellen breitete sich Moos aus und einige Steine waren bereits aus der Wand gefallen. Sie lagen verstreut am Boden, als wollten sie an den Lauf der Zeit erinnern, genau wie die verwitterten, verfallenen Grabsteine, bei denen nicht mehr zu erraten war, wer unter ihnen begraben lag.

Ich hörte, wie die Polizei eintraf und sagte zu Rafe, dass wir zu den anderen gehen sollten. Er bedeutete mir, voranzugehen. Als ich um die Kirche herum auf deren Vorderseite ging, stellte ich fest, es hatte sich nicht allzu viel verändert – abgesehen davon, dass nun verschiedene Polizeiwagen aufgereiht dort standen. Ich erkannte Detective Inspector Ian Chisholm, in dessen rotblondem Haar das Sonnenlicht tanzte, während er sich vorbeugte, um Beatrice zuzuhören, die sich anscheinend in den nächsten, hysterischen Anfall hineingesteigert hatte. Sergeant Barnes, ein weiterer Polizist, den ich kannte, sprach mit Alistair. Harry Bloom stand mit seiner Frau und Philip Wallington zusammen. Er schien unsicher, ob er gehen oder bleiben sollte. Ihr Hund saß da und schaute zu ihm hoch, als fragte auch er sich, was sein Herrchen wohl tun würde.

Vorne parkte ein Rettungswagen und zwei Rettungssanitäter standen mit einer Krankentrage vor der Kirche. Ich fragte mich, warum sie nicht hineingingen.

Violet erspähte mich und kam zu mir. „Ian Chisholm hat dich gesucht."

Ich wollte mich gerade auf den Weg zu ihm machen, als die Feuerwehr auftauchte. Dann verstand ich, warum die Sanitäter nicht in die Kirche hineingegangen waren. Ohne Zweifel hatte die Polizei angeordnet, dass niemand hineingehen dürfe, bevor die Feuerwehr vor Ort war. Sie hatten die Ausrüstung für unsichere Gebäude dabei. Und dass diese Kirche unsicher war, war heute Morgen unzweifelhaft bewiesen worden.

Letztlich nahm nicht Ian, sondern ein uniformierter Beamte meine Aussage auf. Ich gab an, dass ich gedacht hatte, ich hätte die Balken knarzen gehört, was für mich jedoch nicht so geklungen hatte, als ob das Dach einstürzen würde. „Es hörte sich eher so an, als ob man über einen Holzboden läuft und dann auf eine knarrende Stelle tritt."

Nigel Potts kam zu mir. Er rückte seine Brille gerade, nicht, dass das nötig gewesen wäre, aber ich vermutete, das war so etwas wie eine nervöse Angewohnheit. Wenn bei dieser Hochzeit alles nach Plan gelaufen wäre, wäre er derjenige gewesen, der mich beim Gang aus der Kirche hinausbegleitet hätte. „Es tut mir schrecklich leid, Lucy, aber ich werde dich nicht zum Empfang begleiten können. Alistair muss seinen Vater offiziell identifizieren und ich habe zugesagt, ihn zu begleiten."

„Ja, aber natürlich. Wäre es für Alistair sehr schlimm, wenn wir den Hochzeitsgästen trotz allem Essen anbieten?"

„Nein. Er hat darauf bestanden, dass Charlie und Alice weitermachen. Das wäre das, was sein Vater gewollt hätte, sagte er. Und ich glaube, das stimmt. Rupert liebte Feste."

Ich fühlte, wie es in meinem Augenwinkel angesichts dieses Mannes, den ich kaum kannte, kribbelte. Ein Mann, der extra nagelneue Schuhe gekauft hatte, um zu einer Hochzeit zu gehen.

„Natürlich."

Dann trennte Philip Wallington sich von den Blooms. Er stieg auf einen der Steine, die den Weg zur Kirchentür säumten. Das war zwar nur eine improvisierte Kanzel, aber sie erlaubte es ihm, zu sehen und gesehen zu werden. Er wirkte immer noch aufgewühlt, aber er schaffte es, ruhig und kontrolliert um Aufmerksamkeit zu bitten. Alle hörten auf zu reden und versammelten sich um ihn, als seien sie dankbar, dass ihnen nun jemand sagen würde, was sie tun sollten. Wie es weitergehen würde.

„Alice und Charlie, liebe Freunde. Gottes Wege sind in der Tat unergründlich. Wer wüsste zu sagen, warum Rupert Grendell-Smythe heute so grausam und plötzlich aus dem Leben gerissen wurde? Mitten in großer Freude erleben wir nun tiefe Trauer. Unsere Gedanken sind bei seinem Sohn Alistair, bei seiner Familie und all seinen Lieben. Lasst uns beten."

Es war ein kurzes, bewegendes Gebet. Dann sagte er: „Mit dem Segen von Alistair Grendell-Smythe haben Charlie und Alice mich gebeten, euch zu sagen, dass sie sich freuen würden, euch alle wie geplant in Crosyer Manor zu sehen. Und die Polizei hat mich gebeten, euch mitzuteilen, dass alle nun gehen dürfen. Möge Gott euch segnen."

Alle wandten sich wieder denjenigen zu, mit denen sie zuvor zusammengestanden hatten, und begannen zu reden. Hinter mir hörte ich, wie eine ältere Frau sagte: „Ich weiß nicht. Sollen wir hingehen? Das erscheint ein wenig makaber." Ich kannte die Sprecherin nicht, aber ich drehte mich sofort um und erblickte ein Paar, das unsicher dastand. Zweifelsohne waren sie Freunde der Familie der Braut oder des Bräutigams und hatten einen weiten Weg zur Hochzeit auf sich genommen. „Bitte", sagte ich, denn ich hatte den Eindruck, mein Brautjungfernkleid gab mir ein gewisses Recht, mich einzumischen, „bitte kommen Sie. Die Caterer haben so wunderbare Arbeit geleistet. Es wäre schrecklich, all das gute Essen verderben zu lassen. Ich glaube, Mr Grendell-Smythe würde wollen, dass Alice und Charlie jetzt von ihren Freunden und Familien umgeben sind."

Die Frau, die mich unter ihrem großen, blassblauen Hut anschaute, schien dankbar für meine Einmischung. „In der Tat, meine Liebe, ich nehme an, das wird das Beste sein."

Überraschenderweise kam der Vikar zu Charlies und Alices Hochzeitsempfang. Er war ganz grau. War diese Blässe normal für einen Mann, der unter Schock stand? Oder mischte sich dort Schuld hinein? Ich wollte mir nicht vorstellen, dass der nette Pfarrer Feinde hatte, aber wenn jemand den Balken absichtlich manipuliert hatte, könnte Rafe recht haben. Es könnte sein, dass die Kirche selbst oder ganz speziell der Pfarrer das tatsächliche Ziel gewesen waren. Es fühlte sich an, als wären dies die ersten Stunden nach einem Terroranschlag. Mir wurde bewusst, dass ich darauf wartete, dass jemand sich dazu bekannte.

Die Leute, die in Rafes Haus kamen, blieben zumeist mit ihren Bekannten zusammen, ganz so, wie es vorher auf dem Kirchhof gewesen war. Als sei das irgendwie sicherer. Oder vielleicht suchten sie auf diese Art auch bloß Trost. Der

Pfarrer ging von Gruppe zu Gruppe und bot seinen Beistand an. In einem Moment, als er gerade allein für sich herumstand, beschloss ich, zu ihm zu gehen, um ihn ein wenig besser kennenzulernen. Ich war nicht länger als Brautjungfer hier. Ich hatte die Rolle gewechselt und war nun als Amateurdetektivin unterwegs.

Nur, dass ich das für mich behielt. Ich hatte den Verdacht, die Leute würden offener mit einer Brautjungfer im rosa Kleid sprechen als mit der Polizei.

Ich näherte mich dem Vikar. Er lächelte mich müde an und ich konnte beinahe sehen, wie er sich für ein tränenreiches Gespräch wappnete. Vielleicht dachte er, ich würde mich ihm weinend an die Brust werfen, wie Beatrice es vor meinen Augen getan hatte. Nicht, dass sie etwas dagegen hätte tun können. Offensichtlich war sie emotionaler als ich und ziemlich sicher sehr viel weniger an überraschende und mysteriöse Todesfälle gewöhnt.

Hatte dem Pfarrer gegenüber irgendjemand eine Form von Mitgefühl geäußert? Er war doch ein weiteres Opfer der heutigen Tragödie. Dass ein verdächtiger Todesfall während seines Hochzeitsgottesdienstes geschah, musste sowohl für die Kirche als auch für ihn selbst ein schrecklicher Schlag gewesen sein, vermutete ich. Würde er sich auf ewig fragen, wie die Ereignisse sich entwickelt hätten, wenn er ein wenig schneller gesprochen hätte? Den Gottesdienst zwei oder drei Minuten früher begonnen hätte?

Aber natürlich, wenn Rafe recht hatte und kein Unfall hinter dem Sturz des Balkens steckte, hätte das alles letztendlich keine Rolle gespielt. Irgendwer läge immer noch tot in der Kirche.

„Philip. Wie kommen Sie klar?", fragte ich ihn. Da er den ganzen Nachmittag hindurch bis jetzt derjenige gewesen war, der anderen sein Mitgefühl entboten hatte, blinzelte er mich ob meiner Worte geradezu schockiert an. Er schien seine Gedanken zu sortieren.

„Lieb von Ihnen zu fragen." Ich konnte sehen, wie er all die Namen nach meinem durchforstete. „Sie sind Lucy, nicht wahr?"

Selbst in der Tragödie funktionierte sein Gedächtnis blitzschnell. Ich war beeindruckt. „Ja. Das stimmt." Ich deutete auf mein Kleid. „Eine der Brautjungfern."

„Was für ein trauriges und tragisches Ereignis. Was für ein Glück für Alice, dass sie gute Freunde hat, die ihr in diesen schweren Zeiten beistehen." Das hörte sich an wie etwas, das er in den letzten Stunden unzählige Male gesagt haben dürfte.

„Philip, ich habe gesehen, wie Sie den ganzen Nachmittag allen Trost geboten haben. Haben Sie Freunde, die Sie unterstützen werden? Ich vermute, auch für Sie sind das schwere Zeiten."

Zuckte er ein wenig zusammen? Er sah nicht etwa schuldbewusst aus, sondern vielmehr überrascht. War es ihm nicht in den Sinn gekommen, dass seine Kirche für eine gewisse Zeit geschlossen wäre und zweifelsohne unangenehme Fragen gestellt würden? Ich war mir nicht sicher, wie die Hierarchie unter Klerikern aussah, aber ich vermutete, er war innerhalb seiner Kirchengemeinde so etwas wie die Autorität vor Ort und vermutlich derjenige, der letztendlich die Entscheidung getroffen hatte, ob die Kirche während der Phase des Spendensammelns für die Reparatur des Daches offen bleiben sollte. Ich fragte mich, ob dieser Balken seiner

Karriere so jäh ein Ende bereiten würde, wie er Rupert Grendell-Smythe den sicheren Tod gebracht hatte.

„Natürlich war es eine furchtbare Tragödie. Aber wer kann Gottes Plan schon voll und ganz begreifen?"

„Sind Sie schon lange in St. John the Divine tätig?"

Erneut schien ihn die Frage zu überraschen. „Noch nicht sehr lange. Etwas über zwei Jahre. Ich glaube nicht, dass Sie zu meiner Gemeinde gehören?"

„Nein. Ich lebe in Oxford."

„Ich war sehr froh, als mich der Ruf ereilte, nach Moreton-under-Wychwood zu ziehen."

„Das Leben hier muss nett und ruhig sein." Er war recht jung. Ich fragte mich, ob er sich je langweilte.

„Nicht immer", sagte er und verzog seine Lippen zu einem ironischen Ausdruck. Obwohl ich es nicht wollte, musste ich lachen. Er hatte Sinn für Humor.

„Vorher war ich in London, also musste ich mich erst einmal an die Umstellung gewöhnen. Jede Herde hat ihren eigenen Charakter."

Ich vermutete, von London in die Wildnis Oxfordshires versetzt zu werden, galt in den wenigstens Branchen als Aufstieg. Ganz im Gegenteil. Galt das auch für die anglikanische Kirche? Und wenn man ihn degradiert hatte, musste ich mich fragen, warum. Emily Bloom hatte zwar etwas von einem Burnout angedeutet, dennoch fragte ich mich das.

Wie konnte ich nachfragen, ohne dass es zu offensichtlich war? Ich war nicht gerade die subtilste Person und als Nordamerikanerin ohnehin direkter als die meisten Briten. Ich entschied mich für: „Vermissen Sie London?"

„Oh ja, manchmal. Ich vermisse das Theater und die Sinfonie. Allerdings war meine Gemeinde nicht immer gerade einfach. Ich war in einer Gegend mit sehr hoher Kriminalitätsrate, in einer der Ecken Londons, die die Gentrifizierung zwar erreicht hat, die aber immer noch reichlich Probleme bietet."

Probleme? Mein Detektivinstinkt war geweckt. „Was denn für Probleme?"

„Vor allem Suchtprobleme. Alkohol, Drogen, Spielsucht, all das führt zu Kriminalität, Armut, Gewalt. Das ist ein Teufelskreis, aber wenn man den durchbrechen kann, kann das Leben neu beginnen." Während er sprach, sah, ich, wie das Grau aus seinem Gesicht zu schwinden begann. Er hörte sich wirklich enthusiastisch an. Warum hatte er dann eine Arbeit aufgegeben, die er offensichtlich liebte?

Dann wurden wir hinaus auf die Terrasse gerufen und ich hatte keine Gelegenheit für weitere Fragen mehr. Es war Zeit für die Reden.

Wellesley wartete, bis alle um die Terrasse herumstanden. Es war immer noch warm und ich konnte die letzten Rosen des Sommers riechen, das Gras, das erst vor kurzem gemäht worden war, und das Parfüm von irgendjemandem. Kellner liefen mit Tabletts mit Gläsern voller Champagner und Mineralwasser herum.

Und was tat ich? Ich griff sofort zum Champagner.

Ich fühlte, dass sich die Stimmung veränderte, wie durch eine Brise, die durch die Blätter strich, nur dass es eine emotionale Brise war.

Keiner von uns war bereit für Festreden, doch das hier war ja immer noch Charlies und Alices Hochzeit. Was sollten wir tun? Ich schaute zum glücklichen Paar, und die beiden sahen nicht so glücklich aus, wie sie hätten aussehen sollen.

Immerhin sah ich, dass sie gemeinsam traurig waren. Die Nähe zwischen ihnen war rührend.

Wellesley wartete, bis wir alle unsere Getränke hatten, dann sagte er: „Alistair war Charlies Trauzeuge. Nicht ich. Er hat mich gebeten, für ihn einzuspringen. Er hat mir sogar die Rede gegeben, die er geschrieben hat." Wellesley wedelte mit einigen ausgedruckten Seiten in der Luft herum, damit wir sie alle sehen konnten. „Glaubt mir, das ist eine brillante Rede voll cleverer Anekdoten und dem einen oder anderen Seitenhieb auf Charlie. Liebend gerne hätte ich euch allen das vorgelesen, während wir alle in bester Laune und den Glücksgefühlen zusammengekommen wären, die eine Hochzeit mit sich bringt. Und noch lieber hätte ich Alistair zugehört, wie er diese Rede hält. Er hat mir wie Alice und Charlie versichert, dass er möchte, dass die Feier wie geplant weitergeht."

Er seufzte und schüttelte seinen Kopf. „Aber ein Mann ist heute gestorben." Vor unser aller Augen riss er die Rede mitten durch. Das war eine schockierende Geste und eine weitere Erinnerung daran, dass diese Hochzeit anders als alle war, bei denen ich je gewesen war.

Wellesley steckte die zerrissenen Seiten in die Tasche seines Anzugs. Dann schaute er zum Hochzeitspaar. „Macht euch keine Sorgen. Alistair hat davon eine Kopie auf seiner Festplatte. Eines Tages wird er diese Rede halten, vielleicht bei eurem 50. Hochzeitstag. Aber nicht heute. Denn heute ist ein Mann gestorben. Er war ein wunderbarer Mann. Rupert Grendell-Smythe liebte das Leben. Er liebte es zu feiern und er liebte Charlie von Herzen. Rupert interessierte sich für Pferderennen. Niemand bekam je von ihm Tipps fürs

Rennen, außer Charlie. Allein das zeigt uns, was für ein besonderer Mensch er war."

Charlie rief aus: „Ja, aber diese Pferde haben nie gewonnen. Sie verpatzten das Rennen stets weit vor der Ziellinie."

Einige kicherten. „Ich glaube wirklich, dass Rupert in diesem Moment bei uns ist, auf uns hinunter schaut und sich wünscht, er könnte auch ein Glas dieses herrlichen Champagners haben. Und ich glaube, Rupert würde wollen, dass ich Alice und Charlie sage, das Leben ist kurz. Und, wie Rupert zweifelsohne hinzufügen würde, du weißt nie, wie kurz."

Irgendwo ertönte das Klatschen eines Einzelnen, aber niemand fiel ein, also endete es so abrupt, wie es angefangen hatte.

„Ihr beide hattet das Glück, die Person zu finden, die euch zum Teil eines Paares macht, sodass aus zwei Hälften ein Ganzes entsteht. Von genau dieser Art war auch Ruperts Ehe, und als seine Frau Lydia starb, war er verloren. Jetzt ist er wieder mit ihr vereint, und wenigstens darüber müssen wir uns freuen."

„Was Rupert und Lydia all diejenigen von uns lehrten, die sie kannten, ist, dass eine Ehe eine echte Partnerschaft ist. Dass es dabei ums Teilen geht. Das ist gerade für uns alle ein schwieriger Moment, aber es ist dennoch Alices und Charlies Hochzeit. Ich schlage vor, dass wir Rupert eine Schweigeminute widmen, dem Mann, der jeden von uns an seinem Abendbrottisch willkommen hieß und der so erfreut war, dass einer seiner Adoptivsöhne eine so wunderbare Frau heiratete."

Als wir schweigend auf der Terrasse standen, hielt ich mich an dem Bild der brandneuen Schuhe fest, die der Mann auf Charlies und Alices Hochzeit in freudiger Erwartung

einer wunderbaren Feier getragen hatte. Er hatte Alice aufgehalten, um ihr an ihrem Hochzeitstag zu gratulieren. Wäre er
vielleicht nicht so sehr darauf bedacht gewesen, ihr alles
Gute zu wünschen, wäre er vielleicht noch hier unter uns.
Und wenn Charlie seine Braut nicht gedrängt hätte, weiterzu-
gehen, wäre Alice das vielleicht nicht mehr.

In dieser Schweigeminute sann ich über die Launen des
Schicksals nach und wie eine Minute oder sogar nur wenige
Sekunden den Unterschied zwischen Leben und Tod ausma-
chen können. Niemand konnte vorab erahnen, wie sich die
Dinge entwickeln würden.

Es war berührend und schön, als nach einer Minute einer
der Musiker den Weckruf spielte. Dann fuhr Wellesley fort:
„Und nun wünschen wir alle dir, Rupert, Lebewohl."

Eine Pause entstand und ich fand, Wellesley hatte das
hervorragend hinbekommen, uns einerseits um Rupert
trauen zu lassen und andererseits dennoch Alice und Charlie
die Ehre zu erweisen.

„Lydias und Ruperts Ehe ist das Vorbild für die, die wir
euch beiden wünschen, liebe Alice, lieber Charlie. Sie
beruhte auf gegenseitigem Respekt, gemeinsam die Kinder
zu guten Menschen zu erziehen, und Freunde und Nachbarn
wie Familie zu behandeln. In Lydias Küche roch es stets wie
in einer Backstube, und sie hat jederzeit ein weiteres Gedeck
auf den Tisch gestellt."

„Alice und Charlie, ihr habt uns bereits gezeigt, was für
ein unglaubliches Paar ihr seid, und ich habe hier in Oxford
schon aus erster Hand eure Freundlichkeit und Gastfreund-
schaft erlebt. Selten bin ich einem Paar begegnet, an das ich
mehr glaube. Mögt ihr ein langes und glückliches Leben
miteinander führen und möge eure Ehe wachsen und gedei-

hen. Meine Damen und Herren, stoßen wir auf Alice und Charlie an."

Und wir alle erhoben unsere Gläser und tranken auf Braut und Bräutigam. Und während ich an dem hervorragenden Champagner nippte, fragte ich mich, ob es hier in diesem Moment jemanden gab, der ebenfalls Champagner trank und ganz genau wusste, dass es nicht das Schicksal war, das Rupert umgebracht hatte.

KAPITEL 11

*U*m bei der Hochzeit dabei zu sein, hatten die Schwestern Watt etwas schier Unerhörtes getan und gemeinsam den Tag frei gemacht, während sie das Lokal ihrer Aushilfe überließen. Als sie auf mich zukamen, zierten Sorgenfalten ihre freundlichen Gesichter. „Was für eine schreckliche Sache da geschehen ist. Armer Charlie, arme Alice", sagte Mary Watt.

„Und doch", fügte Florence hinzu, „schau, wie nah sie einander stehen. Wenn sie diese Tragöde überstehen, schaffen sie alles."

„Und war Wellesley Rede nicht ganz erstaunlich?", fragte ich, wohlwissend, wie sehr sie den Ersatztrauzeugen schätzten.

„Oh, er ist ein Schatz, genau wie Rafe, der sein wunderschönes Heim für die Feier zur Verfügung stellt." Florence nahm sich eine winzige Quiche von dem Tablett, das man uns anbot.

„Das Essen ist auch sehr gut", sagte Mary, und bediente sich. „Ich bin fast versucht herauszufinden, wer für das Catering verantwortlich ist, um zu schauen, ob derjenige Lust hätte, für uns zu arbeiten."

Ich lachte. „William ist das Genie hinter diesem Festmahl, und er führt Rafes Haushalt. Ich bezweifle stark, dass ihn jemand hier fortlocken könnte."

„Liebe Güte nein. Und niemand würde Rafe etwas wegnehmen wollen. Er ist so ein reizender Mann."

In diesem Moment kam eben dieser reizende Mann und begrüßte Florence und Mary und fragte sie, wie es ihnen ging. „Oh, nun, es ist schrecklich, Zeugen eines Todesfalls zu werden, aber wir müssen doch auch das Leben feiern. Es ist für Alice und Charlie ein Start in die Ehe mit einer bitteren Note, aber man muss einfach daran glauben, dass von nun an alles süßer wird."

„Da ist ja William", sagte ich, da ich sah, dass er gerade herumging, um sicherzustellen, dass unter den gegebenen Umständen alles so perfekt wie möglich war.

Mary sagte: „Ich werde hingehen und ihn zu diesem exzellenten Aufstrich beglückwünschen." Sie schaute mich mit einem Augenzwinkern an. „Und vielleicht wird er mir ja das Rezept für diese herrlichen Quiches verraten. Vielleicht könnten wir im Elderflower mit einigen neuen Geschmacksnoten experimentieren."

Alles, was sie dazu brachte, ihre Speisekarte zu erweitern, klang für mich nach einer guten Idee, wo ich dort doch recht oft aß, da es ja gleich nebenan war.

Als sie fortgingen, um mit William zu sprechen, sagte Rafe: „Wie kommst du zurecht?"

Ich schaute mich um, um sicherzustellen, dass uns niemand zuhörte und trat sogar näher an den Rand der Terrasse, wo uns ein riesiges Blumenarrangement vor fremden Blicken schützte. „Ich habe versucht, mit dem Pfarrer Philip Wallington zu sprechen, um herauszufinden, ob er aus irgendeinem Grund das wahre Ziel gewesen sein könnte."

„Und?"

Ich schüttelte meinen Kopf. „Ich habe nicht viel in Erfahrung gebracht. Er hat London verlassen, um hierherzukommen. Er hatte in einer schlechten Gegend Londons gearbeitet, aber seine Aufgabe dort anscheinend gemocht. Wirkt das auf dich nicht eher wie eine Degradierung als ein Aufstieg?"

„Ich habe keine Ahnung. Soll ich Theodore bitten, sich ein wenig umzutun?"

„Ja, falls es ihm nicht ausmacht."

„Theodore liebt es, wenn er seine alten Fähigkeiten einsetzen kann." Zu Lebzeiten war Theodore Polizist gewesen, lang bevor es so etwas wie CSI und Forensik gab. Er war durch und durch alte Schule, abgesehen von Computern, aber es war erstaunlich, was er alles herausfinden konnte, indem er einfach mit den Leuten redete und die richtigen Fragen stellte.

Von hier oben konnte ich sehen, wie die Leute unten im Garten herumspazierten. Nicht alle waren zum Empfang gekommen, aber eine erfreuliche Anzahl war doch hier versammelt. „Schau mal, wer sich entschieden hat, dabei zu sein", sagte ich und lenkte Rafes Aufmerksamkeit auf ein Trio dort unten.

Sophie und Boris Wynter standen zusammen mit Giles Brighouse. Zum allerersten Mal an diesem Tag passte Sophie Wynter mit ihrer schwarze Kleidung und dem tragischen Ausdruck ins Bild.

„Wenn du vorhast, mit ihnen zu sprechen, musst du mich entschuldigen. Ihr Übermaß unangemessener Emotionen hat mich doch sehr abgestoßen."

„Mich auch. Aber dennoch will ich angesichts deines Verdachtes wissen, was sie zu sagen hat."

Ich ging nicht schnurstracks zu dem Trio, sondern schlenderte beiläufig dorthin, wobei ich bei Leuten, die ich kannte, für einen kurzen Schwatz anhielt und die anderen, die ich nicht kannte, freundlich ansah und anlächelte. Beatrice hatte erneut zu schluchzen angefangen, diesmal an Wellesleys Schulter, also machte ich einen weiten Bogen um sie.

Als ich am unteren Ende der breiten, steinernen Terrassen angelangt war, ging ich in Sophies Richtung. Sie sprach mit leiser, erregter Stimme. Sie hatte mir den Rücken zugedreht, also konnte sie mich nicht kommen sehen, aber Giles sah mich und er sagte recht laut über sie hinweg: „Oh schau, da kommt Lucy." Augenblicklich hörte Sophie auf zu sprechen. Ich wollte wirklich gerne wissen, was Sophie Wynter zu ihrem Bruder und ihrem Freund gesagt hatte und warum sie so darauf bedacht war, dass ich nichts davon hörte.

Sie drehte sich um und starrte mich zornig an, als hätte ich hier in Rafes Garten nichts zu suchen. Ich wollte ihr sagen, dass ich sehr viel mehr Recht hatte, hier zu sein, als sie. Zumindest feierte ich Charlies und Alices Hochzeit. Und ich wünschte ihnen, dass sie glücklich miteinander würden.

„Wie packst du das alles?" fragte Boris auf seine etwas plumpe Art. „Ich habe gehört, du warst mittendrin."

Ich schüttelte meinen Kopf. „Das war so ein furchtbarer Schock."

Vermutlich hatte ich das Wort ‚Schock' in den letzten zwei Stunden häufiger ausgesprochen als in meinem ganzen bisherigen Leben.

Er nickte. „Ja. Eine ganz schreckliche Sache."

„Schlimmer noch für Alice, denke ich. Sie wurde beinahe getötet." Ich schaute Sophie direkt an. „Du hattest Glück. Du hast die ganze Tragödie verpasst. Ich glaube, ihr habt die Kirche bereits vor dem Ende der Zeremonie verlassen." Ich ließ meinen Satz im Tonfall einer Frage enden. Einen Moment lang dachte ich, sie würde abstreiten, dass sie während der Ehegelübde hinausgegangen war, aber da sie offenkundig wusste, dass ich gesehen haben musste, wie sie ging, seufzte sie. „Wenn du es unbedingt wissen willst, ich konnte es nicht ertragen." Mit leiser, verärgerter Stimme, ganz so, als könnte sie die Worte nicht zurückhalten, stieß sie hervor: „Sie ist nicht dafür bestimmt, mit ihm zusammen zu sein."

Hätte Rafe den tödlichen Ernst in ihrem Gesicht gesehen, hätte er womöglich genau wie ich geglaubt, dass Sophie die Hauptverdächtige für diesen Mord war und ihr Ziel verfehlt hatte.

„Gemach", sagte Giles warnend, und ich fragte mich, ob er auch einen Verdacht gegen seine alte Freundin hegte.

„Warum sollte ich nicht darüber reden? Es ist wahr."

„Wir sind alle erschüttert von dem, was geschehen ist. Du musst wissen, wir sind alle zusammen aufgewachsen. Wir waren eng mit Alistair und Rupert befreundet." Er schüttelte seinen Kopf. „Armer Charlie."

Im Gegensatz zu Giles ausgesprochen elegantem Outfit sah Boris' Anzug aus, als hätte er ihn aus der hintersten Ecke seines Schrankes hervorgezogen. Und während Giles Schuhe frisch poliert nur so glänzten, waren die seinen von Staub und Dreck bedeckt.

„Ich weiß nicht, wie sie es aushalten können", sagte Boris und deutete mit seinem Kopf zu Charlie und Alice, die zwischen ihren Gästen umhergingen.

Ich wollte ihm erklären, dass sie das taten, weil sie Klasse hatten. Aber ich dachte, genauso gut könnte ich versuchen, einem Truthahn höhere Mathematik beizubringen.

Und wo ich gerade von Geflügel redete, erspähte ich Henri, der auf einer Mauer im Garten stand und die Party im Garten anstarrte. Der Pfau sah mit seinem Gefieder, das im Licht des späten Nachmittags leuchtete, wie ein Ornament aus, das man zu Ehren der Hochzeit dort platziert hatte. Ich entschuldigte mich und stahl mich davon, um ihm etwas Rindfleisch zu geben, das ich ergattert hatte. Henri liebte Rindfleisch sehr. Seine Schwanzfedern lagen auf der Mauer, als zöge sein Schmuck ihn nach unten.

„Ich weiß, wie du dich fühlst. Diese modischen Schuhe bringen mich noch um."

Das Hochzeitspaar nahm sich die Zeit, mit jedem zu sprechen, und ich konnte Alice die Anstrengung an ihren Augen ansehen, als sie auf mich zukamen, die ich immer noch bei Henri stand. „Vielen Dank für deine Hilfe heute", sagte sie und sah dabei aus wie eine Frau, die gerade eben dem Tod entkommen war und nun so tun musste, als wäre alles in bester Ordnung.

Man hatte das Kammerorchester über die Tragödie informiert und die Musikauswahl entsprechend angepasst. Dennoch war die Musik wunderschön und passte genauso gut zu einem Hochzeitsempfang wie zu einer Totenwache.

Und auf eine Art war diese seltsame Mischung ja genau das, als was sich dieser Tag erwies.

Ich unterbrach Alice, indem ich meine Hand auf ihre legte. „Alice, du kannst das Theater lassen. Ich bin's. Lucy. Ich weiß nicht, wie du es schaffst, noch immer aufrecht herumzulaufen." Sogar Henri sah so aus, als interessiere ihn Alices missliche Lage.

Sie schenkte mir ein dankbares Lächeln, „Ich habe mich noch nie im Leben so sehr als Betrügerin gefühlt."

„Das hier sollte der glücklichste Tag deines Lebens sein", sagte ich, und es tat mir im Herzen weh für sie.

Sie biss sich auf die Lippe und sah sich um, um sicherzugehen, dass uns niemand zuhörte. „Das ist doch, warum ich mich so schrecklich fühle. Natürlich bin ich am Boden zerstört wegen dem, was dem armen Rupert Grendell-Smythe widerfahren ist, aber Lucy, das hier *ist* der glücklichste Tag meines Lebens."

Ich wusste nicht, was ich sagen sollte, aber dann sah ich Charlies Gesicht, und die Art, wie er sie anlächelte, sagte alles. „Ich bin so froh, dass du das gesagt hast, denn mir geht es genauso."

Und in dem Moment wusste ich genau, was auch immer passieren würde, diesen beiden könnte es nichts anhaben.

Ich wusste nicht, wie ich ihnen von meinem Verdacht erzählen sollte, dass Alice das eigentliche Ziel gewesen sein könnte, also sagte ich nur: „Ihr habt so ein Glück, dass ihr einander gefunden habt. Passt gut aufeinander auf. Besonders jetzt."

KAPITEL 12

So schrecklich der Mord auf der Hochzeit meiner Freundin war, wir alle hatten doch unsere Leben weiter zu leben. Ich machte mir Sorgen um Alice, dachte andauernd an den Mord und hoffte, die Polizei würde bald herausfinden, wer Rupert umgebracht hatte. Allerdings hatte ich auch ein Geschäft zu führen, also sorgte ich mich zwischen meinen einzelnen Kunden.

Als Margaret Twigg meinen Laden betrat, sank mir das Herz. Margaret Twigg war die Chefin unseres Hexenzirkels und eine sehr mächtige Hexe. Sie war eine Art Mentorin für mich, aber ihre Führung kostete stets etwas. Ich mochte sie nicht sonderlich und hatte ein wenig Angst vor ihr. Einmal hatte sie meine Katze als Bezahlung für einen Dienst gefordert, den sie mir erwiesen hatte. Als dann allerdings Nyx dafür gesorgt hatte, dass sie sich heftig verbrühte, gab sie auf, meine Vertraute stehlen zu wollen. Dennoch respektierte ich ihre Macht und Violet zufolge half sie mir weiterhin, weil auch ich eine mächtige Hexe war. Mein Problem war, dass ich meine Kräfte nicht kontrollieren konnte. Es war, als raste man in einem sehr schnellen Auto über die Autobahn, ohne auch nur eine einzige Fahrstunde gehabt zu haben.

Margaret leitete mich nicht etwa an, um mir einen Gefallen zu tun, sondern um mir zu helfen zu lernen, meine Macht zu beherrschen und weise anzuwenden. Auf die Art war es für uns alle sicherer.

Margaret Twigg strickte nicht. Sie häkelte nicht und machte meines Wissens nach auch keine anderen Handarbeiten. Was bedeutete, wenn sie in meinem Geschäft auftauchte, würde sie mich dazu bewegen wollen, etwas zu lernen oder zu tun, das ich ziemlich sicher hassen würde.

Als meine Großtante Lavinia nach ihr eintrat, war ich mir sicher, dass ich richtiglag. Lavinia war die Schwester meiner Großmutter und die Großmutter von Violet, meiner Verkäuferin. „Lucy", sagte Tante Lavinia leicht überschwänglich, „was für eine schöne Jacke."

„Danke. Granny hat sie für mich gemacht." Ich fand die extralange Strickjacke, die mir bis zu den Knien reichte, auch hübsch. Granny hatte sie mit blauer und grüner Wolle gefertigt und manche Streifen als Bubblemuster gestrickt, was dem Ganzen noch mehr Struktur verlieh und es interessanter aussehen ließ.

Diese drei waren die einzigen Nichtvampire, die wussten, dass meine Großmutter auf ihrem Sterbebett in einen Vampir verwandelt worden war. Sie hatte den Großteil ihrer Hexenkraft verloren, aber dafür Vampirkräfte erhalten. Immerhin erinnerte sie sich an genug aus ihrem Hexenleben, um mir mit Rat und Tat zur Seite zu stehen, doch um mich direkt auszubilden, brauchte ich die Hilfe der verrückten Schwestern, wie ich sie bei mir nannte.

Nur eine einzige Kundin war im Laden und sah sich um,

eine Stammkundin, die den Laden nie verließ, ohne etwas gekauft zu haben. Aber als Margaret Twigg sie ansah und eine Handbewegung machte, fuhr die Frau plötzlich auf. Legte das Magazin zurück, von dem ich sicher war, dass sie es hatte kaufen wollen, und murmelte etwas davon, dass sie den Herd angelassen habe. Dann eilte sie hinaus.

„Also wirklich Margaret", sagte ich gereizt, „musst du meine Kundinnen vertreiben?"

„Ich habe eine Vorahnung, dass dunkle Mächte auf dem Weg sind. Du musst bereit sein. Dich in einem Strickladen zu verstecken, wird dich nicht retten. Du musst deine Fähigkeiten vervollkommnen. Um unser aller Willen."

Stets machte sie mich, meinen Laden und meinen Mangel an Kontrolle verächtlich, aber so ernst hatte ich sie noch nie zuvor gesehen. Instinktiv sah ich zu Lavinia und Violet, aber die beiden nickten und blickten düster.

„Dunkle Mächte?" Mir gefiel nicht, wonach das klang. Einst hatte ich mit einem seelenfressenden Dämon gerungen und dem zog ich menschliche Bösewichter bei Weitem vor.

Sie schnalzte verärgert mit der Zunge. „Lucy, du musst dich wirklich besser auf dem Laufenden halten. Wenn du häufiger zu den Versammlungen des Hexenzirkels kommen oder die Mitteilungen lesen würdest, würdest du vielleicht nicht im Zustand ewiger Unwissenheit verharren."

Autsch. Dennoch nahm ich an, dass sie recht hatte. Es war schlimm genug, menschliche Nachrichten über Kriege, Politik, Katastrophen und Todesfälle zu lesen. Mehr davon wollte ich nicht auch noch in Hexenkreisen lesen, also hatte ich den Hang, die Berichte und Rundschreiben des britischen Hexenrates zu ignorieren. Der Rat legte die Regeln fest, an die wir alle uns zu halten hatten, und besaß die Macht, Hexen, die seine Dekrete missachteten, zu bestrafen. Margaret Twigg stand dem Rat sehr nahe, und ich war mir sicher, dass sie plante, bei einer zukünftigen Wahl selbst für einen der Sitze anzutreten.

Sie würde es lieben, über uns alle zu herrschen und wäre dann in der Position, Strafen wie Süßigkeiten an Halloween auszuteilen.

„Es gibt da diesen Hexenzirkel östlich des Kaukasusgebirges. Sie versuchen, unsere Lebensart zu untergraben. Derzeit posten sie fehlerhafte Zaubersprüche im Internet, eröffnen in den sozialen Medien Fake-Accounts, um Hexenanfängerinnen schlechte Gepflogenheiten zu lehren, aber ich fürchte, sie haben Größeres vor. Sie wollen den Rat übernehmen, um die Kontrolle über uns zu erlangen."

Ich wusste, dass es britische Hexen gab, die Lobbyarbeit betrieben, um sich von der Europäischen Union der Hexen (EUH) in einer Bewegung namens Hexit zu lösen. War das hier nichts als Panikmache, die Kampagne einer Person, die bei den Ratswahlen im kommenden Frühjahr auf meine Stimme aus war? Aber mein Instinkt sagte mir, dass sie die Wahrheit sprach. „Was soll ich deiner Meinung nach tun?"

„Du besitzt wahre Macht, bist aber nicht in der Lage, diese zu bändigen. Du bist angreifbar. Das perfekte Ziel für dunkle Hexen, die ihre Kraft beherrschen. Sie könnten dich verzaubern und dazu bringen zu tun, was sie wollen."

„Das klingt wie mein letzter Ex-Freund."

„Das hier ist kein Witz, aber genau so würden sie sich an dich heranmachen. Nimm dich in Acht vor charmanten Männern."

„Na toll. Dann muss ich mich jetzt nicht nur vor Verrückten und Betrügern in Acht nehmen", und beide

Sorten hatte ich in der Vergangenheit gedatet, „sondern auch noch vor den netten Kerlen? Da kann ich ja gleich in ein Kloster gehen."

„Die würden dich nicht nehmen", fauchte sie. „Also lass das Getue und mach dich bereit für die Arbeit. Wir müssen dich in Form bringen und die Zeit ist knapp."

Das klang wie eines dieser extremen 30-Tage-Trainings-programme, bei denen ich nie über Tag drei hinausge-kommen war. Aber Margaret mochte meinen Sarkasmus nicht, also behielt ich diesen Gedanken für mich.

Margaret Twigg deutete auf den alten Kehrbesen, der bereits lange bevor ich das Cardinal Woolsey's geerbt hatte in der Ecke gestanden hatte. „Bring deinen Besen mit und komm heute Abend nach Einbruch der Dunkelheit zu mir zum Cottage. Dort treffen wir uns. Es ist Vollmond. Perfekt für deine erste Lektion."

Irgendwie hatte ich den Eindruck, ich würde keine verbesserten Techniken fürs Fegen und andere Haushalts-dinge lernen. Ich betrachtete den Besen skeptisch. Er war so alt und sah aus, als könnte er durchbrechen, wenn sich ein Eichhörnchen daraufsetzte. Wie sollte er mein Gewicht tragen?

Zog sie mich auf? Ich drehte mich wieder zu Margaret, aber sie neigte nun wirklich nicht zum Scherzen. „Schlägst du das vor, von dem ich annehme, dass du es vorschlägst?" Ich konnte es nicht einmal aussprechen. Das war einfach zu lächerlich.

„Fliegen zu lernen? Ganz genau."

„Wunderbar, vielleicht kann ich dem Oxford Quidditch Team beitreten." Das gab es wirklich. Ich hatte sie in den University Parks spielen sehen, obwohl sie natürlich eine erdgebundene Version spielten, und ich unter ihnen noch nie eine echte Hexe gesehen hatte.

Margaret schnaubte und wendete sich zum Gehen. „Wir erwarten dich heute Abend."

Als sie auf dem Weg hinaus aus meinem Geschäft war, rief ich ihr hinterher: „Und dafür hättest du keine E-Mail schicken können?"

Sie drehte sich mit einem triumphierenden Leuchten in den Augen um. „Das hätte ich tun können, aber du hast die schlechte Angewohnheit, E-Mails zu ignorieren, die du nicht lesen willst."

Okay, da hatte sie mich erwischt.

Nachdem sie gegangen war, kletterte Nyx vorsichtig von ihrem Lieblingsplatz im vorderen Fenster hinunter. Seit dem versuchten Kidnapping, oder eher Catnapping, kam sie nie auch nur in die Nähe von Margaret Twigg.

Sie ging direkt zu dem Besen und scharrte mit den Pfoten an dessen unterem Ende. Ich betrachtete erst sie, dann den Besen. „Ernsthaft?" Ich warf die Hände in die Höhe und wiederholte, lauter und hysterischer: „Ernsthaft?"

ES IST UNMÖGLICH ZU BESCHREIBEN, wie albern ich mir vorkam, als ich an diesem Abend um zehn Uhr bei Margaret Twiggs Cottage mit einem alten Strohbesen auftauchte. Ich trug die älteste Jeans, die ich hatte finden können, und ein geradezu antikes Sweatshirt, da ich den Verdacht hatte, ich würde einige Male mit dem Hintern die Erde knutschen. Es war eine ziemlich kalte Nacht, also hatte ich außerdem eine Daunenjacke, Handschuhe und eine Wollmütze dabei.

Ich trug Turnschuhe für den Fall, dass ich würde laufen müssen. Bei meinem Glück würde mein Besen ohne mich abheben und ich würde den Abend damit verbringen, hinter ihm herzulaufen, als wäre er ein durchgegangenes Pferd.

Ich hatte mir die Haare zurückgebunden, damit sie nicht im Weg waren. Ich hatte mein Grimoire auf Hinweise zum Fliegen auf Besen durchforscht, aber rein gar nichts gefunden. Ich war immer noch nicht davon überzeugt, dass das hier kein besonders ausgefeilter Streich war. Vielleicht versteckte sich gerade unser kompletter Hexenzirkel zwischen den Bäumen und Felsen und wartete nur darauf, hervorzuspringen und sich über meine Naivität kaputtzulachen.

Tatsächlich war das genau das, worauf ich hoffte.

Als ich jedoch an der Tür klingelte, öffnete Margaret, die sich ebenfalls warm angezogen hatte. Sie trug hohe Lederstiefel, schwarze Leggings und eine dicken, schwarzen Pulli. Sie sah mich nickend an und ließ mich eintreten. Sie schaute hinter mich. „Wo ist deine Vertraute?"

Nyx und ich hatten so etwas wie unseren ersten Streit gehabt, als ich an diesem Abend versucht hatte, sie daheim zu lassen. Selbst als ich versuchte, ihr zu erklären, dass ich nicht wollte, dass Margaret Twigg sie wieder gefangen nahm und dass das der Grund war, warum ich sie nicht mitnehmen wollte, hatte sie miaut und geheult.

Nyx hatte von all dem nichts wissen wollen. Am Ende schloss ich sie oben in der Wohnung ein und rannte nach unten, schnappte mir den Besen auf dem Weg hinaus aus meinem Laden. Als ich das hellrote Auto erreichte, das hinter meinem Haus parkte, bemerkte ich den schwarzen, katzenförmigen Schatten auf der Motorhaube des Autos.

Unnötig zu erwähnen, dass ich meinen ersten Streit mit Nyx verlor. „Sie ist im Auto", gab ich zu. Sie hatte mich angefaucht, als ich die Tür vor ihrer Nase schloss, aber ich wollte sie in Sicherheit vor Margarets diebischen Fingern wissen.

„Du wirst sie holen müssen."

Ich verengte meine Augen. Ich mochte mich vor Margaret Twigg fürchten, aber die Sorge um meine Katze war stärker als meine Angst. Weitestgehend. „Willst du versuchen, sie zu behalten?" Ich war drauf und dran, „stehlen" zu sagen, änderte das Verb aber im letzten Moment.

„Dieses wilde Monster würde ich nicht mal geschenkt nehmen", sagte sie und ihre Blick gefror regelrecht angesichts der Erinnerung daran, was sie dank Nyx durchgemacht hatte. Ich hatte bereits zuvor Menschen gesehen, die allergisch auf Katzen reagierten, aber an den Stellen, an denen Nyx sie gekratzt hatte, waren bei ihr die scheußlichsten Beulen und Warzen gesprossen. Als sie die Katze ihrer rechtmäßigen Besitzerin wiedergegeben hatte – also mir –, war ihre Haut augenblicklich wie auf magische Weise geheilt. Wobei magisch hier das Schlüsselwort war.

„In Ordnung. Wir treffen uns hinten."

„Lass deine Handschuhe im Auto", befahl sie zuletzt.

Margaret hob eine lange Peitsche auf. Ich betrachtete diese voller Zweifel und fragte mich, bei wem – oder was – sie vorhatte, diese einzusetzen.

Ich konnte das Glühen von Nyx' goldenen Augen sehen, als ich mich dem Wagen näherte. Zweifelsohne hätte sie aus einem abgeschlossenen Auto entkommen können, wenn sie es denn wirklich gewollt hätte, aber mir gefiel der Gedanke, dass sie mich respektierte, zumindest ein bisschen, und mich glauben ließ, ich wäre der Boss.

Ich öffnete die Tür und nachdem sie mir einen Blick zugeworfen hatte, der die Katzenversion von *Ich hab's dir doch gesagt* darstellte, sprang sie hinunter auf den Kiesweg und lief vor mir her. Ich, meine schwarze Katze und mein Besen. Wir waren ein wandelndes Klischee. Alles, was mir jetzt noch fehlte, waren ein spitzer Hut und eine Warze auf meiner Nase.

Wir liefen um das Cottage aus Stein herum und dann durch ein Eisentor, das in den Garten führte, in dem Margaret Twigg Heilpflanzen und Kräuter zog. Er gedieh prächtig, sogar jetzt, im Spätherbst. Grüner Daumen oder Magie? Bei Margaret Twigg wusste man nie, woran man war.

Nyx' Ohren zuckten, als sie im Garten links neben sich etwas rascheln hörte, aber sie widerstand der Versuchung. Stattdessen blieb sie fest entschlossen an meiner Seite. Sie hatte eine eigene Art, mit mir zu kommunizieren, bei der ich Worte in meinem Kopf erlebte, aber nicht so, als würde ich sie hören, sondern als habe sie jemand dorthin gebeamt. Es war schwer zu erklären. Wie auch immer, die Worte in meinem Kopf lauteten: *Bleib ruhig.* Was leichter gedacht als getan war. Ich konnte das Flirren meiner Nerven und meinen beschleunigten Herzschlag spüren. Ich war kein Fan davon, mit Flugzeugen zu fliegen, also war ich ganz und gar nicht begierig darauf, auf Haushaltsutensilien zu steigen und einen Flugversuch zu unternehmen.

Der Mond half nicht. Er mochte voll sein, aber er tauchte das Gebüsch lediglich in silbrige Schatten. Für meine ängstlichen Augen sah das, was vom uralten Wald Wychwoods übrig war, nach uralten Wesen aus, die bereit waren, sich jederzeit auf mich zu stürzen.

Glücklicherweise war Margaret, als sie nun in einem

schweren Wollmantel und immer noch die Peitsche in der Hand, aus ihrem Cottage trat, nicht mehr allein, sondern in Begleitung von Tante Lavinia und Violet. Tante Lavinia, die vermutlich spürte, wie nervös ich war, trat vor und sagte: „Willkommen, Lucy." Sie legte ihre behandschuhten Hände auf meine Oberarme. „Sei gesegnet."

Violet sagte bloß: „Hi Lucy. Ich hoffe, du lernst schnell. Es ist eiskalt hier draußen."

Seltsamerweise beruhigte mich die schiere Alltäglichkeit dieser Äußerung mehr als alles andere. Ich fiel mit meiner Cousine in einen Gleichschritt. „Kannst du auf einem Besen fliegen?" Ich musste das einfach fragen.

„Natürlich. Das ist eines der ersten Dinge, die wir lernen. Nicht, dass wir es allzu oft benutzen, wie man sieht. In den alten Zeiten gab es keinen Luftverkehr, keine Drohnen oder Schichtarbeiter, die dem im Weg gestanden hätten. Obendrein ist es heutzutage viel einfacher, ganz konventionell zu fahren oder zu fliegen. Der Besenritt ist einfach eine gute Fähigkeit. Etwas, das du im Notfall gut gebrauchen könntest."

„Aber warum zwingt sie mich dann, das zu lernen?" Ich deutete mit dem Stiel meines Besens auf Margaret.

„Sie ist davon überzeugt, dass du alles lernen musst, was du als junge Hexe gelernt hättest. Da sich deine Mutter weigerte, deine oder gar ihre eigene Zauberkraft zu akzeptieren, hast du nie irgendein Training erhalten." Sie drehte sich zu mir und selbst jetzt, wo es beinahe dunkel war, konnte ich erkennen, dass sie mich ernst ansah. „Erinnerst du dich daran, wie deine Mutter beinahe gestorben wäre? Indem sie ihre eigenen Kräfte ablehnte, hat sie sich selbst verwundbar gemacht."

Ich nickte. Niemals würde ich vergessen, wie dieser

seelenfressende Dämon um ein Haar meine Mutter getötet hätte. „Ich will nicht, dass mir so etwas passiert."

„Dann spiel einfach mit. Du wirst lernen, auf deinem Besen zu fliegen, und ihn vermutlich nie wieder benutzen müssen."

„Als würde ich meinen Lernführerschein bekommen und dann keinen Gedanken mehr daran verschwenden, die Fahrprüfung zu bestehen."

„So in der Art."

Dass niemand von mir erwartete, auf einem Besen herumzusausen, sorgte dafür, dass ich mich besser fühlte. Ich stöhnte über meinen eigenen schlechten Witz. Indem ich über noch schlechtere nachdachte, sorgte ich auf dem kurzen Spaziergang dafür, dass es mir noch besser ging. Ich würde durch einen Raum fegen. Die Anweisungen beim Stiel packen. Die Borsten aufstellen, wenn jemand meinen Fahrstil kritisierte ... all das waren schlechte Witze. Aber ich war nervös.

Wir betraten eine große, baumgesäumte Lichtung. Ich war mir nicht sicher, ob wir immer noch auf Margaret Twiggs Grund waren oder im Wald, aber es war allemal abgeschieden. Was immer hier passierte, würde niemand anders sehen können. Das war ein Bonus.

Nyx ging voraus und drehte sich dann um. Ihre Augen glühten goldfarben im Mondlicht. Ich atmete tief durch und erinnerte mich daran, dass ich nichts tun musste, was ich nicht tun wollte. Ich nahm das Prickeln in meinen Fingern wahr und stellte fest, das war die Hand, die den Besen umschlang. Ohne Handschuhe berührte meine bloße Handfläche das alte Holz. Entweder hatte ich es so fest gehalten, dass meine Hand davon einschlief, oder etwas sehr Seltsames geschah gerade. Angesichts meiner Begleiterinnen, wer ich selbst war und wo, vermutete ich Letzteres.

Schließlich war ich doch hierhergekommen, um etwas zu lernen, oder etwa nicht? Ich nahm meinen Mut zusammen und ging weiter dorthin, wo die drei Hexen und meine Vertraute nun warteten. Je näher ich kam, umso mehr prickelte es. Ich hatte inzwischen keinen Zweifel mehr, dass dies kein Witz war. Mein Besen war tatsächlich magisch. Die Frage war nur, besaß ich genug Magie, um auf ihm zu fliegen?

Margaret Twigg sah mich auf ihre übliche, herablassende Art an. „Lucy, hör auf so ängstlich zu schauen. Es ist auch nicht so anders als zu lernen, ein Pferd zu reiten."

Ich war nie eine großartige Reiterin gewesen. Tatsächlich hatte ich sehr lebhafte Erinnerungen an einen Wanderritt im Sommercamp, bei dem der Rancharbeiter den Sattel nicht ordentlich festgezurrt hatte. Und als ich aufzusteigen versuchte, rutschte der Sattel bis ganz hinunter unter den Bauch meines Pferdes, während ich darin festhing.

„Das Holz dieses Besens stammt von hier, musst du wissen. Aus diesem uralten Wald." Sie hob die Hände, als wollte sie dem Wald für das Holz danken. „Das ist der Grund, warum wir es dich hier lehren werden. Hier begann dein Besen sein Leben als ganz junger Baum."

Okay, das war irgendwie cool. Ich wollte sie fragen, wie lang das her war, aber eigentlich wollte ich das gar nicht wissen. Doch dann fiel mir ein, was mit dem alten Balken in der Kirche geschehen war, und ich musste doch fragen: „Ist er sehr alt?"

Margaret zuckte mit den Achseln. „Das hängt davon ab, wie du alt definierst. Ein paar hundert Jahre, würde ich meinen."

Ja, das entsprach so ziemlich meiner Definition von alt. Vor allem, wo wir über etwas sprachen, das mich vom Boden heben sollte. Nun war ich noch nervöser. „Er steckt nicht voller Klopfkäfer, oder?"

„Natürlich nicht. Sei nicht so albern. Das ist eine Fähigkeit, die du schon vor vielen Jahren hättest gelernt haben sollen."

„Ich weiß wirklich nicht, ob ich dafür geeignet bin. Ich habe keinen guten Gleichgewichtssinn." Ich hatte die ganze Zeit das Bild vor Augen, wie ich auf den harten Boden stürzte. Womöglich aus großer Höhe.

„Deine Großmutter hat diesen Besen sehr entspannt genutzt und vor ihr ihre Mutter. Das ist ein Teil deiner Kraft. Es ist ein Teil von dir."

Die Vorstellung, wie meine Großmutter des nachts herumflitzte, war fast so befremdlich wie zu wissen, dass sie heutzutage ihre nächtlichen Ausflüge als Vampir unternahm.

Also konnte ich das Ganze genauso gut hinter mich bringen. „In Ordnung. Was muss ich zuerst tun?"

„Zuerst gibt es eine Demonstration."

Wenn das hieß, ich musste den Besen nicht besteigen, war ich unbedingt für Demonstrationen.

Ich versuchte, Margaret meinen fliegenden Besen zu geben, aber sie hob ihre Hände und trat zurück.

Ich war verwirrt. „Wirst du es mir nicht demonstrieren?"

Sie schüttelte ihren Kopf so heftig, dass ihre wilde Locken sprangen wie die Federn eines Bettgestells, das der Blitz getroffen hatte. „Ganz sicher nicht. Keine Hexe sollte je den Besen einer anderen reiten, es sei denn, sie erhält ihn so wie du als Familienerbstück. Der Besen wird extra für jede Hexe gemacht."

Tante Lavinia stimmte ein: „Dieselben Bürstenmacher haben sie alle für unsere Familie gemacht. Eines Tages wirst du einen Besen speziell für deine Tochter anfertigen lassen."

Ich mochte nicht vieles wissen, aber eine Sache wusste ich ganz sicher: Ich würde niemals irgendeines meiner Kinder auf einem Besen reiten lassen.

KAPITEL 13

„Okay." Ich sah mich um. „Aber wer wird es dann demonstrieren?"

Die Augenpaare dreier Hexen richteten sich auf meine Katze, die mit ihren leuchtenden goldenen Augen immer noch in der Mitte des Kreises saß. „Nyx?" Ich hielt das für eine schreckliche Idee. Ich wusste nicht, wie viele Leben sie noch hatte, als wir uns das erste Mal begegneten, aber sie musste schon einige von ihnen verbraucht haben. Ich wollte meine Katze nicht verlieren.

Als meine Vertraute jedoch ihren Namen hörte, erhob sie sich und trat vor.

Margaret Twigg schien beinahe so entsetzt von dem Gedanken, meine Katze zu berühren wie von dem, den Besen meiner Familie zu berühren. Außerhalb jeglicher Kratzreichweite sagte sie: „Halte die Borsten so, dass sie gerade eben die Erde berühren und richte den Stiel auf den Mond."

Das war nicht sehr schwer. Der Mond war voll, sodass es ziemlich leicht war, ihn anzupeilen.

Sobald ich das getan hatte, spazierte Nyx anmutig den

Besen hinauf, als sei sie eine Turnerin auf dem Schwebebalken. Sehr beeindruckend. Sie schwankte nicht einmal.

„Und nun geben wir die Richtung vor."

„Du meinst wie bei einem Navi?"

Margaret kicherte, was sich für mich stets wie boshaftes Lachen anhörte. „Nicht so ganz. Aber wenn dir das hilft, das Ganze zu visualisieren, in Ordnung."

Was ich derzeit visualisierte, war, wieder daheim in meinem Bett eingekuschelt zu liegen, ein Kissen über dem Kopf, um Licht und Lärm auszusperren.

Ich war verblüfft. „Aber Nyx war noch nie zuvor auf diesem Besen."

Sie schenkte mir ihr überlegenes, süffisantes Lächeln. Und niemand konnte überlegener lächeln als Margaret Twigg, „Deine Katze entstammt ebenfalls einer langen Reihe von Vertrauten, die mit deiner Familie verbunden sind."

Nun denn. Nyx sah mich leicht mitleidig an. Ich nahm an, das hätte ich inzwischen selbst herausgefunden haben sollen.

„Der Rest ist so leicht wie ein Zauberspruch. Im Prinzip besteht alles, was du tust, darin, deine Absicht zu fokussieren. Konzentriere dich. Stell dir vor, wie der Besen um dieses Gebüsch fliegt. Wenn du versuchst zu reimen, hilft dir das beim Fokussieren."

Ich kam mir etwas albern vor, mir vor diesen so viel erfahreneren Hexen spontan einen Reim einfallen zu lassen, aber sie schauten mich alle erwartungsvoll an und standen in gespannter Stille da. Ich schloss meine Augen. Während ich mir vorstellte, wie der Besen in der Lichtung kreiste, fühlte ich, wie es wieder in meiner Hand zu kribbeln begann. Instinktiv hielt ich meinen Zeigefinger nach oben, um einen

Kreis um die Lichtung herum zu zeichnen. Mehr so, als rezitierte ich einen Reim, den ich bereits kannte und weniger, als würde ich mir gerade einen neu ausdenken, sagte ich: „Lieber Besen, hör meinen Ruf. Reise im Kreise der Lichtung, die die Zeit erschuf. Wenn du dies getan, komm wieder hier unten an. Das ist's, was ich will, das soll gescheh'n."

Dann keuchte ich auf, als ich plötzlich einen Energiestoß fühlte. Der Besen riss sich aus meiner Hand los. Ich sperrte die Augen auf, gerade rechtzeitig, um zu sehen, wie der Besen gleich einer Rakete nach oben schoss. Nyx wappnete sich und ich war mir sicher, ihre Krallen gruben sich ins Holz. Ihre Ohren wurden nach hinten gepresst, aber zu meiner schockierten Verwunderung befolgte der Besen meine Anweisung. Er beschrieb einen perfekten Kreis entlang des Randes der Lichtung und landete dann genau in der Position, aus der er gestartet war.

Nyx drehte sich um und sah mich über die Schulter an, sprang aber noch nicht einmal vom Besen. Es war, als wollte sie sagen: „Worauf wartest du, leg los."

Tante Lavinia klatschte in die Hände. „Gut gemacht, Lucy. Das war für einen ersten Versuch hervorragend."

Violet nickte. „Jetzt bist du dran, Lucy."

In ihrer Stimme schwang süffisante Erwartung mit. Violet und ich waren gute Freundinnen geworden, aber es herrschte immer noch ein gewisser Konkurrenzkampf zwischen uns. Meine Kräfte an sich schienen größer, aber roher als die ihren, während sie in unseren Künsten sehr viel erfahrener war. Ich hatte so eine Ahnung, dass sie sich darauf freute, mich abstürzen zu sehen. Und dann wäre nur noch eine von uns im Rennen.

Dennoch, wenn da etwas Düsteres auf uns alle zukam,

nahm ich an, dass ich es meinen Mithexen schuldig war, wenigstens die Grundlagen zu erlernen. Ich gab mir selbst das Versprechen, ich würde das Besenreiten nicht zur Gewohnheit werden lassen.

Ich beäugte Margaret Twigg. „Wofür ist die Peitsche da?"

„Sollte der Besen dir entwischen, bin ich so in der Lage, ihn wiederzuholen."

Die Peitsche war nicht so lang. „Aber nur, wenn das beim Start passiert?"

„Ja. Danach bist du auf dich allein gestellt."

Ich wünschte, ich hätte nicht gefragt.

„Nun. Du kannst aus dem Stand starten, so wie gerade eben, oder schwebend starten, wobei der Besen in der Luft schwebt und du ihn wie ein Fahrrad besteigst."

Ich betrachtete den alten Besen. „Was ist die einfachste Variante?"

Margaret Twig warf die Hände in die Höhe, und die Peitsche zuckte, als wollte sie mich in der Tat schlagen. „Vergiss, was das Einfachste ist. Du wirst ohnehin beides ausprobieren."

Da sich der Besen bereits in der Position für einen Start aus dem Stand befand, beschloss ich, damit anzufangen. Ich legte los und trat mit einem Bein über den Besenstiel. Ich wiederholte den Spruch von zuvor, da er so gut funktioniert hatte, und hoffte, wir beide würden heil zurückkommen.

Margaret sagte, ich solle mich vorbeugen und den Besenstiel fest mit beiden Händen packen. Das tat ich und dann fühlte ich wieder diesen Energiestoß und der Besen hob so schnell vom Boden ab, dass er mir gegen das Hüftbein schlug. „Autsch", schrie ich in dem Augenblick auf, als Nyx und ich mit einem Ruck losflogen.

Ich kann nicht beschreiben, wie es sich anfühlte, auf einem Besen zu reiten. Durch das Gefühl des Windes im Gesicht und dank der schmalen Sitzstange hatte es etwas von Fahrradfahren. Aber als ich nach unten schaute, hatte es so gar nichts mehr mit der Fahrt auf einem Fahrrad gemein.

Die Erde schien sehr weit unter mir zu sein. Die drei Hexen, deren Gesichter im Mondlicht blass aussahen, verfolgten meinen Fortschritt. Ich wollte den Moment genießen, aber tatsächlich litt ich furchtbare Angst. Ich meine, da saß ich auf einem Besen und das bestimmt zehn Meter über dem Boden. Was wäre, wenn der Besen plötzlich beschloss, er hätte keine Lust mehr zu fliegen oder meine Konzentration nachließ, was vermutlich ungefähr dasselbe wäre, wie kein Benzin mehr im Tank zu haben? Anstatt sich Tagträumen hinzugeben und in der Gegend herumzuschauen, konzentrierte ich mich mit ganzer Aufmerksamkeit auf den Kreis, den wir in der Luft beschrieben. Nyx schien recht entspannt, und es war erstaunlich, die Baumwipfeln zu überfliegen. Etwas sauste an uns vorbei und ich begriff, das war eine Fledermaus.

Als wir den Kreis vollendet hatten, begann wir, hinunterzufliegen. Wir landeten mit einem dumpfen Schlag, aber wir landeten. Ich stieg mit weichen Knien ab. Ich hatte mich so sehr darauf konzentriert, oben zu bleiben, dass ich der Tatsache, dass ich, eine erwachsene Frau, dabei irgendwie das Gleichgewicht auf einem Besenstiel halten musste, keine Beachtung geschenkt hatte. Und das in der Luft. Mit meiner Katze.

Lavinia und Violet klatschten. Margaret Twigg tat das nicht.

„Nun", sagte sie, „wirst du üben, den Besen zu besteigen, während er in der Luft ist."

Ich dachte, es wäre vielleicht ganz nett gewesen, wenn sie mir Gelegenheit zum Atemschöpfen gegeben hätte und etwas Zeit, damit sich meine zittrigen Beine beruhigten, aber Margaret Twigg war nicht der Typ, der sich um anderer Leute Gefühle scherte. Schon gar nicht, wenn es sich bei diesen Gefühlen um die meinen handelte.

Nyx war immer noch auf dem Besen und schaute mich erwartungsvoll an. Sie wusste eindeutig, was als Nächstes kam, selbst wenn ich das nicht tat.

Margaret wies mich an, mir den Besen vorzustellen, wie er in der richtigen Höhe für mich zum Aufsteigen in der Luft schwebte. Ich stellte mir etwas in ungefähr der Höhe eines Fahrradsitzes vor und dann hob ich mit meiner kribbelnden Hand einfach das untere Ende des Besens an, ohne ihn zu berühren. Überraschenderweise funktionierte das. Auf diese Weise aufzusteigen, machte mich noch ein wenig nervöser. Aber zumindest würde der Besen diesmal nicht einfach hochfahren und mir gegen das Becken schlagen. Dennoch, mich selbst auf einen Besen zu setzen, der in der Luft schwebte, hatte etwas sehr Beunruhigendes an sich. Wie konnte ich dafür sorgen, dass ich nicht herunterfiel? War es überhaupt möglich zu verhindern, dass genau dasselbe geschah wie an dem Tag, als ich einfach auf das Pferd steigen wollte und mich dann dabei wiederfand, wie ich hinunterrutschte, bis ich kopfüber hing? Ich hatte keine Vorstellung, wie das gehen sollte. Die zugrundeliegende Physik war mir völlig fremd. Aber die gute Nachricht war, ich schaffte es vollkommen problemlos aufzusteigen. Ich musste allerdings dem Drang widerstehen, die Arme um Nyx zu schlingen wie um einen Freund, mit dem ich auf dem Motorrad eine kurvige Straße entlangfuhr.

Hätte Margaret Twigg mir nicht zugeschaut, hätte ich es vielleicht getan, aber diesen scharfen, kritischen Blick auf mir zu wissen, sorgte dafür, dass ich mich mit all meiner Macht konzentrierte. Erneut flogen Nyx und ich einen Kreis über der Lichtung. Ich fühlte mich sehr selbstsicher, als wir zurückkehrten. Falls es eine Hexenflugprüfung gab, sollte ich diese mit Eins plus bestehen, dachte ich. Aber da Margaret Twigg dabei war, war sie natürlich nicht zufrieden, bis ich eines der folgenden Gefühle erlebte: panische Angst, vollkommenen Verlust des Selbstwertgefühls, Lächerlichkeit. Wenn es ihr gelang, mich dazu zu bekommen, alles drei auf einmal zu fühlen, würde sie sich selbst eine Eins plus verpassen.

Noch während mich Großtante Lavinia beglückwünschte und mir erklärte, ich sei ein Naturtalent, sagte Margaret Twigg: „Nun denn. Ich will, dass du zu meinem Cottage fliegst, einen Zweig Rosmarin in meinem Garten pflückst und diesen hierher zurückbringst."

Ich konnte fühlen, wie sich meine Augen weiteten. Sogar Nyx' Schwanz zuckte, als würde sie denken, Margaret würde es übertreiben. Und da Nyx meine Co-Pilotin war, dachte ich, auch sie würde nicht wollen, dass ich zu schnell gezwungen wäre, meine Komfortzone zu verlassen. „Wie bitte?"

„Du kannst das. Ich erwarte dich in fünf Minuten zurück."

Oh, wunderbar, jetzt hatte ich auch noch ein Zeitlimit zusätzlich zu dem Stress, den die weit größere Aufgabe des Besenritts bedeutete. Ich wollte dagegenhalten, aber Margaret hatte etwas an sich, das es mir schwer machte, mich auf einen Konflikt mit ihr einzulassen. Stattdessen atmete ich einmal heftig aus, genau wie ich es getan hatte, wenn meine Mutter meine Noten in der Highschool kritisiert hatte, und trat mit einem Stampfen über den Besen. Ich bewegte meine Hand so schnell, dass der Besen ausschlug, woraufhin Nyx überrascht miaute.

„Tut mir leid, Nyx", sagte ich, und fühlte mich schrecklich. Ich sollte meinen Ärger nicht an meiner armen Vertrauten auslassen. Margaret Twigg war schließlich diejenige, von der ich mir ein erschrecktes Miauen wünschte.

So, wie mich Margaret mit ihren Katzenaugen ansah, hatte ich den starken Verdacht, dass sie meine Gedanken lesen konnte. Gut.

Ich bestieg den Besen. Tante Lavinia kam zu mir und berührte meine Schulter. „Lass dir Zeit, Lucy. Fokussiere dich. Konzentriere dich. Du kannst das. Nyx ist da, um dir zu helfen."

Ich war so froh, dass hier jemand war, der sich tatsächlich um mich zu sorgen schien. Ich nickte, atmete ein und aus, gewann langsam mein inneres Gleichgewicht wieder. Ich stellte mir Margarets Cottage vor und den üppigen, grünen Garten, durch den ich gelaufen war. Es juckte mich in den Fingern, einen unflätigen Reim zu schmieden und dachte an all die Worte, die sich so wunderbar befriedigend auf Twigg reimten, aber tatsächlich war es mir wichtiger, heil durch diese Nacht zu kommen. Ich sagte: „Lieber Besen, bitte trag mich zu Margaret Twiggs Heim, zu einem Rosmarinbusch allein. Das ist's, was ich will, so soll's geschehn."

Ich umklammerte den alten Besenstiel aus Holz derart, dass ich fühlen konnte, wie sich Schweiß in meinen Handflächen bildete. Aber dann dachte ich an all die anderen Hexen, die vor mir auf eben diesem Besen geritten waren, unter ihnen meine Großmutter. Außerhalb des kritischen Blicks der drei Hexen begann ich mich so zu fühlen wie auf einem dieser grauenhaften Fahrgeschäfte auf einem Jahrmarkt, bei denen sich der Magen so lange überschlägt, bis man das Gefühl hat, er wäre in der Kehle stecken geblieben. Aber als ich hinunter auf die Bäume schaute, fühlte ich mich plötzlich wieder wie als Kind. Das hier war unmöglich, es konnte gar nicht sein, und dennoch geschah es.

Ich flog.

Es war nicht weit bis zu Margaret Twiggs Cottage. Bald erreichten wir den Rand des Waldes und ich drückte den Stiel des Besens leicht nach unten. Ich wusste nicht, ob es dieses zusätzliche Steuermanöver brauchte, aber der Besen reagierte darauf. Er brachte uns direkt hinunter in den Kräutergarten, und zu meiner großen Freude landeten wir auf einem Pfad direkt neben einem gesund aussehenden Rosmarinstrauch. Ich brach einen größeren Zweig von dem dunkelgrünen, piekenden Kraut ab und für einen Moment erfüllte der würzige Geruch von Rosmarin die Luft. Ich war so erfreut, dass ich am liebsten auf eine Spritztour gegangen wäre, aber ich hatte nur diese fünf Minuten und ich war entschlossen, rechtzeitig vor deren Ablauf wieder zurück zu sein.

Ich sagte dem Besen, dass wir zurückkehren wollten, und Nyx und ich segelten wieder hinauf und über die Bäume hinweg. Zu spüren, wie der Flugwind einzelne Strähnen aus meinem Pferdeschanz zupfte und damit spielte, war die reinste Freude. Die Luft war kalt und klar, und die Bäume unter uns verbargen uns vor allen Blicken. Selbst, als wir über Felder flogen, lagen diese einsam da, als schliefen sie friedlich.

Als wir zurückkamen, überreichte ich Margaret den Rosmarinzweig, als wäre er ein Rosenstrauß. Sie lächelte ein klein wenig und sagte: „Gut gemacht, Lucy."

Obwohl Lavinia und Violet den ganzen Abend über applaudiert und mich beglückwünscht hatten, waren es diese drei Worte aus Margarets Mund, die mich mit Stolz erfüllten.

Sie schaute mich nachdenklich an und sagte dann: „Du hast eine weitere Aufgabe. Ich will, dass du zu den Hinkelsteinen fliegst und mir den runden Kiesel bringst, der ganz oben auf dem Schlussstein sitzt."

Ich war verblüfft. Das war sehr speziell. Ich verzog die Augenbrauen. „Woher weißt du, dass oben auf dem Schlussstein ein runder Kiesel liegt?"

Sie sah mich an, als sei ich eine ganz besonders begriffsstutzige Schülerin. „Weil ich ihn dorthin gelegt habe."

Ich glaubte nicht, dass sie eine Viermeterleiter hinaus zu den Hinkelsteinen getragen und diese dann bis zum Schlussstein hinauf geklettert war. Sie war selbst dorthin geflogen.

„Ich werde dort nicht landen können, oder?"

Das hochnäsige, beinahe böse Lächeln verzog ihre Lippen. „Nein. Du wirst dort in der Luft stehen bleiben, eine Hand ausstrecken und den Stein nehmen. Dann wirst du eine Kurve fliegen und hierher zurückkehren."

Ich dachte, dass ich mich bis hierher sehr gut geschlagen hatte, aber das hier war eine Übung für Fortgeschrittene. „Bist du sicher, dass ich dazu in der Lage bin?"

Sie schüttelte ihren Kopf. „Ganz und gar nicht. Aber das werden wir ja sehen, nicht wahr?"

Ich blickte zu meinen beiden Hexenverwandten, doch beide sahen mich aufmunternd nickend an.

„Okay", sagte ich. „Bitte sehr." Womöglich klang ich, als fühlte ich mich ungerecht behandelt, aber tatsächlich fing mir diese Fliegerei an Spaß zu machen. Ich wollte bloß nicht, dass die verrückten Schwestern das wussten.

Ich programmierte mein inneres Navi, murmelte meinen Reim und los ging die Reise. Das hier war ein längerer Flug und er war berauschend. Als wir über die Autobahn A40 segelten, blickte ich hinunter und sah die Lichter der Autos. Was wäre, wenn jemand aufblickte und uns sah? Ich fragte mich, ob so etwas jemals geschah. Aber wir flogen ohne jegliches Licht. Würde ein Fahrer zum Himmel hinauf blicken und etwas sehen, das er für eine Hexe auf einem fliegenden Besen hielt, würde er vermutlich annehmen, er habe etwas Verdorbenes gegessen. Oder dass es sich um einen sehr großen Vogel handelte. Jeder würde eher an seinen eigenen Sinnen zweifeln als tatsächlich an etwas so Lächerliches zu glauben wie an eine fliegende Hexe. Zumindest hoffte ich das.

Im Mondlicht sahen die Hinkelsteine aus wie Damen, die in zarten weißen Gewändern tanzten. Ich war hier bereits im Vollmond bei Versammlungen des Hexenzirkels gewesen, aber ich hatte die Steine noch nie aus dieser Perspektive gesehen. Als ich näher kam, hatte ich das Gefühl, als würde ich mit ihnen tanzen. Ich drehte ein paar Kurven um die Steine herum und dann, als ich mich besonders mutig fühlte, führte ich uns dort, wo der größte Abstand war, zwischen zwei Steinen hindurch. Ich flog in jedem nur denkbaren Sinne des Wortes.

Ich entdeckte, dass ich den Besenstiel tatsächlich zum

Steuern benutzen konnte. Ich konnte ihm sagen, wo ich hinwollte, aber genauso konnte ich ihn dorthin wenden, wo ich hinfliegen wollte. Allerdings wollte ich ja nicht direkt in den Stein hineinkrachen, also musste ich sehr nah heran, aber nicht zu nah. Obendrein hatte ich keinerlei Vorstellung davon, wie ich lange genug mitten in der Luft anhalten sollte, um nach dem Kiesel zu greifen. Wir segelten vorbei und ich konnte oben auf dem Schlussstein genau in der Mitte den kugelförmigen Kiesel liegen sehen. „Nyx, was soll ich tun? Wie bringe ich dieses Ding dazu, anzuhalten?"

Und dann kamen die Worte zu mir: „Besen, schwebe."

Ich sprach die Worte laut aus, und wie von Zauberhand begannen wir zu schweben. Indem ich mich danach streckte, war ich in der Lage, den Kiesel aufzuheben.

Als wir nach Hause flogen, sagte ich: „Nyx, wir sind ein tolles Team."

Ich schwöre, sie schüttelte den Kopf. Und ich würde wetten, hätte ich ihr Gesicht sehen können, hätte ich gesehen, wie sie die Augen rollt.

Als ich zu der Lichtung zurückkehrte und den Kiesel übergab, sagt Margaret Twigg: „Gut. Das ist genug für heute Nacht. Aber ich will dich hier einmal in der Woche sehen, Lucy."

„Einmal in der Woche?" Ich hatte nicht wirklich etwas gegen die Flugstunden, aber jede Woche einen Abend mit Margaret Twigg zu verbringen, nahm der Vorstellung, mit einem Besen durch die Luft zu sausen, doch eine Menge von ihrem Spaß.

Sie blickte ziemlich ernst. „Du hast viel zu lernen und wenn man dich nicht fordert, wirst du faul."

Ich wollte dagegenhalten, aber ich wusste, dass sie recht

hatte. Ich hatte so viel zu lernen und das betraf so ziemlich jeden Aspekts meines Lebens. Zwischen meinen Bemühungen stricken zu lernen und einen Laden zu führen, worin ich noch immer recht neu war, zugleich zu versuchen, das Hexentraining eines ganzen Lebens aufzuholen sowie für Alices Sicherheit zu sorgen und einem Mörder das Handwerk zu legen, bedeutete, dass ich kaum mehr freie Zeit hatte. Dennoch, wenn ich diese Hexensache ernst nehmen wollte und sie sich das mit den dunklen Mächten, die auf dem Weg zu uns waren, nicht nur ausgedacht hatte, wusste ich, dass ich meine Fähigkeiten verbessern musste. Also nickte ich und stimmte zu, dass ich nächste Woche um dieselbe Zeit wieder herkommen würde.

Danach gingen wir jeder unseres eigenen Weges und Nyx und ich fuhren zurück nach Oxford. Als wir die A40 entlangfuhren, konnte ich nicht widerstehen und schaute hoch in den Himmel, um zu sehen, ob ich irgendwelche fliegenden Hexen erspähen könnte. Ich sah keine, aber ich traute es den drei verrückten Schwestern, die ich gerade verlassen hatte, durchaus zu, aus reinem Spaß eine Runde auf ihren Besen zu drehen.

Als ich zuhause ankam und aus meinem Auto stieg, trat ein dunkler und gefährlich aussehender Mann aus dem Schatten und kam auf mich zu. Ich hätte bei dem Anblick geschrien, hätte ich mich nicht inzwischen an ihn gewöhnt.

„Was tust du hier?", fragte ich Rafe. „Und warum wartest du draußen?" Es war ja nicht so, als ob er einen Schlüssel brauchte, um hineinzugehen.

Nyx rannte zu ihm hin, als wäre er eine Schüssel mit saftigem, frischem Thunfisch und er beugte sich automatisch herunter und hob sie auf. Sie kletterte hinauf und über seine

Schulter und hing dann dort in einer ihrer Lieblingspositionen. „Ich hörte von deinen abendlichen Aktivitäten. Ich wollte sicher gehen, dass mit dir alles in Ordnung ist."

In Wahrheit war ich froh, ihn zu sehen. Ich sprudelte schier über vor Aufregung und hätte sterben können, um jemandem davon zu erzählen. Und ich hatte nicht gerade viele Menschen in meinem Leben, denen ich gefahrlos von der Erfahrung, auf einem Besen zu fliegen, hätte vorschwärmen können.

„Es war unglaublich", sagte ich, während ich die Tür öffnete und wir hineingingen. Er folgte mir hinauf in meine Wohnung. Ich hatte vorgehabt, mir einen heißen Kakao zu machen, aber nun, wo Rafe da war, fragte ich: „Möchtest du ein Glas Rotwein haben?" Er trank manchmal Wein und das gab uns eine Möglichkeit, etwas gemeinsam zu genießen. Er nickte und griff in den hohen Schrank, in dem ich den Wein aufbewahrte. Ich reichte ihm den Korkenzieher und holte zwei Gläser.

Wir setzten uns auf mein Sofa und ich erzählte ihm, wie mein Abend gewesen war. „Es war so cool", rief ich aus. „Nyx war ganz erstaunlich. Rafe, ich bin geflogen."

Er schaute mich nachsichtig an. „Das ist ein gutes Gefühl, nicht wahr?"

„Du ...?"

„Nun, wenn wir es tun, ist es nicht wirklich Fliegen. Es ist eher so, als ob man sich sehr, sehr schnell bewegt."

Das stellte ich mir ebenfalls ziemlich cool vor.

Aber ich glaubte nicht, dass er hergekommen war, nur um übers Fliegen zu sprechen. „Hat Theodore etwas über den Mörder herausgefunden?"

KAPITEL 14

„Theodore hat Philip Wallingtons Hintergrund unter die Lupe genommen." Rafe verlagerte sein Gewicht und legte ein elegantes Bein über das andere. „Es sieht so aus, als hätte er der Polizei nicht alles gesagt."

Ich konnte es nicht glauben. „Du willst mir sagen, dass ein anglikanischer Pfarrer gelogen hat?"

Er bewegte seinen Kopf vor und zurück. „Nein. Er hat nicht wirklich gelogen. Eher hat er eine Unterlassungssünde begangen."

Schon fühlte ich mich besser. „Okay. Ich höre."

„Der Grund, warum er aus London raus in ein verschlafenes Nest wie Moreton-under-Wychwood gezogen ist, ist das Interessante."

„Und dieser Grund wäre?"

„Sein Leben wurde bedroht."

Jemand wollte diesen liebenswürdigen Vikar töten. „Was?"

„So, wie ich Philip Wallington verstehe, ist er jemand, der tatsächlich Gutes tun will, aber vielleicht ist er manchmal ein

Hitzkopf. Seine Gemeinde lag in einer schlechten Gegend Londons voller Drogen und Gangs. Er war sehr gut darin, Leute von den Drogen loszubekommen und anderen beim Ausstieg aus Spiel- und Alkoholsucht zu helfen. Er rief ambitionierte Programme ins Leben, bildete Freiwillige aus, sorgte für Essen und Beratung, Übernachtungsmöglichkeiten, Übergangshäuser und Jobs. Er war ziemlich erfolgreich."

„Das klingt wunderbar. Was lief schief?"

„Er war zu erfolgreich. Er machte sich einige sehr mächtige Menschen zu Feinden, die Art von Menschen, die mit Drogen handeln, im Wettgeschäft sind, und so weiter."

„Ich hasse es, dass es solche Menschen auf der Welt gibt."

„Und anscheinend geht es dem Vikar ganz genauso. Man warnte ihn, sagte ihm, er solle einige seiner Programme stoppen, aber er weigerte sich."

„Liebe Güte. Ist etwas Schlimmes passiert?"

„Man hat ihn verprügelt. Nicht allzu schlimm, aber genug, dass die Warnung bei der Kirche ankam. Er argumentierte, dass er dennoch bleiben und mit seiner Arbeit fortfahren wollte, aber seine Vorgesetzten beschlossen, ihn aus der Schusslinie zu nehmen."

„Und deshalb versetzte ihn die Kirche nach Moreton-under-Wychwood."

„Genau."

Politik, wohin man blickte, selbst in der Kirche und im Hexenrat. Wir alle mussten Regeln gehorchen, die andere festgelegt hatten. Ich konnte mir vorstellen, wie sich Philip Wallington fühlen musste, aber ich konnte nicht erkennen, inwiefern seine Arbeit in London für das, was bei Alices und Charlies Hochzeit geschehen war, von Belang sein konnte.

„Wären diese Verbrecherbosse nicht froh, den übereifrigen

Vikar losgeworden zu sein? Er ist weg. Sie haben gewonnen. Wieso ihn töten?"

„Weil ihn für immer loszuwerden eine sehr eindeutige Botschaft an alle anderen Gutmenschen wäre. Weißt du, er ist in bestimmten Kreisen ziemlich bekannt."

„Es scheint falsch, dass jemand, der so sehr bemüht ist, Gutes zu tun, von bösen Mächten ins Visier genommen wird."

Er schaute mich mit skeptischer Miene an. „Und dennoch geschieht es."

Ich wusste, dass das stimmte. Deshalb musste ich es noch lange nicht gut finden. „Also lautet deine Theorie, er wurde von einigen dieser fiesen Kerle aus London verfolgt? Und die haben dann diese komplizierte Aktion mit dem herabstürzenden Balken veranstaltet, um ihn davon abzuhalten, Süchtigen zu helfen?" Das erschien mir ein wenig weit hergeholt.

„Denk darüber nach. Die meisten Gäste dieser Hochzeit kamen aus London. Sie war in den landesweiten Nachrichten. Sie könnten so eine Botschaft senden."

„Hat Theodore herausgefunden, ob am Tag der Hochzeit irgendwelche Verbrecherbosse oder deren bekannte Handlanger in Moreton-under-Wychwood waren?"

„Das untersucht er noch."

„Ich weiß nicht. Mein Favorit ist immer noch Sophie Wynter. Du hast gesehen, wie sie die ganze Hochzeitszeremonie von Alice und Charlie hindurch geschluchzt hat. Und dann hat sie sich rausgeschlichen, bevor alles vorbei war. Sie hatte allemal Zeit gehabt, um die Kirche herum zu laufen, sich auf die Orgelempore zu stehlen und den Balken fallen zu lassen. Und sie hatte es nicht auf Rupert Grendell-Smythe abgesehen. Sondern auf Alice."

Er sah nicht überzeugt aus. „Es ist nicht so, dass ich nicht glaube, dass sie Alice nicht geschadet hätte, wenn sie es könnte, aber dieses Verbrechen wurde vor dem Tag der Hochzeit geplant. Sophie Wynter scheint nicht kräftig genug, um diesen Balken durchzusägen. Sie hatte Hilfe."

„Was ist mit ihrem Bruder? Boris. Er ist ein kräftiger, rugbyspielender Muskelmann mit dicken Oberarmen. Er könnte es getan haben. Und er hat die Kirche gemeinsam mit ihr verlassen."

„Ich nehme an, er wäre dazu in der Lage gewesen. Aber würde er wirklich die Rivalin seiner Schwester töten? Würde das nicht ein wenig über brüderliche Liebe hinausgehen, oder wie siehst du das?"

„Ich hatte nie einen Bruder, also kann ich das nicht beurteilen. Mir erscheint das ziemlich verrückt. Aber vielleicht ist er genauso verrückt wie sie."

„Das Problem ist, dass es eine ganze Reihe Menschen gibt, die das wahre Ziel gewesen sein könnten. Dass wir uns des Opfers nicht sicher sind, macht es doch etwas schwerer herauszufinden, wer der Mörder ist."

Wie etliche Male zuvor seit der Hochzeit ging ich im Kopf durch, wer nahe genug dran gewesen war, um leicht von dem Balken getötet zu werden. „Was ist mit Charlies Eltern? Sie waren ebenfalls in der Schusslinie. Hätte Charlies Mutter nicht so gute Reflexe gehabt, um ihren Mann blitzartig aus dem Weg zu stoßen und sich auf ihn zu werfen, wären auch sie erschlagen worden. Was hat Theodore über sie herausgefunden?"

„Lucy, die Wahrheit ist, jeder hat ein Geheimnis. Das gilt ohne jeden Zweifel auch für Charlies Eltern. Bislang haben wir noch nichts ausgegraben, das sie als potenzielle Ziele eines Mordanschlages nahelegen würde. Sie waren mit Rupert Grendell-Smythe und seiner Frau sowie den Familien all der jungen Männer befreundet, die mit Charlie vorn am Altar standen. Sie alle haben in Wembley oder dort in der Nähe gewohnt."

Ich war so frustriert. Zuallererst, weil mich ständig eine gewisse Sorge wegen Alice plagte. Und dann waren Sophie und Boris immer noch in Oxford. Ich wünschte, sie würden verschwinden. Diese Schwarze Witwe sollte sich in ihr eigenes Netz zurückziehen und Oxford fern bleiben.

Ich hatte mein Bestes gegeben, um einen Schutzzauber für Alice zu weben. Außerdem hatte ich ihr ein besonderes Geschenk überreicht. Es war eine hübsche Halbedelstein-kette mit Amethyst, Lapislazuli und Obsidian. Diese Steine besaßen an sich schon Schutzwirkung, aber ich hatte sie zusätzlich, soweit es irgend möglich war, mit Schutzzauber aufgeladen. Das Ergebnis war ein mächtiges Amulett, und glücklicherweise war Alice sentimental genug, es die ganze Zeit zu tragen.

Arme Alice, armer Charlie. Der Mord an Rupert Grendell-Smythe hatte nicht nur ihre Hochzeit selbst übel verdorben, obendrein hatten sie entschieden, ihre Hochzeitsreise zu verschieben.

Das frischverheiratete Paar sollte jetzt eigentlich glücklich zwischen den Bücherregalen der besten Bibliotheken der Welt herumspazieren, aber stattdessen waren sie immer noch hier in Oxford. Als sie mir das erste Mal sagten, sie würden nicht aufbrechen, war ich bestürzt, denn ich hatte geglaubt, wenn sie weit weg auf Hochzeitsreise wären, wären sie in Sicherheit. Allerdings wollte keiner von ihnen Alistair so kurz nach dem schrecklichen Schock, seinen Vater auf diese Art zu verlieren, alleine lassen. Sie waren nicht die Art von Menschen, die sich über ihr Pech beklagten, aber ich wusste, sie fühlten sich irgendwie verantwortlich, weil sich der Todesfall auf ihrer Hochzeit ereignet hatte.

Und so blieben sie weiterhin in Oxford. Alistair blieb hier, weil die Polizei den Leichnam seines Vaters noch nicht freigegeben hatte. Auf der Arbeit hatte man ihm einen Sonderurlaub gewährt. Sophie und Boris blieben ebenfalls und ich hatte keine Ahnung, warum. Wegen unerledigter Arbeit schienen sie sich nicht zu sorgen. Hatten sie überhaupt Jobs? Ich hatte den Verdacht, Sophie wollte in der verrückten Hoffnung, dass sich Charlie und Alice im Nachgang der Tragödie trennen könnten, in seiner Nähe bleiben. Ich hätte ihr sagen können, dass das nicht passieren würde. Und nun, da Alice und Charlie offen über seine und Sophies frühere Beziehung gesprochen hatten, hatte ich nicht den Eindruck, dass Sophie für ihre Beziehung irgendeine Bedrohung darstellte. Ich kannte Alices weiches Herz, also wusste ich, sie hatte nichts als Mitgefühl für Charlies Ex übrig, obwohl diese Frau sich ihr gegenüber furchtbar benommen hatte.

Wellesley, Nigel und Giles hatten sich ebenfalls entschieden zu bleiben. Wellesley schien Assistenten zu haben, die den größten Teil seiner Arbeit übernehmen konnten. Giles war ebenfalls im Bankensektor tätig, aber ihm war es gelungen, Urlaub zu nehmen und Nigel war Herausgeber und Lektor, der seinen Partnern sagte, er würde von hier aus arbeiten.

Auch Beatrice blieb schließlich in Oxford. Ich glaubte nicht, dass sie das beabsichtigt hatte, aber sie gehörte zu den Menschen, die sich nicht gerne außen vor fühlten. Da alle anderen aus der engeren Hochzeitsgesellschaft blieben, tat sie das ebenfalls. Sie war in den sozialen Medien tätig, also konnte auch sie von jedem Ort aus arbeiten.

Obwohl ich wegen Alice und Charlie besorgt war, hatte ich doch immer noch ein Geschäft zu führen. Ich konnte nicht mein ganzes Leben damit verbringen, dauernd um die Jungvermählten herumzuschwirren und so zu versuchen, für ihre Sicherheit zu sorgen. Ich hatte Alice das Schutzamulett gegeben und ich hatte Violets Hilfe in Anspruch genommen, um einen Schutzkreis um Frogg's Books zu ziehen. Viel mehr konnte ich nicht tun, solange ich nicht den Mordfall aufklärte, was sich, wie üblich, als schwerer als angenommen erwies.

In meinen Augen hatte Sophie Wynter nach wie vor das stärkste Motiv, um Alice Schaden zuzufügen, aber die Erfahrung hatte mich gelehrt, dass ich mich nicht so sehr auf meine Lieblingstheorie konzentrieren sollte, dass ich jegliche andere ausschloss. Deshalb war ich sehr begierig zu erfahren, was Theodore über die Hintergründe möglicher anderer Verdächtiger und potenzieller anderer Zielpersonen herausfinden konnte. Vielleicht hatte das Ganze jemand anderem als Alice gegolten. Immerhin hatte ich an einem bestimmten Punkt geglaubt, das sei ich gewesen, und dass Rafes geliebte Gattin versucht hätte, mich zu töten.

Deswegen fühlte ich mich noch immer schlecht. Eines Tages würde ich Blumen zu Constances Gedenkstein bringen und mich persönlich entschuldigen. Dabei spielte es keine Rolle, dass sie mich nicht hören konnte. Sie war ebenfalls eine Hexe gewesen und da war Rafe, den wir gemeinsam hatten. Und wenn man ihm Glauben schenkte, gab es womöglich noch eine Art Familienbande. Ich wollte zu der ersten Frau, die Rafe je geliebt hatte, keine schlechte Beziehung haben, selbst, wenn sie nichts anderes mehr wäre als ein längst verstorbener Geist.

Also fragte ich mich, wie es mit dem Rest der Hochzeitsgesellschaft aussah. Konnte es sein, dass einer von Charlies oder Alices Freunden das wahre Ziel gewesen war?

Und wenn ja, warum?

Eines, was ich über Mordfälle herausgefunden hatte, war, dass das Motiv selten offensichtlich oder unkompliziert war. Oftmals ging es dabei um eine Verletzung oder Wut, die unbeachtet und unausgesprochen vor sich hin geschwelt hatte – und das für Jahre oder gar Jahrzehnte. Dann geschah etwas, dass die Wut, den Groll, die Angst oder den Hass plötzlich wieder aufflammen ließ. Das war ein anderer Grund, der mir Sophie Wynter so verdächtig erscheinen ließ. Ihr Motiv war so wunderbar klar. Jahrzehntelang war sie in Charlie verliebt gewesen; sie war geradezu im Wortsinn verrückt nach ihm. Was sie weitermachen ließ, war die Hoffnung, dass sie und Charlie eines Tages doch zusammenkommen würden.

Und das dank einer Wahrsagerin, der sie auf einer Wohltätigkeitsveranstaltung begegnet war, die ihr zweifelsohne gesagt hatte, was sie hören wollte. Wir hatten nur Sophies Aussage, dass die Wahrsagerin prophezeit hatte, sie würde mit Charlie zusammenkommen. Ich traute Sophie durchaus zu, dass sie sich die ganze Sache ausgedacht hatte.

Ganz gleich, was sie auf die Idee gebracht hatte, die Sache mit Charlie hatte sie schwer erwischt, und das machte Alice zu ihrer Feindin.

Aber Besessenheit war das eine, Mord etwas ganz anderes. Hasste sie Alice genug, um sie zu töten? Vermutlich hatte

Rafe recht: Wenn sie diesen Balken herabstürzen ließ, hatte sie es nicht allein getan.

Wenn Violet und ich allein im Laden waren, sprachen wir viel häufiger über den Mord als über neue Ware, die ich bestellen sollte, oder die Kurse, die wir im Winter anbieten sollten.

Wir waren allerdings vorsichtig. In der Sekunde, in der uns die fröhlichen Glocken die Ankunft einer neuen Kundin verkündeten, wechselten wir sofort zu einem Thema mit Bezug zum Stricken oder Häkeln, allein schon, um unsere zahlenden Kunden nicht zu verschrecken. Und so kam es, dass wir an diesem Donnerstagnachmittag gerade mitten in der Diskussion waren, wie weit Sophie Wynter wohl wirklich gehen würde, um Charlies Zuneigung wiederzugewinnen, als die fröhlichen Glocken anzeigten, dass jemand in den Laden kam.

Wir hörten sofort auf zu reden, und ich schlug vor, dass wir die Auslage im Schaufenster thematisch auf Halloween ausrichten sollten. Die Briten hatten diesen großartigen Feiertag voller Süßigkeiten nie wirklich groß begangen. Stattdessen feierten sie die Guy Fawkes Night mit einem großen Freudenfeuer praktisch gänzlich ohne irgendwelche Verkleidungen.

Halloween machte einfach so viel mehr Spaß, wenn man ein Kind war. Und genau wie in vielen anderen Aspekten wurde auch in diesem der Einfluss Nordamerikas von Jahr zu Jahr stärker. Inzwischen war es ziemlich normal, kleine Kinder zu sehen, die am 31. Oktober als Geister und Monster verkleidet von Tür zu Tür zogen und nach Süßigkeiten fragten.

Da ich Amerikanerin war, hatte ich kein Problem damit,

im Namen der Kinder überall auf der Welt diesen wunderbaren Feiertag zu bewerben. Überdies bildeten große, dicke, orangefarbene Kürbisse, schwarze Katzen und Vollmonde einen interessanten Hintergrund für warme, grobgestrickte Pullover, Handschuhe, Mützen und Schals.

Genau in dem Moment, als ich lauthals meine Ideen für die Schaufensterauslage herausposaunte, fing Violet an, über eine Reihe kommender Kurse zu reden. Es dürfte sich sehr seltsam angehört haben, mitten in zwei so unterschiedliche Unterhaltungen zu platzen, wo doch nur wir beide im Laden waren.

Ich denke, wir beide waren überrascht festzustellen, dass es sich nicht um eine Stammkundin handelte. Tatsächlich war es überhaupt kein Kunde, der da herumstand und sich ziemlich unsicher umsah. Es war Alistair Grendell-Smythe. Wir beide hielten eine Sekunde zu lang inne. Ich suchte nach einer angemessenen Begrüßung, und ich nahm an, Violet tat dasselbe. Dann machten wir beide exakt im selben Moment einen Schritt auf den Mann zu. Ich sagte: „Alistair, was für eine schöne Überraschung."

Und Violet sagte: „Na sieh einer an, was die Katze hereingeschleppt hat."

Da Nyx die Tatsache, dass er die Tür öffnete, tatsächlich ausgenutzt hatte und hinein gehuscht war, mussten wir alle über ihre kleine Stichelei lachen.

Er machte den Anschein, als wollte er sich umdrehen und so rasch wieder verschwinden, wie er erschienen war, und vielleicht hätte er das auch getan, hätte Nyx nicht beschlossen, er wäre genau der Richtige für ein paar Streicheleinheiten. Aus welchem Motiv auch immer, sie stupste jedenfalls ihre Kopf an seine Knöchel und rieb sich an seinem Hosenbein.

„Ich hoffe, du bist nicht allergisch", sagte ich.

Er schüttelte den Kopf. „Nein, ich mag Katzen." Er beugte sich vor und hob sie hoch. Ich konnte sehen, dass sie ihn mochte, weil sie sogleich über seinen Brustkorb kletterte und dann auf seine Schulter krabbelte, um es sich dort bequem zu machen.

Das tat sie normalerweise nur bei Rafe. Also konnte ich voller Überzeugung sagen: „Sie mag dich."

„Das tun Tiere meist."

Wir Hexen wechselten einen Blick. Violet schien genauso wenig wie ich zu wissen, was Ruperts Sohn hier wollte. Sein rotes Haar stand unordentlich ab und er hatte eine Rasur nötig. Er hatte lediglich geplant gehabt, ein paar Tage in Oxford zu bleiben, und nun war er bereits zwei Wochen hier, also war seine Kleidung zerknittert und sah aus, als hätte er sie zu oft getragen. „Du strickst nicht, oder?"

„Nein." Er liebkoste Nyx, indem er mit langen, langsamen Bewegungen von ihrem entzückten Kopf bis zu ihrem zuckenden Schwanz strich. Indem er ihr seine ganze Aufmerksamkeit schenkte, musste er uns nicht ansehen. „Ich weiß nicht, wohin mit mir. Ich werde noch verrückt." Er blickte Violet mit dem zerrütteten Blick an, den Menschen haben, die nicht ordentlich schlafen. „Ich habe mich daran erinnert, wie nett du nach der Hochzeit zu mir gewesen bist. Danach. Also ich meine, nachdem es passiert war."

Sie trat einen Schritt näher an ihn heran. „Natürlich."

„Ich habe mich gefragt, ob ich dich zum Lunch oder Tee ausführen dürfte. Ich brauche einfach jemanden zum Reden."

Es war elf Uhr dreißig am Vormittag. Zu spät für Kaffee und zu früh für Lunch, aber Violet hatte keine fixen Pausenzeiten und sie tendierte dazu, zu tun, wonach ihr war. Sie sagte: „Tatsächlich bin ich ziemlich hungrig. Lunch wäre großartig." Sie sah mich an. „Lucy, das macht dir doch nichts aus, oder?"

Ich freute mich viel zu sehr darüber, dass sie Alistair in seiner Trauer unterstützen konnte. „Geht nur. Ich wollte sowieso mit der Schaufensterauslage anfangen. Das kann ich machen, während ich mich um Kunden kümmere, die reinkommen. Also Mahlzeit euch beiden."

Sie ging, um ihre Handtasche zu holen. Ich fragte Alistair: „Wie kommst du zurecht?"

Er schüttelte seinen Kopf und öffnete den Mund, als würde er nach den passenden Worten suchen. „Es ist, als ob mich jemand getreten hätte. Mir ist einmal ein Fußball gegen den Solarplexus gedonnert. Daran erinnert es mich. Ich wache auf und frage mich, was das für ein furchtbarer Schmerz ist, und dann erinnere ich mich wieder."

Es gab nicht viel, was ich für ihn tun konnte, aber ich konnte ihm helfen, Schlaf zu finden. Nach dem durchschlagenden Erfolg von Violets Energie-Tee hatte ich geübt, meine eigenen Heiltees herzustellen. Es gab eine Menge Rezepte in meinem Grimoire. Eines davon hatte ich abgewandelt, ein wenig Baldrianwurzel hier hinzugefügt und ein wenig Kamillenblüten dort. Der Tee war sehr gut dazu geeignet, wegzudösen und einzuschlafen und obendrein eine Hilfe beim Wiedereinschlafen, wenn man mitten in der Nacht wach geworden war. Das wusste ich, weil ich es an mir selbst ausprobiert hatte. Alistair war nicht der Einzige, der mitten in der Nacht immer noch traumatisiert von dem, was wir bei der Hochzeit erlebt hatten, erwachte. Ich vermutete, wenn ich meine eigene Traurigkeit hernahm und mit tausend multiplizierte, käme ich dem nahe, was ein erst kürzlich verwaister Sohn fühlte.

„Ich habe einen netten, beruhigenden Kräutertee. Ich werde dir welchen mitgeben. Trink eine Tasse vor dem Zubettgehen. Ich verspreche, das wird dir beim Einschlafen helfen."

Ich wollte ihm außerdem anbieten, meine Waschmaschine zu benutzen, aber womöglich wäre ich ihm damit zu nahe getreten. Zweifelsohne hatte sein Hotel auch einen Wäscheservice und es war ihm bloß nicht in den Sinn gekommen, diesen zu nutzen. Die Wäsche rangierte vermutlich nicht gerade weit oben auf seiner Prioritätenliste.

„Ich wäre dir wirklich sehr dankbar."

Als Violet mit ihrer Handtasche zurückkam, sah ich, dass sie sich überdies Zeit genommen hatte, um sich zu kämmen und ihr Make-up aufzufrischen. Alistair sagte: „Ich weiß, das ist gleich nebenan, aber würde es dir etwas ausmachen, wenn wir zu den Schwestern Watt gehen? Bei ihnen ist es bequem und tröstlich, und ich kenne sie schon so lange."

Ich sah ihnen zu, wie sie gingen, und während ich das tat, spürte ich zwischen ihnen eine Nähe, die über das hinausging, was einen trauernden Menschen mit einem guten Zuhörer verbindet. Ich fragte mich, ob da Liebe aufkeimte. Ich hoffte bloß, dass Violet vernünftig genug wäre, es wirklich langsam angehen zu lassen. Alistair war emotional gesehen nicht in der besten Verfassung, um eine neue Beziehung einzugehen, und Violet hatte den Hang, die Dinge zu überstürzen.

Und als sie gingen, kam mir noch etwas in den Sinn. Die

Schwestern Watt hatten diesen Jungs schon Tee und Frühstück serviert, als sie noch Studenten am Cardinal College waren. Wieso war ich noch nicht darauf gekommen, die Damen von nebenan zu fragen, was sie wussten? Sie waren schon so lange hier und ich hatte den Verdacht, sie wussten eine ganze Menge über die Jungs, die Charlies Trauzeugen-Team gebildet hatten.

Ich beschloss, heute drüben vorbeizuschauen und die Schwestern Watt diskret zu befragen. Ich konnte nicht glauben, dass mir das bisher noch nicht eingefallen war. Ich sollte mich ernsthaft fragen, ob ich meinen Klienten nicht vernachlässigen würde, falls mich jemals tatsächlich jemand als Detektivin engagieren oder bezahlen würde.

KAPITEL 15

*A*ls ich später am Nachmittag den Elderflower Tea Shop betrat, wurde mir bewusst, dass ich nicht nur hierherkam, weil ich neugierig war herauszufinden, wie Charlie und seine Freunde als Studenten gewesen waren, sondern auch, weil ich die Art guter Gesellschaft und Stärkung brauchte, die nur ein echter englischer Nachmittagstee einem Menschen bietet. Ich brauchte Scones und Clotted Cream und die selbstgemachte Erdbeermarmelade der Schwestern Watt, zusammen mit einer Kanne starkem englischen Tee, getrunken aus einer Teetasse mit Blumenmuster. Heute Abend hatte ich meine zweite Stunde in Sachen Besenreiten. Ich hatte die Stärkung und die Aufmunterung dringend nötig.

Die Schwestern Watt betrieben zwar keinen derart enthusiastischen Aufwand um mich wie um Wellesley und seine Freunde, aber dennoch wurde ich mit einer schmeichelhaften Fülle von Aufmerksamkeit bedacht. Florence und Mary Watt waren so etwas wie ehrenamtliche Großtanten für mich. Sie waren sehr gute Freundinnen meiner Großmutter gewesen und ich hatte ihnen geholfen, als hier in dieser Teestube ein Mord geschehen war. Ich hatte den Zeitpunkt meines Kommens so gewählt, dass ich wusste, es wäre nicht zu voll. Wir setzten uns zu dritt hin, obwohl Mary Watt dafür sorgte, dass sie von ihrem Platz aus den Eingang im Blick hatte, damit sie aufspringen konnte, wenn irgendwelche Kunden hereinkämen.

Sie erzählten mir, dass sie eine Küchenhilfe hatten, eine junge Frau aus Paris. Mary, die in der Küche das Regiment führte und stolz darauf war, die besten Scones in ganz England zu servieren, sagte: „Lisette ist ein sehr nettes Mädchen. Sie hat im Cordon Bleu gelernt."

„Wow." Ich spähte zur Tafel in der Hoffnung, einige französisch inspirierte Gerichte zu entdecken, aber die Speisekarte war dieselbe wie immer. Quiche Lorraine war darauf das, was am französischsten klang.

„Ich bin sicher, sie kann wunderbar mit Schnecken und Froschschenkeln umgehen", sagte Mary, und ihr Desinteresse an diesen Gerichten, die zu probieren sie nicht reizte, war deutlich aus ihrer Stimme herauszuhören. „Aber wenn es um Scones geht, bringen sie ihnen im Cordon Bleu offenkundig nicht allzu viel bei. Aber sie ist ausgesprochen lernwillig, das muss man sagen. Und ich bin guter Dinge, dass sie immer besser werden wird." Sie schüttelte ihren Kopf. „Ich wünschte bloß, sie würde damit aufhören, neue Gerichte auf die Speisekarte setzen zu wollen. Die Touristen kommen wegen der Qualität der britischen Klassiker hier herein. Sie wollen kein ausländisches Essen. Wenn sie das wollen, können sie ja auf den Kontinent reisen."

Ich fühlte sehr mit der armen jungen Frau in der Küche mit, die versuchte, ein wenig vom Flair des Cordon Bleu ins

Leben der Schwestern Watt zu bringen. Mein Magen hoffte, ihr möge das gelingen, aber mein gesunder Menschenverstand sagte mir, ich sollte dankbar sein, dass die Scones von Miss Watt so gut waren.

Als ich nach einem griff, beugte sich Mary vor und flüsterte: „Machen Sie sich keine Sorgen, Liebes. Ich habe die Scones für uns gebacken. Lisette wird jeden Tag besser, aber mein Gespür dafür erreicht sie nicht ganz. Noch nicht."

Weil ich diese beiden alten Damen liebte, sagte ich brav, ich könne mir nicht vorstellen, dass jemals jemand Scones backen würde, die auch nur annähernd so köstlich wären wie die von Mary Watt. Das war nicht einfach aus Loyalität gesagt, sondern tatsächlich wahr. Was ich nicht sagte war, dass es mehr im Leben gab als Scones. Wenngleich vielleicht nicht unbedingt beim Nachmittagstee.

Also nahm ich den Scone voller Vorfreude und brach die goldene Versuchung auf, die noch warm vom Ofen war. Zwischen den Menschen aus Devon und denen aus Cornwall gab es diesen Grundsatzstreit, wie man ein Scone essen sollte. Eine Seite, und ich konnte mir nie merken, welche, beharrte darauf, die Marmelade gehörte zuunterst und die Clotted Cream darauf, während die Gegenseite genau das Gegenteil behauptete.

Das konnte einen auf die Idee bringen, dass die Menschen in Cornwall und Devon nicht genug anderes zu tun hatten, aber ich blieb neutral, indem ich auf die eine Hälfte meines Scones zuerst die Marmelade und dann die Sahne gab und Sahne zuerst und anschließend die Marmelade auf die andere Hälfte. Ich hatte nie einen großen Unterschied im Geschmack feststellen können, aber inzwischen war das zur Gewohnheit geworden.

Während ich meinen Scone mit Sahne und Marmelade bestrich, sagte ich: „Waren nicht heute Alistair Grendell-Smythe und Violet zum Lunch hier?"

Als ob ich das nicht bereits wüsste.

Die Damen stürzten sich so begeistert ins Klatschen, wie ich erhofft hatte. Florence sah zu den drei besetzten Tischen, aber im Café war niemand, den wir kannten und der an unserer Unterhaltung irgendein Interesse haben konnte, und überdies waren diese Gäste alle mit ihren eigenen Speisen und ihrer jeweiligen Begleitung beschäftigt. Dennoch senkte sie die Stimme und beugte sich vor. Mary und ich taten es ihr nach, also müssen wir wie Verschwörer gewirkt haben.

„Ich neige ja nicht zu Klatsch", sagte Florence, worauf ich mich beinahe an meinem Scone verschluckte, „aber sie waren recht intim miteinander."

„Intim? Wie denn das?" Als Violet zurückgekommen war, war sie ärgerlicherweise überaus zurückhaltend gewesen, was ihr Date zum Lunch anging.

„Nun, natürlich habe ich sie an den besten Tisch im Fenster gesetzt. Das hätte ich auch getan, wenn der arme Alistair nicht gerade seinen Vater verloren hätte. Er ist so ein liebenswürdiger, junger Mann. Und natürlich gehört Violet zu unseren liebsten Gästen."

„Das war sehr freundlich von Ihnen", sagte ich, da ich den Eindruck hatte, etwas sagen zu müssten.

„Ich hatte erwartet, dass sie gegenüber voneinander am Tisch Platz nehmen würden, aber sobald sie sich gesetzt hatten, stand Violet auf und rutschte mit ihrem Stuhl näher an Alistairs heran."

Ich begriff, wieso das im Kontext ihres viktorianischen Weltbildes ‚intim' genannt werden konnte. „Ihnen schien keinen Augenblick der Gesprächsstoff auszugehen und ein paar Mal hörte ich Alistair lachen. Das klang ein wenig rostig, als hätte er sich schon eine ganze Weile nicht mehr amüsiert." Sie warf einen Blick zu Mary. „Sie hatten beide das Roastbeef mit Senfgurke." Sie blickte hinüber zu dem Tisch, als stellte sie sich vor, wie die beiden dicht beieinander am Fenster saßen und beide ein identisches Sandwich aßen. „Und als sie beim Dessert ankamen – und wieder wählten sie dasselbe, ein Bakewell-Törtchen – hielten sie einander an den Händen."

Ich wusste nicht, was ich zum Händchenhalten sagen sollte. Das erschien mir nicht gerade als ein besonders skandalöses Verhalten, aber ich musste zugeben, dass ich mich sorgte, ob sich das nicht alles zu schnell entwickelte. Alistair hatte gerade erst seinen Vater unter furchtbaren Umständen verloren, und das nur ein Jahr, nachdem seine Mutter gestorben war. Tatsächlich hatte ich sogar den Verdacht, dass die Wahl seines Desserts Ausdruck seiner Trauer war. „Seine Mutter hat früher Bakewell-Törtchen gemacht, müssen Sie wissen. Sie hat sie früher für Charlie gebacken, wenn er zu ihnen zum Abendessen kam."

Mary schnalzte mit der Zunge. „Oh ja, Charlie liebt gute Bakewell-Törtchen. Er mag meine ebenfalls ganz besonders, wissen Sie." Ich musste mein Lächeln unterdrücken. Ich hatte den Verdacht, sie fühlte sich ein wenig unter Druck mit einer französischen Köchin in der Küche, die im Cordon Bleu gelernt hatte, also beeilten Florence und ich uns, sie mit Komplimenten für ihre hervorragenden Bakewell-Törtchen aufzumuntern.

Eigentlich war ich mit Detektivarbeit im Sinn hierhergekommen, aber so, wie sich die Unterhaltung entwickelte, begann ich mir etwas Sorgen um Violet zu machen. Während es freundlich von ihr war, Zeit mit Alistair zu verbringen, und sie einander offenkundig mochten, hoffte ich nur, dass sie nicht auf dem besten Weg Richtung Liebeskummer war. Ich kannte Alistair nicht wirklich gut, aber wie auch immer er unter normalen Umständen sein mochte, derzeit war er nicht er selbst und das würde auch noch eine Weile so bleiben. Ich vermutete, jeder anständige Psychologe würde ihm abraten, sich ausgerechnet jetzt in eine Beziehung zu stürzen. Und, für mich noch wichtiger, jeder gute Psychologe würde Violet dasselbe raten. Er war ein lieber Kerl, aber in diesem Augenblick war er nicht der beste Kandidat für sie.

Sie hatte so glücklich ausgesehen, als sie vom Mittagessen zurückgekommen war, dass ich den Verdacht hatte, sie würde mehr in es hineindeuten, als Alistair beabsichtigt hatte. Vielleicht verfolgte mich auch der böse Geist von Sophie Wynter, aber ich wollte nicht, dass Violet sich am Ende ohne jede Hoffnung nach jemandem verzehrte, der derzeit nicht zu haben war.

Ich hatte den Eindruck, Florence Watts Gedanken gingen in eine ähnliche Richtung, denn sie sah besorgt aus. „Als ich ihre Dessertteller abräumte, konnte ich gar nicht verhindern, dass ich mitbekam, wie Alistair Violet zum Abendessen in ein Restaurant einlud."

„Nun, das klingt sehr nett."

Sie senkte ihre Stimme noch weiter. „Violet lachte und sagte, vermutlich hätte er das Restaurantessen satt. Sie lud ihn zum Dinner zu sich in ihr Cottage ein."

Das waren in der Tat verblüffende Neuigkeiten, allerdings aus Gründen, von denen die beiden alten Damen nichts ahnen konnten. Violet war genauso wenig wie ich eine

Köchin. Wenn sie Alistair zu sich ins Cottage einlud, vermutete – nein, befürchtete – ich, dass sie vielleicht einen Hexenzauber anwenden wollte, um ihn zu fesseln. Das war in jeder nur denkbaren Hinsicht eine schlechte Idee. Aber wie konnte ich ihr Vernunft beibringen?

Violets Liebesleben war in der Vergangenheit auch nicht erfolgreicher gewesen als meines. Tatsächlich war es sogar womöglich noch weniger erfolgreich gewesen. Ich wusste, dass sie sich nach einem Partner sehnte, ich hatte allerdings gehofft, sie würde das auf die übliche Art angehen, mit einem Wisch nach links oder rechts, und nicht, indem sie eine Prise von diesem und eine Prise von jenem ins Essen oder Getränk eines ahnungslosen Mannes schmuggelte.

Darüber würde ich später nachdenken, jetzt wollte ich mehr über die jungen Männer erfahren, die früher hierher zum Frühstück gekommen waren.

Ich sagte: „Hat Alistair irgendetwas über den Tod seines Vaters gesagt?"

Sie schauten mich leicht überrascht ob meines Themenwechsels an. Florence schenkte Tee nach. „Wie Sie wissen, lausche ich niemals den Unterhaltungen meiner Gäste. Das ist genauso schlimm wie zu tratschen."

Mit ernstem Gesicht versicherte ich ihr, dass ich das vollkommen verstand.

„Allerdings habe ich zufällig gehört, wie Alistair sagte, dass der Coroner eine Untersuchung des Todes seines Vaters eröffnen wird." Das war keine Überraschung für mich. Dank meiner inoffiziellen Quellen wusste ich, dass eine Autopsie stattgefunden hatte. Der Tod war tatsächlich durch den schweren Balken ausgelöst worden, der auf Rupert Grendell-Smythe gestürzt war. Die gute Nachricht war, wenn man denn von so etwas sprechen konnte, dass der Tod sofort eingetreten war. Die schlechte Nachricht war, dass Rafe recht gehabt hatte. Der Balken war manipuliert worden.

Rupert Grendell-Smythe war ermordet worden.

„Der arme junge Mann hörte sich so erschüttert an, und wer würde ihm deswegen einen Vorwurf machen? Er sagte zu Violet: ‚Wer würde einen herzensguten, alten Mann umbringen wollen, der stets zu allen freundlich war?'"

Ich nickte. Es erschien mir nahezu unvorstellbar, dass Alistairs Vater das beabsichtigte Mordopfer gewesen war.

Ich wusste dank der Erfahrung mit meiner Großmutter, dass es eine schreckliche Bürde war, einen geliebten Menschen durch ein Verbrechen zu verlieren. Selbst wenn Granny immer noch Teil meines Lebens war, so war sie jetzt doch ein Vampir. Das war einfach nicht dasselbe. Allerdings war es viel schlimmer für Alistair, da sein Vater wirklich für immer fort war. Ich war entschlossen, ihm zumindest zu der Genugtuung zu verhelfen zu erfahren, was hinter dieser so bösen Tat steckte. Im britischen Rechtssystem haben sowohl der Angeklagte in einem Mordfall als auch die Angehörigen des Mordopfers ein Recht auf eine weitere Obduktion. Es könnte Wochen oder sogar Monate dauern, bevor Alistair seinen Vater endlich würde beerdigen können. Ich würde alles tun, was ich konnte, um diesen Prozess zu beschleunigen.

Auch Mary wusste, wie es sich anfühlte, wenn ein geliebter Mensch ermordet wurde. Sie dachte offensichtlich in dieselbe Richtung wie ich: „Es wird für den armen Alistair so viel besser sein, wenn er Gewissheit hat und seinen armen Vater endlich beerdigen und neben seiner Mutter zur letzten Ruhe betten kann."

Florence nickte. „Immerhin kann er sich wenigstens aufs Wochenende freuen."

Wir beide blickten zu ihr hoch. Sie schaute ein bisschen verlegen, als sie zugab, dass sie ebenfalls mitangehört hatte, wie Alistair mit Violet über seine Pläne fürs Wochenende sprach. „Er hat erzählt, dass Boris und Giles ihn zum Klettern mitnehmen wollten, um ihn abzulenken." Sie schüttelte den Kopf und lächelte ein wenig. „Alistair hat schreckliche Höhenangst. Darüber haben die Jungs bereits Witze gemacht, als sie noch auf der Uni waren. Er sagte zu Violet, dass sie geplant hätten, ihn derart in Angst und Schrecken zu versetzen, dass er vorübergehend seine Trauer vergisst."

„Nun, das wäre eine Methode." Ich hatte den Eindruck, obwohl sie angeblich alle erwachsen waren, wurden diese ehemaligen Studenten automatisch kindisch, sobald sie zusammen waren.

„Und wie geht es Charlie und Alice, den Armen?", fragte mich Mary. „Seit der Hochzeit haben wir die beiden nicht mehr gesehen. Das war ein so furchtbarer Start ins Eheleben."

„Ich weiß. Auf eine gewisse Art wäre es besser für sie gewesen, auf Hochzeitsreise zu gehen, aber ich denke, sie sind beide viel zu anständig, auch nur daran zu denken, sich eine schöne Zeit zu machen, während es dem armen Alistair so schlecht geht. Außerdem wollten die beiden hier in Oxford bleiben für den Fall, dass die Polizei weitere Fragen an sie hat."

Florence schien erstaunt. „Aber gewiss hatte der Mord doch nichts mit ihnen zu tun?"

„Das glaube ich auch nicht, aber es ist auf ihrer Hochzeit

passiert." In diesem Moment kam ein älteres Paar herein. Sie waren wohl in ihren Fünfzigern und hatten den verhärmten Ausdruck derjenigen, die gerade auf einer Beerdigung waren oder vom Krankenhausbesuch bei einem geliebten Menschen kommen. Irgendetwas zwischen fassungslos und ungläubig. Mary sprang sofort auf und ging ihnen entgegen, hieß sie willkommen. Es lag auf der Hand, dass sie sie kannte, aber da ich keinen der beiden bisher gesehen hatte, ging ich davon aus, dass keiner von ihnen eine Leidenschaft fürs Stricken hegte.

Mary führte sie augenblicklich zum schönsten Tisch beim Fenster, sodass ich wusste, es handelte sich um ganz besondere Gäste.

Florence beugte sich näher zu mir. „Das ist so traurig. Sie wissen, dass ich niemals Klatsch verbreite, aber dieses Paar hat seinen Sohn beinahe an die Drogen verloren. Alle reden von der Opioid-Krise, man sieht es in den Nachrichten, aber man versteht es erst, wenn man sieht, welchen Schmerz das auslöst."

Ich nickte und murmelte etwas Mitfühlendes.

Sie schüttelte ihren Kopf. „Und es passiert in den besten Familien."

Ich hatte das Gefühl, ich sollte mir selbst vor den Kopf schlagen. „Sie haben so recht. Das tut es."

Sie nickte. „Wir kannten sogar ihren Sohn. Ein lieber Junge. Höflich und gut angezogen mit sehr guten Schulnoten. Und dann verfiel er den Drogen. Zweimal ist er beinahe gestorben und das Geld, das sie für die Entzugskliniken ausgegeben haben ... Dennoch, er ist und bleibt ihr Sohn und sie würden alles für ihn tun."

„Florence, kennen Sie sich in London gut aus?"

„Nicht unheimlich gut, aber ich habe im Lauf der Jahre dort immer wieder Zeit verbracht. Warum fragen Sie?"

Das war ein ziemlich heftiger Themenwechsel. „Ich habe mich bloß gefragt, ob Sie Harlesden kennen."

Das ließ ihre Augenbrauen in die Höhe schnellen. „Nicht gut, nein. Das ist im Nordwesten. In der Nähe von Wembley."

„Nahe Wembley? Sind Sie sicher?"

„Ja?"

Ich wollte auf der Stelle aufspringen und einer Idee nachgehen, die mir plötzlich gekommen war. Zum Glück traf gerade eine Gruppe aus sechs Personen ein, die alle Italienisch sprachen. Da Mary immer noch mit dem verhärmten Ehepaar beschäftigt war, erhob sich Florence, entschuldigte sich und sagte, sie wäre in einer Minute zurück.

„Ich sehe doch, hier ist jetzt einiges zu tun. Und ich sollte zurück in den Laden. Ich gehe dann mal. Aber vielen Dank."

„Wir freuen uns immer, Sie zu sehen, Lucy." Und dann ging sie los, um ihre neuesten Kunden zu begrüßen.

Ich musste los. Nach Moreton-under-Wychwood.

KAPITEL 16

Als ich ins Cardinal Woolsey's zurückkam, summte Violet vor sich hin. Sie traf nicht jeden Ton, aber ich war mir dennoch ziemlich sicher, dass es sich um ein Liebeslied handelte. Sie tippte geschäftig am Computer, aber ich bezweifelte doch sehr, dass sie etwas Sinnvolles tat, wie die Onlinebestellungen zu überprüfen. Als ich über ihre Schulter schaute, sah ich definitiv, dass sie Rezepte fürs Abendessen googelte.

„Planst du ein Abendessen? Bin ich eingeladen?"

Sie blickte zu mir auf und sah dabei viel zu selbstzufrieden aus. „Es wird ein sehr kleines Abendessen. Ich habe Alistair eingeladen."

Ich verstaute meine Handtasche und machte mich daran, einen neuen Karton mit Lieferungen zu öffnen, über den sie einfach hinweggesehen hatte, während sie in meinem Geschäft ihren Privatangelegenheiten nachgegangen war. Ich schnitt betont laut durch das Klebeband und öffnete geräuschvoll den Karton. Ich sagte: „Das klingt aber schon ziemlich intim für ein erstes Date."

„Sei nicht so altmodisch. Er übernachtet in einem stickigen Hotel und würde für Hausmannskost töten."

Ich zog einen Stapel Wolle hervor und drehte mich um, um sie anzusehen. „Violet, er hat gerade seinen Vater unter ungeklärten Umständen verloren. Glaubst du wirklich, das ist ein guter Zeitpunkt, um eine Liebesbeziehung zu beginnen?"

Der glückliche Ausdruck auf ihrem Gesicht verschwand. „Du solltest dich für mich freuen. Endlich habe ich einen netten Kerl gefunden. Und außerdem tue ich ihm gut. Ich kann ihn von seinem tragischen Verlust ablenken."

„Das kannst du als gute Freundin tun. Ich habe Sorge, dass du die Dinge überstürzt."

Sie schüttelte ihren Kopf. „Du weißt, was sie über tragische Ereignisse sagen. Dass sie Menschen einander näher bringen."

„Ich weiß aber auch, dass sie dazu führen, dass Menschen verrückte Dinge tun. Alistair ist im Moment nicht er selbst."

„Was willst du damit sagen? Dass er sich unter normalen Umständen nie für mich interessiert hätte?" Jetzt hörte sie sich verletzt an.

Das war ganz und gar nicht meine Absicht gewesen. „Nein. Jeder Mann könnte sich glücklich schätzen, wenn du dich für ihn entscheidest. Alles, was ich sage, ist, dass du die Sache langsam angehen solltest. Sei für ihn als gute Freundin da und warte ab, ob es sich in Richtung Liebesbeziehung entwickelt. Verschenk dein Herz nicht zu schnell."

Sie machte eine große Schau daraus, die Webseite mit den Rezepten zu schließen. „Es ist nur ein Abendessen."

Und dann schnappte sie sich sehr großtuerisch einen

Staubwedel und fing an, die Regale abzustauben, wobei sie ihr Bestes tat, mir eine Staubwolke ins Gesicht zu wedeln.

Manche Leute vertrugen einfach keine Kritik.

Ich verstaute die Wollknäule und sammelte ein paar Pakete zusammen, die bereit für den Versand waren. Der Onlineshop machte Spaß und sein Anteil an meinem Geschäft wuchs. Ich schaute mir gerne an, wohin die Pakete gingen. Manche hatten ihren Bestimmungsort gerade mal dreißig Kilometer außerhalb Oxfords, andere reisten sogar auf den Kontinent, nach Asien und Nordamerika.

Da Violet immer noch beleidigt war, hatte ich nichts dagegen, sie damit allein zu lassen. „Macht es dir etwas aus, heute Abend zuzusperren? Ich muss diese Pakete zur Post bringen und habe dann noch ein paar Dinge zu erledigen."

„Nein. Das geht in Ordnung." Ich wusste verdammt genau, in der Sekunde, in der ich ging, wäre sie wieder im Internet auf der Suche nach romantischen Rezepten. Solange sie sich um alle Kunden kümmerte, die hereinkommen mochten, war mir das eigentlich egal.

Ich brachte die Pakete zur Post. Danach ging ich nicht in den Laden zurück, sondern lief daran vorbei und stieg in mein rotes Auto. Als ich nach Moreton fuhr, ging ich im Kopf meine neue Theorie durch. Je länger ich darüber nachdachte, desto mehr glaubte ich, sie könnte wahr sein.

Als ich auf den kleinen Parkplatz hinter der Kirche fuhr, erfasste mich eine Welle der Traurigkeit. Große Schilder und Flatterbänder an der Haupteingangstür von St. John the Divine warnten die Menschen, draußen zu bleiben, da es im Inneren nicht sicher war. Der kleine Parkplatz war voller Lastwagen und Autos von Bauarbeitern, die vermutlich damit beschäftigt waren, das Dach der Kirche abzustützen.

Es spielte keine Rolle, dass der Balken durchgesägt worden war. Das Dach steckte immer noch voller Klopfkäfer und dank des nun fehlenden Balkens war es noch geschwächter als zuvor.

Als ich aus dem Auto stieg, konnte ich von drinnen die Baustellengeräusche hören.

„Hallo", sagte eine Stimme. „Lucy, nicht wahr?"

Ich drehte mich um und entdeckte Philip Wallington, der soeben aus der Kirche herauskam. Sein roter Schutzhelm sah zu seinem dunklen Anzug und dem Kollar etwas albern aus. Er kam näher und nahm dann den roten Helm von seinem Kopf.

„Das stimmt. Lucy Swift. Ich sehe, sie arbeiten bereits an der Kirche."

„Das war nötig. Es war zu gefährlich und unsicher, sie so zu belassen. Wir haben keine Ahnung, wie wir das bezahlen sollen. Die Spendenaktionen hatten gerade erst begonnen, aber einige Gemeindemitglieder sind äußerst entschlossen und es gibt eine Briefkampagne, mit der versucht wird, von jeder Regierungs- wie Wohltätigkeitseinrichtung Gelder einzuwerben."

„Das ist gut." Ich dachte an Emily Bloom. Wenn das Komitee aus lauter Menschen wie ihr bestand, würden sie vermutlich mit einem Überschuss aus der Sache herauskommen.

Philip schaute zur Kirche, als wäre es ein geheimnisumwobener Ort. „Ich kam aus London, aus einem Ort, der als gefährlich galt, hierher in dieses ruhige Dorf, wo ich Frieden zu finden hoffte. Stattdessen wurde direkt vor meinen Augen ein Mann getötet."

„Ich weiß. Es war schrecklich."

„Ja. Natürlich, Sie waren ja ebenfalls dabei." Er kam näher zu mir, die ich immer noch neben meinem Wagen stand. „Sind Sie hierhergekommen, um mich zu treffen? Wenn Sie über das Geschehene reden wollen, habe ich immer Zeit. Das hilft."

„Das ist sehr freundlich von Ihnen, aber ich bin nicht auf der Suche nach seelsorgerischer Unterstützung hier." Er sah mich mit leicht fragendem Ausdruck in seinem sympathischen Gesicht an. Eine Locke seines braunen Haares stand dort ab, wo er den Bauhelm abgenommen hatte, was ihn mehr wie einen ungezogenen Schuljungen als einen Vikar aussehen ließ.

„Ich habe über diesen schrecklichen Tag nachgedacht."

„Genau wie ich. Ich bekomme ihn nicht aus meinem Kopf."

„Ich habe mich gefragt, ob es irgendeine Verbindung zwischen Ihrer Arbeit in London und dem, was hier geschehen ist, geben könnte."

Er sagte nichts, aber sein sanfter Gesichtsausdruck wurde schärfer.

Genau wie meiner. „Sie haben jemanden in der Kirche erkannt, nicht wahr? Jemanden, den Sie aus London kennen, wo Sie mit Drogenabhängigen arbeiteten."

Er schüttelte seinen Kopf, noch bevor ich meinen Satz beendet hatte, und die eigensinnige Locke wackelte dabei wie der Schwanz einer Ente. „Lucy, Sie haben kein Recht, mir solche Fragen zu stellen. Diese Programme finden unter striktester Wahrung der Anonymität statt. Würden die Identitäten derjenigen bekannt, die daran arbeiten, sich aus all dem zu befreien, könnte das Leben ruinieren. Manchmal wissen es nicht einmal ihre Familien. Es ist ihre Entscheidung, ob sie über ihre Herausforderungen reden wollen. Ich kann das in mich gesetzte Vertrauen nicht brechen."

Ich verstand seine Bedenken, aber ich musste sie überwinden. „Es *wurden* Leben ruiniert. Rupert Grendell-Smythe hat seines verloren."

„Es tut mir leid, Lucy. Ich weiß, Sie meinen es gut. Aber ich kann die Menschen nicht hintergehen, die in der Erwartung zu mir kamen, dass ich ihre Geheimnisse bewahre."

Ich begriff, dass es eine ganze andere Angelegenheit war, Informationen aus dem Vikar herauszukitzeln, als Florence und Mary Watt ganz ähnliche, sachbezogene Informationen zu entlocken. „Ich versuche nur zu helfen, genau wie Sie. Natürlich gehöre ich nicht offiziell zu den Ermittlungsbehörden, aber wenn Sie sich umhören, werden Sie feststellen, dass ich bereits bei der Auflösung einer ganzen Reihe von Verbrechen hier in der Gegend geholfen habe."

Er sagte: „Ich will Ihnen ja helfen, aber mir sind die Hände gebunden."

Dennoch ging er nicht weg. Ich spürte, dass er mir wirklich helfen wollte, er aber daran gehindert wurde, weil er denjenigen, denen er half, irgendwelche Eide oder Versprechen gegeben hatte, die er ganz offensichtlich sehr ernst nahm.

Mir kam eine Idee. „Ich werde einen Namen nennen. Sie müssen mir gar nichts sagen. Wenn diese Person zu Ihren Treffen in London kam, setzen Sie den Schutzhelm wieder auf. Wenn nicht, behalten Sie den Helm einfach in der Hand."

Er sah mich an, als wäre das die dümmste Bitte, die je an ihn gerichtet worden war. Aber er sagte immer noch kein Wort.

Ich sah ihn an. Sehr langsam und deutlich sprach ich einen Namen aus: „Boris Wynter."

Sein Blick hielt den meinen weiterhin fest. Keiner von uns beiden bewegte sich. Im Inneren der Kirche klapperte etwas. Eines der Metallteile des Gerüstes war wohl auf den alten Steinboden gefallen. Langsam nahm er den Schutzhelm und setzte ihn sich wieder auf den Kopf. „Bitte entschuldigen Sie mich. Ich sollte wieder hineingehen."

Und dann drehte er sich um und ging zurück zur Baustelle.

Ich war so zufrieden mit mir selbst, dass ich Rafe eine Textnachricht schickte und ihn um ein Treffen bei ihm bat.

„Tatsächlich bin ich selbst gerade auf dem Weg dorthin. Ich werde William sagen, dass er etwas zum Abendessen für dich zubereiten soll."

Obwohl ich all diese Scones mit Clotted Cream zum Tee gehabt hatte, wusste ich, dass ich eine weitere Mahlzeit verspeisen würde, wenn William kochte. Er war stets so glücklich, wenn er einen Menschen hatte, für den er kochen konnte, und sein Essen war so gut, dass ich dem nicht widerstehen konnte. Morgen würde ich wirklich mein Trainingsprogramm starten müssen. Ich hatte zwar keine Ahnung, welches Trainingsprogramm es sein würde, aber ich würde damit anfangen. Gleich morgen.

Rafe hatte William wohl direkt angerufen, denn als ich zwanzig Minuten später vor dem Herrenhaus vorfuhr, öffnete William die großen Vordertüren.

Henri, der Pfau, kam herangewatschelt. Ich schwöre, dieser Vogel wusste, wie sich mein Auto anhörte und erst recht, dass er von mir stets eine Leckerei bekam. Eigens für diese Gelegenheiten hatte ich in einem Geschäft für Wildvögel Futter in Pelletform gekauft. Ich fütterte Henri mit seinen Pellets und sagte ihm, wie gut er aussah. Er sah mich mit seinen glasigen schwarzen Augen an, als wolle er sagen: *Aber sicher doch, ich bin ein Pfau.* Dann watschelte er wieder weg.

In dem Moment, als ich auf William zuging, fuhr Rafe die Auffahrt hinauf. William hob die Augenbrauen. „Anscheinend haben Sie alle Männer in diesem Haushalt gezähmt. In dem Moment, wo Sie eintreffen, kommen wir alle angerannt."

Ich lachte, aber ich konnte fühlen, dass ich ein wenig errötete.

William muss sich mies gefühlt haben. „Ich bin entzückt, Sie zu sehen. Ich habe gehört, dass ich das Vergnügen haben werde, Ihnen ein Abendessen zu bereiten."

Ich schüttelte meinen Kopf. „Ehrlich gesagt brauche ich kein Abendessen, aber Sie wissen ja, wie Rafe ist."

William blickte enttäuscht. „Sie werden mir doch nicht etwa das Herz brechen und das Abendessen verweigern? Glauben Sie mir, für Rafe zu kochen, fordert meine Fähigkeiten kein bisschen."

„Ich springe mit Freuden in die Bresche. Aber Sie können mir einfach Reste vom Hochzeitsempfang servieren." Obwohl eine Menge Menschen nach der Zeremonie zu Rafe gekommen waren, waren sie doch nicht so lange geblieben und hatten auch nicht so viel gegessen, wie sie es getan hätten, wären sie nicht nach einer solchen Tragödie hier gewesen. Es musste noch eine Menge von dem Essen übriggeblieben sein.

Er schauderte. „Davon ist kein Fitzelchen mehr da. Was

nicht beim Empfang gegessen wurde, haben wir einer Obdachlosenunterkunft gespendet."

Das hörte sich nach einer guten Lösung an. Und ich hätte das Essen, das mich an diesen unglücklichen Tag erinnerte, auch nicht wirklich genießen können. „Ich bin froh, dass es nicht verschwendet wurde."

Inzwischen war Rafe aus seinem Wagen ausgestiegen. Mit seinem blauen Blazer über einem grauen Pullover und der Jeans sah er so makellos aus wie immer.

Da ich Violet gegenüber so streng gewesen war, was das Überstürzen von Liebesbeziehungen anging, wollte ich ganz sicher gehen, dass ich nicht dasselbe tat. Als er die flachen Stufen zu uns heraufkam, sagte ich: „Ich bin so froh, dass ich dich erwischt habe. Ich denke, ich habe einen Durchbruch im Rupert Grendell-Smythes Mordfall erzielt."

Falls Rafe überrascht war, zeigte er es nicht. Eines seiner vielen Talente lag darin, seine Emotionen gründlich zu verbergen. „Komm rein und erzähl mir alles darüber."

„Möchten Sie einen Tee, Lucy?", fragte William.

„Ich habe eine Stunde im Elderflower Tea Shop verbracht. Könnte ich vielleicht ein Wasser bekommen?"

Wir beide gingen direkt in seine Bibliothek, die viel gemütlicher war als die Lounge. Ich ließ mich augenblicklich in einen bequemen Polstersessel in der Ecke fallen, während Rafe sich auf dem Ledersessel mir gegenüber niederließ. Das Ganze geschah so selbstverständlich, dass mir klar wurde, ich hatte hier bereits meinen eigenen Lieblingsplatz genau wie er den seinen.

Er verschwendete keine Zeit darauf, mich zu fragen, was ich herausgefunden hatte, sondern schaute mich bloß an und wartete darauf, dass ich es ihm erzählte.

Also tat ich es. „Da ist diese Sache, über die ich die ganze Zeit nachdenken musste: Wenn Sophie nicht zur Mörderin wurde, weil sie derart in Charlie verliebt ist, dass sie versuchte, ihre Rivalin loszuwerden, muss es eine Verbindung zwischen Philip Wallington und dem Mord geben. Aber warum wurde dann die Hochzeit von Alice und Charlie gewählt, um dieses Unglück herbeizuführen? Wie wir schon festgestellt haben, kann die Verbindung nur in all den Menschen liegen, die aus London hierher kamen."

„Rupert Grendell-Smythe eingeschlossen?"

Ich winkte ab. „Heute haben mir die Schwestern Watt von diesem netten Paar erzählt, das zu ihren Kunden gehört. Ihr Sohn ist drogenabhängig. Sie sagten, und ich zitiere: ‚Das kommt in den besten Familien vor.'"

Er nickte mit ernstem Blick. „Das ist wahr. So ist es."

„Das hat mich auf einen Gedanken gebracht. Erinnerst du dich, dass du gesagt hast, der Vikar hätte der Polizei nicht alles erzählt? Dass er ihr nicht erzählt hatte, dass ihn Leute zusammengeschlagen hatten, die es gern sehen wollten, dass er aufhörte, Süchtigen zu helfen?"

William kam mit einem Silbertablett herein. Darauf standen Flaschen mit stillem und sprudelndem Wasser, ein silberner Eimer mit Eis und frische Zitronen- und Limettenscheiben. Sollte ich jemals reich genug sein, um einen Butler einzustellen, würde ich definitiv alles daran setzen, William abzuwerben.

Auf dem Tablett standen zwei Gläser. Ich bat um Sprudelwasser mit Limette, da ich selten ausgefallenere Wasservarianten trank. William tat drei Eiswürfel in mein Glas, da er wusste, dass ich meine Getränke gerne gekühlt trank. Rafe fragte er erst gar nicht, sondern schenkte ihm gleich ein Glas stilles Wasser ein und fügte eine Scheibe Zitrone hinzu. Dann sagte er, dass das Abendessen in zwanzig Minuten fertig sei und verließ leise den Raum.

Ich nippte am Wasser, um meine trockene Kehle zu beruhigen. Nach all dem Staub auf dem Parkplatz neben der Kirchenbaustelle und all meinem Reden brauchte ich Wasser. „Was, wenn an diesem Tag jemand auf der Hochzeit war, den er aus London kannte? Jemand, den er von der Arbeit seiner Hilfsorganisationen kannte?"

Seine Augen ruhten die ganze Zeit auf meinem Gesicht, aber ich wusste, dass ich jetzt Rafes ganze Aufmerksamkeit hatte. „Und?"

„Und auch wenn ich mich nicht in London auskenne, weiß ich doch, dass Philips Gemeinde zuvor in Harlesden war. Und das ist in der Nähe von Wembley."

„Natürlich. Und von dort kommen Charlie und seine Freunde."

„Und", fuhr ich mit einer gewissen Befriedigung fort, „ich fragte Philip, ob er jemanden aus seiner Arbeit mit Süchtigen wiedererkannte."

Er nickte. „Und ohne jeden Zweifel hat dir der Vikar gesagt, dass er jegliches in ihn gesetztes Vertrauen brechen würde, wenn er dir diese Information geben würde."

„Das ist genau das, was er gesagt hat. Also habe ich ihm gesagt, dass ich ihm einen Namen nennen und er mir ohne ein einziges Wort andeuten würde, ob er diese Person aus seiner Arbeit mit Süchtigen kennt oder nicht."

Nun hoben sich seine Augenbrauen ein klein wenig.

„Also nannte ich ihm einen Namen. Boris Wynter."

Rafes Augen verengten sich ein wenig. „Und?"

Das war der beste Moment. Also machte ich eine Pause,

um den dramatischen Effekt zu steigern. „Und er deutete an, dass er Boris Wynter wiedererkannt hatte."

„Gut gemacht, Lucy."

Ich fand auch, dass ich das gut gemacht hatte. Mein Problem war, das alles zusammenzubringen. „Also, was denkst du?"

„Ich denke, entweder hat Boris Wynter ein Drogenproblem oder er war aus einem anderen Grund dort."

„Was für ein anderer Grund?"

„Ich habe keine Ahnung."

„Kannst du's herausfinden?"

Er blickte leicht amüsiert. „Ich dachte mir schon, dass wir irgendwann an den Punkt kommen, wo du mich um meine Hilfe bittest."

Wäre ich jünger und unhöflicher, hätte ich ihm die Zunge herausgestreckt. „Nun, du hast ein ziemlich beeindruckendes Netzwerk."

„Ich werde sehen, was ich herausfinden kann."

Ich betrachtete ihn skeptisch. „Du verhältst dich nicht, als wäre das der Durchbruch, von dem ich glaube, dass er es ist."

„Du hast mich nicht überzeugt. Wo ist die Verbindung zwischen Boris Wynters Drogen- oder Alkoholproblem und Rupert Grendell-Smythes Tod durch einen herabstürzenden Balken?"

Ich erhob mich von meinem Stuhl. Beim Nachdenken herumzulaufen, war eine Angewohnheit, die Rafe und ich teilten. Ich habe nie ganz verstanden, warum das half, aber manchmal hatte es den Anschein, als würde das Hin- und Herlaufen in gewisser Weise mein Gehirn massieren. So verrückt das auch klang, es half. Jedenfalls, während ich hin und her ging, umgeben von unbezahlbaren Büchern und

Manuskripten, dachte ich über Geschichten nach. Die Geschichten, die wir erzählen, die Geschichten, die wir uns ausdenken, die Geschichten, die unser Leben werden.

Die Hochzeit von Charlie und Alice begann schiefzulaufen, als Sophie Wynter eine Geschichte auf dem Junggesellinnenabschied erzählte. Die Geschichte, der zufolge sie und nicht Alice dazu bestimmt war, mit Charlie zusammen zu sein.

Wenn jemand log, mochten wir den Vorwurf erheben, er oder sie solle aufhören, sich Geschichten auszudenken. Selbst wenn an dem, was Sophie Wynter erzählte, etwas Wahres dran war, wenn sie tatsächlich einer Wahrsagerin begegnet war, die ihr prophezeite, ihr Herzenswunsch würde erfüllt und sie und Charlie ein Paar, so war sie selbst es doch gewesen, die diese Geschichte, die andere als einen harmlosen Spaß verstanden hätten, für bare Münze genommen hatte.

Und nun sah es so aus, als hätte Boris düstere Geheimnisse. Was war seine Geschichte? Laut sagte ich: „Sophie und Boris Wynter haben beide etwas zu gewinnen. Sophie wollte Charlie und vielleicht wollte Boris sich des Mannes entledigen, der ihn bei einem Treffen Drogenabhängiger gesehen hatte."

Rafe hatte mir zugeschaut und nun stand auch er auf, um hin und her zu laufen. Es war, als ob in der Bibliothek nun regelrechter Gegenverkehr herrschte. Rafe sagte: „Aber der Balken hat nicht den Vikar zerschmettert. Er ist nicht einmal in seiner Nähe heruntergekommen."

„Nein. Aber er musste Philip Wallington ja auch gar nicht wirklich umbringen. Die Kirche ist nun geschlossen. Vielleicht beschließt die anglikanische Kirche, dass dieser Kerl ihnen zu viel Ärger einbringt und sie schicken ihn nach Südamerika. Oder er beschließt selbst, dass er genug davon hat, der Kirche zu dienen, und entscheidet sich, diese zu verlassen." Ich lief noch etwas mehr herum. „So oder so, wenn Sophie Alice aus dem Weg schaffen wollte, war ihr einen Balken auf den Kopf fallen zu lassen, ein ziemlich guter Zug, um das zu erreichen. Permanente Lösung und das, ohne auf Charlies kommende Scheidung zu warten. Fünf Sekunden nach seiner Eheschließung hätte sie ihn umgehend zum Witwer gemacht."

Rafe schaute mich an, seine Mundwinkel nach oben gezogen. „Du betrachtest sie also als eine Art Macbeth. Jemand, der eine dubiose Prophezeiung erhält und dann beschließt, das Schicksal zu beschleunigen, indem sie diejenige ermordet, die ihr im Weg steht."

Ich wusste nicht, ob er sich über mich lustig machte, hielt das aber für einigermaßen wahrscheinlich. „Macbeth ist nicht gerade mein Lieblingsstück. Die Hexen werden bei Weitem zu böse dargestellt. Aber ja, ich nehme an, es gibt Parallelen. Es kommt nicht darauf an, ob die Wahrsagerin die Prophezeiung nur erfunden hat, sondern darauf, dass Sophie sie glaubte und dann eigene Schritte unternahm, um diese Prophezeiung Wirklichkeit werden zu lassen."

„Selbst wenn das einen Mord bedeutete?"

„Ich weiß, das wirkt überzogen. Aber du warst nicht beim Junggesellinnenabschied. Diese Frau ist von Charlie besessen."

Er verzog die Nase. „Allerdings war ich bei der Hochzeit dabei. Von meinem Platz aus konnte ich dank ihres ganzen Heulens und Schluchzens kaum dem Gottesdienst folgen."

„Und dann ging sie raus. Bevor dieser vorbei war, verließ sie die Kirche."

„Ich glaube immer noch nicht, dass sie den Balken hätte durchsägen und dann dafür sorgen können, dass er hinunterfiel."

„Nein. Aber vielleicht hat sie die Fäden gleich einer Lady Macbeth gezogen."

Er hielt in seinem Laufen inne, um mich anzusehen. Dann nickte er langsam. „Ich verstehe, was du meinst. Lady Macbeth bringt selbst niemanden um. Sie schickt andere vor, damit sie es für sie erledigen."

„Genau. Mit ihrer Ermutigung. Also hat sie vielleicht ihren großen, starken und zupackenden Bruder davon überzeugt, das Töten für sie zu übernehmen."

Rafe nickte. „Und zugleich würde er sich so von seinem lästigen Priester befreien."

Das mit dem Priester sagte er, als würde er es zitieren. Ich wusste, dass er zu Shakespeares Zeiten gelebt hatte. Zweifelsohne hatten sie zusammengesessen und über seine Stücke diskutiert. Ich sagte: „Das ist nicht aus Macbeth." Jedenfalls glaubte ich das nicht.

In seinen Augen schimmerte unterdrückter Humor. „Nein. Das ist gar nicht von Shakespeare. Es wird Henry II zugeschrieben, der sich über Thomas Beckett, den Erzbischof von Canterbury beklagte. Diese Worte auszusprechen, sorgte dafür, dass vier Ritter loszogen und Beckett ermordeten."

„Geschichten", sagte ich. „So viele Geschichten."

„Und immer wieder wiederholt sich die Geschichte." Er seufzte. „Glaub mir. Ich habe es gesehen."

Ich war nicht ganz glücklich mit dieser Theorie und ich

wusste, dass auch Rafe sie nicht gänzlich glaubte. „Aber es ist eine Verbindung zwischen London und Moreton-under-Wychwood und Boris und Sophie."

„Und sie verbindet sie mit Alice und Philip Wallington. Nicht mit Rupert Grendell-Smythe."

„Was wissen wir über Rupert?"

„Nicht sehr viel. Er war Lehrer, allseits beliebt. Seine Schüler sprachen in den höchsten Tönen von ihm. Seine Ehe war lang und glücklich und er stand seinem Sohn nahe. Er schien keine Feinde zu haben."

Das war das Frustrierendste an meiner Theorie. Sie erklärte nicht den Mord an dem Mann, der tatsächlich ermordet worden war. Sie erklärte den Mord an jemanden, der immer noch am Leben war.

KAPITEL 17

*J*ch schaute zu der alten Uhr, die in einer Ecke der Bibliothek so leise vor sich hin tickte, dass ich es kaum wahrnahm. Ich stöhnte. „In drei Stunden muss ich zu Margaret Twigg wegen der Flugstunden."

Er musste lachen und versuchte das dann als ein Husten auszugeben. Mit mäßigem Erfolg. „Flugstunden? Wirklich? Sie zwingt dich tatsächlich zu weiteren solchen?"

Ich wandte mich ihm zu. „Wusstest du eigentlich, dass Hexen auf Besen fliegen?"

„Natürlich tat ich das. Weiß das nicht jeder?"

Ich schüttelte meinen Kopf über ihn.

„Nun, wenn du eine anstrengende Nacht vor dir hast, sollten wir besser dafür sorgen, dass du etwas zu essen bekommst." Er streckte seinen Arm aus, um mich aus dem Raum zu führen. „Komm schon. Lass uns nachsehen, was William für dich hat."

Wie William das hinbekam, würde ich nie verstehen. Er hatte praktisch ohne Vorwarnung einen Gast zum Abendessen bekommen, und dennoch kam ich in den Genuss von

Lachs in einer wunderbaren Sauce aus Zitrone und Wein, dazu winzige Kartoffeln, Spinat und gelbe Zucchini.

Ich lehnte den angebotenen Wein ab, da ich nicht mit Alkohol am Verkehr teilnehmen wollte, auch nicht auf meinem Besen. Wir sprachen nicht allzu viel. Rafe übernahm das Reden und ließ mich essen. Wir umschifften jegliche Erwähnung des Mordes, bis William als Dessert für mich einen Teller mit Obst, Käse und Crackern auftrug. Ich fühlte, wie meine Gedanken immer wieder auf den Mord zurückkamen, so wie die Zunge immer wieder einen schmerzenden Zahn betasten mochte.

„Hast du noch irgendetwas über Charlies Eltern herausfinden können?" Sie waren diejenigen gewesen, die dem herabstürzenden Balken ansonsten am nächsten gestanden hatten.

Rafe schüttelte seinen Kopf. „Ich hatte dir gesagt, dass jeder ein dunkles Geheimnis hat. Es sieht aus, als hätte ich unrecht. Charlies Eltern haben keines. Sie sind durch und durch anständig. Ich habe den Verdacht, dass sie beiden heiliggesprochen werden. Die einzige Sache, die mir auffiel, ist ihre Großzügigkeit. Sie haben Leuten Geld geliehen, bei denen klar war, dass sie es niemals zurückzahlen würden. Oh, und ein interessante Sache: Sie haben dabei geholfen, das Universitätsstudium von Alistair Grendell-Smythe zu finanzieren. Allerdings haben sie das so diskret getan, dass ich annehme, nicht einmal Charlie weiß davon."

Für mich ergab es Sinn, dass die Eltern von einem liebenswürdigen Menschen wie Charlie so gut waren. „Nun, dann kann ich mir schwerlich vorstellen, dass ausgerechnet sie zum Ziel einer Gewalttat werden. Aber warum konnten Alistairs Eltern seine Ausbildung nicht selbst bezahlen?"

„Nicht wohlhabend genug, würde ich annehmen. Sein Vater war Lehrer an einer Schule und seine Mutter Buchhalterin, aber sie hörte auf zu arbeiten, als Alistair zur Welt kam. Als er älter war, hat sie wieder Teilzeit gearbeitet, aber das gab sie auf, als sie krank wurde."

„Das ist alles so traurig." Ich wollte Alistair wenigstens dabei helfen, eine Art Abschluss zu finden, damit er weiterleben konnte.

Ich ging vor neun, da ich noch einmal nach Hause musste, um meine Katze und meinen Besen zu holen. Außerdem wollte ich mir etwas Dickeres und Wärmeres anziehen.

Um kurz vor zehn fand ich mich erneut bei Margaret Twiggs Cottage ein. Diesmal stritt ich gar nicht erst mit Nyx, sondern öffnete einfach die Tür und sie sprang heraus, während ich den Besen herausnahm.

Auch dieses Mal waren Violet und meine Tante Lavinia da, um meine Lehrstunden mitanzusehen. Violet schien sich wieder eingekriegt zu haben und war ausgesprochen freundlich zu mir.

Margaret ließ mich hierhin und dorthin über die Cotswolds fliegen, aber das machte mir nichts aus. Ich stellte fest, dass ich das Fliegen liebte und es mir Gelegenheit gab, meine Gedanken einfach laufen zu lassen. Ich hatte eine Theorie, was den Mord anging, aber wie könnte ich diese überprüfen? Sophie war in Charlie verliebt und wollte Alice tot sehen. Boris war drogenabhängig und hatte beschlossen, den Pfarrer loszuwerden, nachdem dieser ihn als einen Teilnehmer seines anonymen Programms für Süchtige wiedererkannt hatte. Es war eine großartige Theorie. Alles, was fehlte, war der klitzekleinste Beweis.

AM SAMSTAG SCHLOSSEN WIR DEN LADEN WIE GEWOHNT UM FÜNF UND ICH GING GLEICH NACH OBEN. Ich hatte Beatrices Einladung, mit ihr durch die Stadt zu ziehen, ausgeschlagen, um einfach zu Hause zu bleiben und schlicht nichts zu tun.

Dieser Tage schien es selten vorzukommen, dass ich einen ruhigen Abend daheim genießen konnte. Bloß war es kein ruhiger Abend daheim, denn in der Sekunde, als ich nicht mehr mit diesem oder jenem beschäftigt war, wendete sich mein Denken dem Rätsel von Ruperts Tod zu. Ich übersah etwas, etwas Offensichtliches. Dessen war ich mir sicher. Jedes Mal, wenn ich einer vielversprechenden Spur gefolgt war, hatte sie mich in eine Sackgasse geführt. Aber in diesem Irrgarten aus Möglichkeiten musste doch eine die Richtige sein. Einer dieser Wege musste ins Zentrum des Rätsels führen. Zur Wahrheit.

Wenn wir es nicht bald lösten, sagte mir ein schreckliches Gefühl, würde noch jemand anderes verletzt. Womöglich getötet.

Ich gab Nyx ihr Abendessen. Sie aß nur den allerfeinsten Thunfisch und der sah so gut aus – zumal ich so wenig Essbares im Haus hatte -, dass ich mir ebenfalls eine Dose öffnete und mir ein Thunfischsandwich machte.

Als ich die zweite Dose öffnete, starrte mich Nyx an, als könnte sie ihren Augen kaum trauen. „Was?", fragte ich sie. „Ich habe mich nicht in eine Frau verwandelt, die Katzenfutter isst. Du bist diejenige, die Menschenessen frisst. Also hör auf, mich so anzustarren."

Sie sah mich so mitleidig an, wie sie es oft machte, und setzte dann ihre Mahlzeit fort.

Ich trug mein Sandwich ins Wohnzimmer und saß grübelnd herum. Wenn ich aufhörte, über ein Problem nachzudenken, ergab sich manchmal die Lösung von selbst. Allerdings war es schwierig aufzuhören, über all das nachzudenken, weil ich mich derart involviert fühlte. Ich machte mir Sorgen wegen Alice und Charlie. Ich war besorgt wegen Alistair, und nun, da er mit Violet verbunden war, sorgte ich mich auch wegen ihr. Ich machte mir Sorgen wegen dieser Invasion böser Hexen, vor der Margaret Twigg mich gewarnt hatte. Ich hatte Angst, wenn sie hier einträfen, wäre ich nicht rechtzeitig für sie bereit.

Kurzum, ich saß in der Tinte. Ich setzte den Kessel auf und braute mir einen beruhigenden Tee. Immerhin schlug ich mich inzwischen ziemlich gut, wenn es um magische Tees ging.

Ich aß mein Sandwich auf, schwor mir, am nächsten oder übernächsten Tag einen richtigen Lebensmitteleinkauf zu machen, und setzte mich dann mit meinem Tee hin.

Nyx sprang auf die Couch und fing dann angelehnt an mich an zu schnurren. Ich war mir nicht sicher, ob alle Vertrauten so gut wie meine waren, aber Nyx hatte ihre eigene Art, mein Stresslevel abzubauen. Ich spürte, wie mein Herzschlag langsamer wurde und sich meine Ängste auflösten. Ruhe breitete sich in mir aus. So verweilten wir vielleicht eine halbe Stunde lang, dann setzte ich mich abrupt auf. Nyx rülpste entrüstet. Dann schloss sie ihre Augen und legte ihren Kopf wieder auf ihre Pfoten.

In der Stille war mir etwas bewusst geworden, das mir bereits viel früher hätte auffallen müssen. Ich hatte einen derart offensichtlichen Hinweis übersehen, dass es mich beschämte.

Ich versuchte, Philip Wallington anzurufen, erreichte aber bloß den Anrufbeantworter des Büros. Gewiss stand ihm ein freier Samstagabend zu, aber das half mir nicht weiter. Ein Gefühl der Dringlichkeit breitete sich in meiner Brust aus.

Denk nach, sagte ich zu mir. *Denk nach.*

Ich musste wirklich mit dem Reverend reden und dreißig Kilometer zu fahren, um ihn aufzuspüren, erschien mir nicht gerade attraktiv. Ich hatte weder seine Mobilnummer noch seine Mailadresse. Nur die Nummer des Büros seiner Kirche.

Ich schnippte mit den Fingern, als mir klar wurde, dass ich doch eine Möglichkeit hatte, um den Vikar zu erreichen. Ich rief den pensionierten Polizisten Harry Bloom an und bat, mit seiner Frau sprechen zu dürfen. Als ich Emily am Apparat hatte, erklärte ich, warum ich mit Philip reden musste. „Es ist wichtig."

Ich hörte sie seufzen. „Eigentlich darf ich das nicht tun, aber wo es sich um einen Notfall handelt und Sie mir als vernünftiger Mensch erscheinen, werde ich Ihnen seine Nummer geben." Emily Bloom war selbst eine vernünftige Frau, und da sie viele Jahre mit einem Polizisten verheiratet gewesen war, wusste sie auch, dass die Lösung eines Verbrechens manchmal Vorrang vor der Etikette hatte. Ich rief Philips Mobilnummer an, und glücklicherweise hob er ab.

Als ich mich zu erkennen gab, hatte ich den Eindruck, er wünschte sich, er hätte es nicht getan. Er sagte: „Wie kann ich Ihnen helfen?" in einem derart unterkühlten Tonfall, dass es tatsächlich zu „Ich kann Ihnen nicht helfen. Warum lassen Sie mich nicht in Ruhe?" wurde.

Ich verstand seine Frustration, aber ich hatte keine Zeit dafür. „Ich werde Sie nicht lange aufhalten, aber ich muss eine Sache mit Ihnen klären. Die Person, die Sie gesehen haben, ging es bei diesem Treffen um das Thema Drogensucht?"

„Lucy, ich kann wirklich nicht–"

„Wir haben keine Zeit zu verlieren. Das Leben eines Mannes ist in Gefahr. Und wenn Sie es mir nicht sagen, muss ich zur Polizei gehen, und bis die Sie dazu gezwungen haben wird, uns die Information zu geben, die wir brauchen, wird ein weiteres Leben verloren sein. Wollen Sie das wirklich auf Ihr Gewissen laden?" Okay, ich trug ein wenig dick auf, aber angesichts des drängenden Gefühls in meiner Brust hatte ich nicht den Eindruck, dass ich allzu sehr übertrieb.

Eine Pause entstand, und ich dachte, er rang mit sich, ob er auflegen oder kooperieren sollte. Schließlich sagte er: „Nein, keine Drogensucht."

Ich nickte mit dem Kopf, obwohl er mich nicht sehen konnte. „Es ging um Spielsucht, nicht wahr?"

„Ja."

Und nun kam der Punkt, an dem ich so dumm gewesen war: „War Boris Wynter die einzige Person, die an diesem Treffen teilgenommen hatte, die zugleich auf Charlies und Alices Hochzeit war?"

„Nein."

Ich erinnerte mich nun, wie er gewartet hatte, nachdem ich Boris' Namen ausgesprochen hatte und wir auf dem Parkplatz der Kirche standen. Er hatte dagestanden und mich angestarrt, bevor er endlich den Bauhelm aufgesetzt hatte. Und ich hatte diesen Hinweis übersehen.

„Ich werde Ihnen einen anderen Namen nennen. Ich habe keine Zeit für Spielchen. Es geht um Leben und Tod.

War er auf demselben Meeting? Ja oder nein." Ich nannte ihm den Namen.

„Ja", sagte er.

Das war einer dieser Momente, in denen ich wirklich nicht hatte recht haben wollen.

Was jetzt?

„Lucy", sagte er, „seien Sie vorsichtig. Es sind gefährliche Leute involviert, die keine Skrupel haben, wenn es darum geht, Sie zu verletzen."

KAPITEL 18

*I*ch versuchte zu entscheiden, was ich als Nächstes tun sollte. Wenn mir eines bei meinen früheren Unternehmungen als Detektivin klar geworden war, dann, dass es nicht reichte, die Wahrheit zu kennen, ich musste auch in der Lage zu sein, diese zu beweisen und irgendwie sicherstellen, dass die richtigen Leute verhaftet wurden. Aber dieser Killer war sehr clever vorgegangen.

Mein Handy klingelte. Violet war dran. Bevor ich ‚Hallo' sagen konnte, legte sie los: „Was hast du getan?" Sie klang wütend.

Ich hatte mich von ihr wie üblich um fünf Uhr verabschiedet. Da war sie nicht wütend auf mich gewesen. Tatsächlich hatte ich den Eindruck gehabt, sie sei wirklich guter Laune. „Ich habe keine Ahnung. Was ist los?"

„Ich habe dir absichtlich nicht gesagt, dass ich heute Abend ein Date habe, weil ich wusste, dass du dich einmischen würdest. Hier stehe ich nun, aufgehübscht und mit diesem wunderbaren Dinner, das ich in einem Restaurant bestellt habe, um es als selbstgekocht auszugeben, und er ist nicht gekommen."

Und was tat das ungute Gefühl in meinem Bauch? Es fing an, noch schlimmer zu werden. Dennoch wollte ich keine voreiligen Schlüsse ziehen. „Wer ist nicht gekommen?"

„Als ob du das nicht wüsstest. Alistair natürlich. Er wollte heute Abend zum Essen herkommen. Er hat gesagt, dass er sich darauf freut." Ihre Stimme wurde lauter. „Er würde mich niemals sitzen lassen."

„Nein. Ich bin sicher, dass du recht hast. Alistair würde kein Date mit dir ohne guten Grund verpassen."

Eine Pause entstand und ich hörte, wie sie sich die Nase putzte. „Willst du damit sagen, dass du nicht weißt, wo er ist?"

„Nein. Natürlich weiß ich das nicht."

„Du hast ihn nicht mit einem Bann belegt? Oder ihn sonst irgendwie aufgehalten?"

Ich liebte meine Cousine Violet und ich versuchte, ihr eine gute Ratgeberin zu sein, aber ich würde ganz sicher nicht mit Zaubermitteln ihr Liebesleben durchkreuzen. „Nein. Das habe ich nicht getan."

Mit sehr leiser Stimme sagte sie: „Dann hat er mich sitzen gelassen. Warum suche ich mir immer die falschen Männer aus?"

Ich schüttelte meinen Kopf. „Wenn ich das wüsste, würde ich vielleicht verstehen, warum auch ich mir stets die falschen Männer aussuche." Ich glaubte nicht wirklich, dass er sie hatte sitzen lassen, aber das wollte ich ihr nicht sagen, bevor ich nicht mehr erfahren hatte. „Hast du versucht, ihn anzurufen?"

„Mindestens ein Dutzend Mal. Jedes Mal springt sofort der Anrufbeantworter an."

„Hast du irgendeine Ahnung, was er heute vorhatte? Vor dem Treffen mit dir?"

Sie atmete scharf ein. „Heute war der Tag, an dem er klettern gehen wollte. Mit Boris und Giles. Du glaubst doch nicht etwa, dass ihm etwas passiert ist?"

„Keine Panik", sagte ich und versuchte, beruhigend zu klingen. „Ich werde in die Stadt fahren und schauen, ob ich mit Sophie Wynter reden kann. Mit etwas Glück hat ihr Bruder ein paar Antworten."

„Ich werde mitkommen", sagte Violet.

Das war genau das, was ich verhindern wollte. „Nein. Du bleibst, wo du bist. Und sag Bescheid, wenn Alistair auftaucht!"

„Ich nehme an, du hast recht, aber ich hasse es, hier herumzusitzen und nichts zu tun."

„Du kannst etwas tun. Wenn er klettern gegangen ist und sich dabei verirrt hat, müssen wir eine Suche organisieren, um ihn zu finden. Kontaktiere Margaret Twigg. Sag ihr, dass wir ein Dutzend Hexen brauchen, die erfahrene Fliegerinnen sind. Sie sollen sich bereit halten. Ich hoffe, wir werden sie nicht brauchen, aber lass uns für den Fall des Falles gerüstet sein."

„Okay Lucy. Ich werde Margaret sofort anrufen. Das ist eine gute Idee."

Ich konnte kaum glauben, dass ich gerade eine Suchmannschaft mit fliegenden Besen auf die Beine stellte. Entweder verlor ich endgültig den Verstand oder ich war dabei, eine wirklich effiziente Hexe zu werden.

Ich zog mir Jeans, Stiefel und einen dicken Pulli an. Nyx beobachtete mich und dann, als ich meinen Besen nahm, sprang sie ungefragt von der Couch und folgte mir nach unten zum Auto.

Ich hoffte wirklich sehr, ich würde weder den Besen noch das Team fliegender Hexen brauchen, aber ich wollte lieber auf Nummer sicher gehen.

Normalerweise fuhr ich nie die kurze Strecke von meiner Wohnung in die Innenstadt Oxfords, da diese nicht wirklich weit entfernt, dafür die Parkplatzsuche dort der Horror schlechthin war, aber ich hatte das Gefühl, mir lief die Zeit davon.

Ich rief Sophie Wynter nicht an, um ihr mein Kommen anzukündigen, damit sie keine Chance hatte, das Treffen mit einer Ausrede zu verweigern. Besser, ich überraschte sie.

Wie durch ein Wunder fand ich tatsächlich in einer Straße nahe des Hotels einen Parkplatz. Ich ließ Nyx und den Besen im Auto und ging zu Fuß zum Hotel, wo ich das Telefon in der Lobby benutzte, um Sophies Zimmer anzurufen. Ich war dankbar, dass sie abhob. „Boris? Bist du das? Was ist mit dir passiert? Ich habe mir Sorgen gemacht."

Oh je. „Hier ist nicht Boris. Ich bin's, Lucy Swift."

Augenblicklich wurde ihre Stimme kalt. „Lucy Swift? Wo bist du?"

„Ich bin in der Hotellobby. Kann ich raufkommen? Ich möchte mit dir reden."

Ich spürte, dass sie kurz davor stand, das abzulehnen, also fügte ich hinzu: „Es geht um Boris."

Sie gab mir die Nummer ihrer Suite und ich nahm den Aufzug in den vierten Stock.

Sie öffnete die Tür in dem Moment, als ich klopfte. Sie

war so makellos gekleidet wie immer, aber ihr Augenausdruck war angestrengt und sie war so blass wie einer meiner Vampire. Sie sagte kein Wort zur Begrüßung, sondern hielt lediglich die Tür auf und machte einen Schritt zur Seite, damit ich eintreten konnte.

Sie und ihr Bruder teilten sich eine Suite mit zwei Zimmern. Sie war elegant und geräumig und in diesem Teil Oxfords extrem teuer. Sie hielt sich nicht mit irgendwelchen Höflichkeiten auf. „Was weißt du über meinen Bruder?"

Ich beschloss, ihre Frage mit einer eigenen zu beantworten: „Warum bist du so besorgt wegen deines Bruders?"

Sie sah mich an, als wäre ich eine impertinente Hilfsdienstmagd, die mit ihrer Herrin stritt. Dann, als sie bemerkte, dass ihre selbstherrliche Art auf mich keinen Eindruck machte, ließ sie die Spielchen. „Wir waren heute Abend mit Freunden zum Dinner verabredet. Mit wichtigen Leuten. Er hätte vor einer Stunde zurück sein sollen. Ich bin besorgt."

Ich musste ein sehr delikates Thema anschneiden und wusste nicht, wie ich es angehen sollte. Zugleich hatte ich nicht genug Zeit für höfliche Umschreibungen. „Das ist eine schöne Suite."

Sie sah sich um, als hätte sie gar nicht wirklich wahrgenommen, wo sie war. „Sie ist nicht schlecht. Ein bisschen klein und ich vermisse meine Pferde." Ich musste mir beinahe die Finger auf die Augen pressen, um nicht mit ihnen zu rollen.

„Sie muss sehr teuer sein."

Falls das möglich war, wurde ihr Blick noch kälter. „Sammelst du Spenden für einen guten Zweck?"

„Nein. Ganz im Ernst, ich frage mich, wie ihr euch so etwas leisten könnt."

„Nicht, indem ich haufenweise dumme Fragen beantworte. Ich dachte, du hättest Informationen über meinen Bruder." Sie ging einen Schritt Richtung Tür, zweifelsohne um mich hinauszubringen.

„Die Wahrheit ist, ich glaube, er könnte in Schwierigkeiten stecken."

Angesichts des ängstlichen Ausdrucks in ihren Augen hatte ich den Verdacht, sie glaubte das auch.

„Sophie, das ist wichtig. Ist dein Bruder ein Spieler?"

Hätte ich sie gefragt, ob er mit brennenden Keulen auf der Straße jonglierte, hätte sie nicht überraschter sein können. „Ein Spieler? Wie einer dieser Bösewichter bei James Bond?"

Natürlich konnte sie gar nicht anders, als sich ein protziges Casino an der Riviera vorzustellen. Ich hatte verrauchte Zimmer und Buchmacher vor Augen. Aber ich nahm an, Spielsucht war gleich Spielsucht. „Ja."

Sie zuckte mit ihren dürren Achseln. „Er spielt manchmal Black Jack, nehme ich an, aber nur zum Spaß. Lange still zu sitzen, langweilt ihn."

„Dann muss ich dich erneut fragen, woher das Geld kommt, um Hotels wie dieses und den offenkundig teuren Lebensstil zu finanzieren."

Sie ging zum eingebauten Kühlschrank und nahm eine Flasche Mineralwasser heraus. Sie schenkte sich ein Glas ein und bot mir keines an. „Nicht, dass es dich etwas angeht, aber unser Großvater mütterlicherseits hat mit Backwaren ein Vermögen gemacht." Sie hob ihre schmalen Augenbrauen. „Davenport Biscuits?"

Selbst ich hatte von ihnen gehört und ich kam aus einem anderen Land. Man bekam Davenport Biscuits in jedem Supermarkt in Großbritannien. Ich selbst hatte sie schon oft gekauft.

Ich hatte das schreckliche Gefühl, dass die Theorie, die sich so solide angefühlt hatte, mir plötzlich unter den Füßen wegbrach. „Wo war dein Bruder heute?"

„Lucy, das wird allmählich ermüdend. Wenn du nicht weißt, wo er ist, könntest du dir vielleicht jemand anderes suchen, um diesen zu belästigen."

Ich ignorierte sie und begann hin und her zu laufen. Auf diesen weichen Teppich zu treten war, wie über Wolken zu laufen. „Ich bin mir nicht sicher, was da läuft, aber dein Bruder ist darin verwickelt. Ich glaube, wenn wir ihn davon abhalten wollen, eine Dummheit zu begehen, musst du mir sagen, wo er heute war."

Ich dachte, sie würde mich rauswerfen, aber angesichts der Art, wie sie mich ansah, dachte ich, auch sie sorgte sich, dass ihr Bruder eine Dummheit begehen könnte. „Sie sind mit Alistair zum Klettern gegangen. Er und Giles. Deswegen wäre ich nicht besorgt, aber er hätte bereits zurück sein sollen. Und wenn ich anrufe, hebt niemand ab."

Also waren sie Klettern gewesen. Ich mochte nicht, wonach das klang. Ich mochte das ganz und gar nicht.

„Weißt du, wohin sie zum Klettern gegangen sind?"

Visionen einer ganzen Schar Hexen, die auf ihren Besen reitend Berghänge absuchten, stiegen vor meinem geistigen Auge auf. Mir gefiel die Vorstellung nicht, eine von ihnen zu sein. Vor allem, wo ich Angst hatte, wir kämen zu spät.

Mein Gehör war besser als das der meisten Sterblichen und so konnte ich das ‚Pling' des ankommenden Aufzugs hören. Ich glaubte nicht, dass Sophie es auch mitbekam. „Irgendwohin, wo sie hinfahren mussten. Das ist alles, was ich weiß."

Das war nicht viel, um damit zu arbeiten, aber glücklicherweise hatte ich Schwestern mit einigen ganz schön beeindruckend Kräften. Irgendwie würden wir sie finden.

„Versuch, ihn weiterhin per Telefon zu erreichen. Wenn du von ihm hörst, sag bitte Bescheid." Ich drehte mich wieder zu ihr um. „Es ist sehr wichtig."

Diesmal machte sie keine schnippische Bemerkung, sondern nickte bloß. „Bitte finde ihn!"

„Ich gebe mein Bestes."

Meine Worte waren noch im Verklingen, als ich das Surren hörte, mit dem die Schlüsselkarte das Schloss aufsperrte und dann begann sich die Tür zur Suite zur öffnen.

Sophie rannte zur Tür. „Boris", rief sie. „Ich habe mir solche Sorgen gemacht."

Boris war sehr lebendig. Obendrein war er dreckig, verschwitzt und seine Arm wie auch sein Gesicht waren voller Kratzer.

Er sah mich an und seine Augenbrauen zogen sich zusammen. „Lucy? Was machst du denn hier?"

Er sah Sophie an. „Wir waren nicht mit Lucy zum Abendessen verabredet, oder?"

Als ob.

„Natürlich nicht", zischte sie. „Wir sind zum Dinner mit Lord und Lady Ashcroft verabredet und wir sind spät dran. Lucy war, genau wie ich, wegen dir in Sorge."

Nun blickte er noch fragender. „Warum hat sie sich wegen mir Sorgen gemacht?"

Ich war sowas von durch mit den beiden. Ich hatte keine Zeit zu verlieren. „Boris, ich muss etwas fragen, und es ist wirklich wichtig, dass du mir die Wahrheit sagst."

„Kann das warten? Ich brauche eine Dusche. Und einen Gin Tonic."

Ernsthaft. Diese beiden mit ihrem Anspruchsdenken. „Nein. Es kann nicht warten. Wo wart ihr heute Klettern?"

Er sah zu Sophie, als erwarte er, dass sie mich verbal auseinandernehmen würde, doch sie sagte nichts. Er schien zu müde, um sich mit mir zu streiten. Er ging zu einem der weichen Sessel. Er sparte sich die Mühe, seine Schuhe auszuziehen und schaffte es, eine Spur aus Dreck auf dem sicher sündhaft teuren Teppich zu hinterlassen. Der Sessel gab kaum nach, als er sich mit seinem ganzen Gewicht hineinfallen ließ. „Ich weiß nicht. Giles kannte den Ort. Der war da in der Nähe, wo Charlie und Alice geheiratet haben. Moreton-under-Wasauchimmer."

„Wychwood", sagten Sophie und ich gleichzeitig.

„Mach mir bitte einen Drink, Schwesterherz."

Für eine Frau, die zu allen anderen derart unhöflich war, kam sie seinem Befehl geradezu im Flug nach. Boris war eindeutig ihr Liebling. Nach Charlie.

Erneut öffnete Sophie den Kühlschrank. Sie griff hinein und zog eine winzige Flasche Gin und eine weitere mit Tonic heraus. Sie warf einen Blick auf ihren Bruder und nahm einen zweiten Gin heraus. Während sie den Drink mixte, sagte sie: „Lucy hat gefragt, ob du spielsüchtig bist."

Selbst unter all dem Dreck und den Kratzern konnte ich sehen, wie sein Gesicht rot wurde. „Spielsüchtig? Was für eine dumme Frage ist das denn?"

Ich trat näher heran, sodass ich nun direkt vor ihm stand

und er zu mir aufblicken musste, wenn er sitzen blieb. „Wenn du nicht spielsüchtig bist, warum hat man dich dann bei einem Treffen der Anonymen Spieler in London gesehen?"

KAPITEL 19

Sophie reichte ihm seinen Drink und er trank einen kräftigen Schluck. „Ich dachte, diese Treffen seien strikt anonym und vertraulich."

„Jemand hat dich dort erkannt." Ich sagte ihm nicht, dass das der Mann gewesen war, der diese Treffen organisierte, Philip Wallington. Sollte er ruhig denken, wir hätten einen gemeinsamen Bekannten in London, der zufällig beim selben Treffen der Anonymen Spieler gewesen war wie er.

Er trank einen weiteren Schluck. „Ich war dort, um einen Freund zu unterstützen. Und das ist alles, was ich dazu sagen werde."

„Warum? Warum bist du dahingegangen?"

Er rutschte in seinem Sessel herum, fühlte sich sichtlich unwohl. „Weil mich ein Freund darum bat. Deshalb. Ich weiß nichts über Spielsucht. Wusste nicht mal, dass dieser Kerl das hatte, aber mein Freund sagte mir, ich solle mitgehen und ihn unterstützen."

Ich fischte mit meinen Fragen im Trüben. Meine Theorie

hatte sich als komplett daneben erwiesen und nun suchte ich nach einer neuen. „Zu wie vielen Treffen bist du gegangen?"

Er schüttelte den Kopf. „Nur zu diesem einen."

„Und wer war dieser Freund?"

Ich glaubte nicht, dass er antworten würde, also war es keine Überraschung, als er seinen Kopf schüttelte. „Ich hab's versprochen. Zu so einem Treffen zu gehen, kommt einer Beichte gleich. Alles bleibt geheim. Aber wenn man sich diese Geschichten anhört ... die Schwierigkeiten, in die sich die Leute bringen, nur weil sie glauben, sie könnten ein Vermögen beim Wetten gewinnen. Sie leihen sich Geld und verlieren es. Diese Leute bei dem Treffen – einige von ihnen hatten ihre Jobs verloren, ihre Familien. Manche von ihnen bringen sich um. Ich wusste gar nicht, dass das ein derartiges Problem ist."

„Wie kamst du überhaupt darauf, dass dein Freund ein Problem in dieser Richtung hat?"

Jetzt blickte er etwas verdrießlich. „Das wusste ich gar nicht. Das wüsstest du auch nicht. Du kämst nie darauf. Ein gemeinsamer Freund erzählte mir davon und bat mich, zu dem Treffen zu gehen. Er selbst hätte als Unterstützer kommen sollen, schaffte es aber nicht rechtzeitig. Er sagte mir, dass ich hingehen und unserem Freund sagen solle, dass ich seinetwegen dort war."

Jetzt endlich begann sich für mich der Nebel aus Lügen zu lichten, und in all der Dunkelheit zeichnete sich ein Schimmer Wahrheit ab.

„Was tat dein spielsüchtiger Freund, als du ihm die Nachricht ausgerichtet hast? Also dass dich euer gemeinsamer Freund geschickt hatte?"

Er sah mich an, als könnte das eine Fangfrage sein. Dann

schaute er zu Sophie, die am Fenster stand und ihr Wasser in kleinen Schlucken trank. „Er tat gar nichts. Seine Hände zitterten und er fing an zu schwitzen. Er wirkte eher wie ein Alkoholiker oder Drogensüchtiger. Aber nachdem er mir das Versprechen abgenommen hatte, dass ich niemals jemandem davon erzählen würde, reagierte er dankbar und sagte, was auch immer passieren würde, ich solle mich um seine Familie kümmern.“

Er nahm einen weiteren tiefen Schluck. „Das hat mich komplett vom Spielen abgeschreckt, das kann ich dir sagen. Ich verschwende nicht mal mehr einen Fünfer auf einen Lottozettel.“

„Wo sind Giles und Alistair jetzt?“

„Woher soll ich das wissen? Wir haben einen Zwischenstopp beim Pub in Moreton-under-Wasauchimmer eingelegt und ein Bier getrunken. Dann sagte ich, ich müsse los, da ich noch etwas zum Abendessen vorhatte.“

„Vor mehr als einer Stunde“, sagte Sophie knapp und kühl.

„Hat Alistair seine Höhenangst überwunden?“

Ihm entfuhr schnaubend ein Lachen. „Nicht wirklich. Man konnte allerdings sehen, dass er das wollte. Alistair ist ein guter Kerl.“

Ich beugte mich vor. „Und du und Giles seid ihm gute Freunde.“

Er schaute unbehaglich. „Versuchen wir wenigstens.“

Ich richtete mich auf, um zu gehen. Sophie fragte: „Warum bist du nicht ans Telefon gegangen? Wusstest du nicht, dass ich mir Sorgen machen würde?“

Er stürzte den Rest seines Drinks herunter und stand auf. „Auf dem Hügel, wo wir zum Klettern waren, gab's keinen

Empfang. Dann, als wir im Pub waren, hatte ich keine Lust, dich zurückzurufen. Ich konnte die Nachrichten sehen. Ich wusste, du wärst ohnehin nur böse auf mich, also dachte ich mir, das könne genauso gut warten, bis ich wieder zurück bin. Und nun, meine Damen, entschuldigt mich bitte. Ich brauche eine Dusche. Sophie, bitte teile den Ashcrofts mit, dass ich aufgehalten wurde. Ich stoße so rasch zu euch, wie ich kann."

Sie stieß einen langen, leidvollen Seufzer aus. „Vermutlich haben wir unsere Reservierung bereits verwirkt."

„Für Lord und Lady Ashcroft? Das glaubst du doch nicht wirklich."

Er ging ins andere Zimmer und schloss die Tür.

Bevor ich ging, wendete ich mich noch einmal zu ihr. Ich hatte so viel über Geschichten und Süchte nachgedacht, dass ich dachte, es wäre Zeit für ein paar handfeste Wahrheiten. „Weißt du, zuerst dachte ich, dass du versucht hättest, Alice Robinson umzubringen."

Ihr eiskalte Haltung zersprang. „Wie bitte?"

„Wegen deinem Verhalten auf der Junggesellinnenparty. Und dann deine intensive Trauer bei Alices und Charlies Hochzeit. Ich habe wirklich geglaubt, dass du versucht hättest, seine Braut zu töten."

„Das ist abstoßend."

„Ich kannte dich gar nicht und dennoch glaubte ich, du würdest die Frau, die Charlie liebt, verletzen." Ich betonte das Wort ‚liebt' ganz besonders und sah, wie sie zusammenzuckte. „Sophie, du musst über Charlie hinwegkommen."

Einen Moment lang dachte ich, sie würde gleich in Tränen ausbrechen. „Aber wir sind füreinander bestimmt. Das habe ich immer gewusst. Die Wahrsagerin sagte–"

Ich schüttelte meinen Kopf. „Nein. Du bist auch süchtig. Du bist süchtig nach der Vorstellung, dass du und Charlie am Ende zusammenkommen werdet. Aber das ist nicht wahr und es hindert dich daran, dein Leben zu genießen. Wie wir heute Abend erfahren haben, kann so eine Sucht eine gefährliche Sache sein. Es ist Zeit loszulassen."

ALS ICH WEGFUHR, hatte ich keine Ahnung, ob meine Worte Sophies Fantasiewelt durchdrungen hatten, aber ich hoffte es.

Nyx und ich fuhren nach Hause. Ich nahm den Besen aus dem Wagen, und als ich das tat, spürte ich den Energiestoß in meiner Handfläche. Fast so, als hätte ich einen elektrischen Schlag bekommen. Ich schaute zu Nyx, die mich mit seltsamen Augenausdruck beobachtete.

Intuition ist eine eigenartige Sache. Die Leute reden von weiblicher Intuition, aber was ist mit der einer Hexe? Die liegt auf einer ganz anderen Ebene. Außerdem werden wir Hexen von unseren Vertrauten und unseren Werkzeugen unterstützt. Und die schlossen anscheinend diesen Besen mit ein.

Ich wollte das seltsame Kribbeln in meiner Hand auf Erschöpfung oder zu viel Aufregung schieben, aber Nyx starrte mich weiterhin an, und das Wort, das ich in meinem Kopf fühlen konnte, lautete *Gefahr*. Ich schüttelte meinen Kopf. Ich schaute zum Auto und dann zum Besen.

Man könnte meinen, mit dem Auto wäre man schneller, aber in diesem Fall hatte ich den Verdacht, dass ich nicht zu spät kommen dürfte und dass der Besen es mir erlauben würde, einen direkteren Weg zu wählen. „Okay, du hast gewonnen. Spring auf!"

Ich stellte den Besen so hin, dass seine Borsten die Kieselsteine neben meinem geparkten Auto berührten und der Stiel hinauf zum Mond zeigte. Es war eine Mondsichel, aber immerhin war die Nacht klar.

Nyx verschwendete keine Zeit, spazierte elegant den Besen hinauf und setzte sich, als wäre er ein samtbespannter Thron. Ich fand ihn nicht annähernd so bequem. Für mich fühlte es sich so an, als säße ich auf dem hölzernen Stiel eines Besens.

Da waren wir nun, bereit aufzubrechen, und ich hatte keine Ahnung, wohin es gehen sollte. Ich versuchte mich auf das zu konzentrieren, was Nyx oder der Besen mir zu sagen versuchten. Ich wusste, wen ich retten wollte, ich wusste bloß nicht wo oder wie. Oder ob es nicht vielleicht schon zu spät war.

Ich setzte Kurs auf Moreton-under-Wychwood. Alles war dort geschehen und ich hatte das Gefühl, genau dort würde ich Antworten finden.

Wir segelten hinaus in die Nacht. Menschen sagen manchmal ‚einen Flügelschlag entfernt', wenn sie eine Entfernung angeben. ‚Einen Besenritt entfernt' wäre vielleicht treffender. Wir flogen übers Land, zogen über Oxford mitsamt seinen Colleges und Sehenswürdigkeiten hinweg – die runde Kuppel des Radcliffe Observatoriums, die Kirchtürme, die quadratischen Innenhöfe vom Trinity und vom Balliol College - und dann hinaus, über den Fluss hinweg, vorbei an stillen Feldern, Dörfern, schlafenden Cottages und schließlich über die Bäume. Wir überflogen die Hinkelsteine und sie blickten hinauf wie eine Reihe blasser Gesichter, die mir Kraft und Stabilität gaben.

Als wir uns Moreton näherten, wollte ich in den Pub gehen und fragen, ob irgendwer Alistair und Giles gesehen hatte. Mit etwas Glück waren sie vielleicht noch da. Es war noch nicht so viel Zeit vergangen, seit Boris sich von ihnen verabschiedet hatte.

Ich kam mir ziemlich albern vor. Das Klettern hatten alle unbeschadet überstanden. Ich wusste nicht, warum ich immer noch dieses drängende Gefühl einer Gefahr hatte. Aber wenn ich eine Sache gelernt hatte, dann die, dass ich niemals meine Intuition ignorieren sollte.

Oder die meiner Katze.

Und obendrein hatte ich ein paar Fragen zu Schuhen.

Jetzt kam die Kirche in Sicht. Ich dachte an Constance und ihren Gedenkstein. Geliebte Gattin. Ich glaubte daran, dass sie in Frieden ruhte. Aber vielleicht war es Zeit, dass ich ihr Respekt erwies und sie um Rat bat. Sie auf dem Besen zu besuchen, schien passend.

Ich flog näher. Die alten Steine schliefen stumm. Der Glockenturm glich einer Säule aus Dunkelheit. Ich konnte die Umrisse der Kirche nur gerade so ausmachen und dann keuchte ich auf. Ich sah Bewegung auf dem Dach. Dessen war ich mir sicher. Ich brachte uns näher heran und dann begriff ich, da standen zwei Gestalten auf dem Dach. Kam ich zu spät?

Die Schieferschindeln boten keinen Ort für die Landung mit dem Besen und außerdem wollte ich die beiden, die da standen, nicht aufschrecken und auch nicht als das gesehen werden, was ich war: eine Hexe, die auf einem Besen ritt. Sie schienen nicht miteinander zu kämpfen. Sie redeten.

Gut.

Rasch brachte ich uns mit dem Besen hinunter zur Basis des Glockenturms. Ich stieg ab, flüsterte Nyx zu, dass sie auf mich warten solle, und schlich zur Tür. Mein Herz schlug wie wild. Der Türknopf fühlte sich kalt an meiner Handfläche an und ich drehte ihn so leise ich nur konnte, schob die uralte Eichentür auf und hoffte, sie würde ob ihres Alters nicht ächzen. Sie tat es nicht.

Ich trat in eine noch schwärzere Dunkelheit ein. Wie ein Korkenzieher wand sich die Treppe im Inneren des Turmes hinauf. Ich begann, sie so rasch und so leise ich nur konnte hinaufzusteigen und klammerte mich dabei an das dicke Seil, das als Treppengeländer diente. Die Treppe schien endlos und mir ging die Luft aus. Ich musste das Trainingsprogramm wirklich wieder aufnehmen.

Mein Füße kratzen über die Steinstufen, während ich weiter hinaufstieg. Mein Atem ging stoßweise und meine Beine wurden mit jedem Schritt schwerer.

Endlich kam ich oben an und brauchte erst einmal einen Moment, um wieder zu Atem zu kommen. Die Glocken hingen festgebunden, warteten darauf, das nächste Mal geläutet zu werden. Ich hatte den Verdacht, darauf würden sie eine ganze Weile warten müssen.

Im Turm gab es einen Durchgang, der hinaus aufs Dach führte. Das Dach fiel steil ab und nichts außer mit Zinnen bewehrten Kanten stand zwischen ihm und dem Erdboden tief unten. Es war mit Schiefer gedeckt und die Schindeln sahen nicht sehr sicher aus. Moos wuchs an verschiedenen Stellen und ich nahm an, der Untergrund war rutschig.

Die beiden Männer standen immer noch da draußen und redeten. Nachdem ich einen hastigen Schutzkreis um mich gezogen hatte, den ich vermutlich vermurkst hatte, so nervös, wie ich war, kletterte ich aus dem steinernen Bogen hinaus aufs Dach und stellte fest, es war noch unsicherer, als es aussah. Mein Fuß rutschte aus und ich klammerte mich ans Dach des Turmes, um nicht abzustürzen.

Inzwischen konnte ich alles gut sehen und sogar die Unterhaltung von Giles und Alistair verstehen. Sie standen vielleicht sechs Meter von mir entfernt und ich konnte mir gar nicht vorstellen, wie sie so weit gekommen waren, ohne vom Dach abzurutschen.

„Bitte tu das nicht", sagte Alistair. Seine Stimme zitterte und ich hatte den Eindruck, dass er diese Worte nicht zum ersten Mal aussprach.

Giles machte einen Schritt auf ihn zu. „Es wird in einer Minute vorbei sein. Denk doch nur, wie viel besser du dich fühlen wirst, wenn all deine Probleme hinter dir liegen." Er sagte das in einem geradezu mitreißenden Tonfall, als verspräche er seinem Freund aus Kindertagen ein besonderes Vergnügen.

„Ich schwöre dir, ich habe das Geld. Gib mir nur noch ein paar Tage mehr", sagte Alistair, und seine Stimme wurde lauter.

Giles schüttelte seinen Kopf. Er wirkte so ruhig. So normal. „Ich kann dir nicht noch mehr Zeit geben."

„Aber ich habe doch alles getan, was du von mir verlangt hast. Ich habe dich zu meinem Erben gemacht. Wenn mir etwas passiert, bekommst du meine Lebensversicherung."

„Du hast den Fehler gemacht, mich für dumm zu halten. Das bin ich nicht. Ich habe deine Versicherungspolice überprüft. Du hast sie zu Geld gemacht und den Gegenwert verspielt, wie du auch alles andere verspielt hast."

Alistair leckte sich über die Lippen. Selbst von hier konnte ich sehen, dass er so stark zitterte, dass er jeden Moment vom Dach fallen konnte. „Aber welchen Sinn hat es dann, mich zu töten? Du hast recht." Er lachte kurz schrill auf. „Es ist nichts übrig."

„Du wirst die Immobilie deines Vaters erben, da er zuerst starb."

„Mein Vater?" Alistair machte einen Schritt zurück und schwankte. „Nein. Das hast du nicht getan. Das kannst du nicht getan haben."

„Deinen alten Vater töten? Natürlich habe ich das getan. Und das hast du ganz allein dir selbst zuzuschreiben. Er war genauso ein Verschwender wie du, aber er hatte immer noch das Haus in London."

Alistair schüttelte seinen Kopf. „Nein. Er hat es bis zum Anschlag mit Hypotheken belegt. Was glaubst denn du, womit er all diese schrecklichen Pferdewetten bezahlt hat? Was glaubst du, woher ich meine Spielernatur habe?"

„Das weiß ich alles. Aber die Bank hat dafür gesorgt, dass die Hypotheken versichert sind. Als er starb, wurden sie alle vollständig abgelöst." Giles kicherte. Es hörte sich grauenhaft an. „Ich arbeite in einer Bank, schon vergessen? Er kam zu mir, damit ich ihm helfe. Als alter Freund der Familie. Natürlich half ich ihm. Genau wie ich dir half."

„Aber du weißt, dass ich es kann. Du weißt, dass ich dir alles zurückzahlen werde. Jetzt, wo ich Dads Haus erbe."

Giles schüttelte seinen Kopf. „Nein. Wenn du das Geld bekommst, wirst du es im Handumdrehen verpulvert haben. Ich werde das Haus deines Vaters erben, weil du mich in deinem Testament zum Alleinerben gemacht hast."

Alistair schlug die Hände vors Gesicht. „Du hast gesagt,

das sei nur zur Sicherheit. Falls ich einen Unfall hätte. Ich dachte, wir wären Freunde."

„Dann bist du ein Narr." Er schüttelte seinen Kopf. „Das ist nichts Persönliches, Kumpel. Ich betreibe dieses lukrative Nebengeschäft, indem ich denen Geld leihe, die den Banken als zu großes Risiko erscheinen. Aber wenn die Kunden ihre Kredite nicht zurückzahlen, muss ich meine Verluste begrenzen. Ansonsten würden die Leute mich als Schwächling ansehen."

„Bitte. Es muss doch etwas geben, das ich tun kann."

Ein langer, tiefer Seufzer. „Du kannst aufhören, meine Zeit zu verschwenden. Sei einmal ein Mann. Spring."

„Nein. Das werde ich nicht. Du wirst mich schon umbringen müssen. So wie du meinen Vater umgebracht hast."

„Nun, wenn es denn sein muss." Giles machte einen Schritt auf den vollkommen verängstigten Alistair zu.

„Warte", rief ich. Ich konnte nicht glauben, dass ich das laut ausgesprochen hatte. Jetzt wussten sie beide, dass ich da war. „Du kannst ihn nicht umbringen und es wie einen Selbstmord aussehen lassen. Du hast eine Zeugin. Mich."

Die beiden spähten mit zusammengekniffenen Augen durch die Dunkelheit zu mir herüber. „Wer ist das?", fragte Giles.

Alistair sagte: „Ich glaube, das ist Lucy Swift."

„Wie bist du hier heraufgekommen?", fragte Giles.

„Auf demselben Weg wie ihr. Und die Polizei folgt mir auf den Fersen."

Wenn das nur wahr wäre. Wenn ich nur schlau genug gewesen wäre, sie anzurufen. Ich war einfach nur losgerast, um Alistair zu retten, ohne darüber nachzudenken, dass ich gerade in Begriff war, etwas sehr Dummes zu tun.

Giles legte seinen Kopf schief. „Ich höre gar keine Sirenen. Ich glaube, du lügst. Selbst wenn nicht, ihr werdet beide tot sein, lange bevor sie hier eintreffen. Und ich werde auf dem Rückweg nach London sein. Lass dir das eine Lehre sein, Lucy."

Er ging vorwärts und sah dabei wie ein Seiltänzer aus. All die Jahre, die er mit Klettern verbracht hatte, zahlten sich jetzt aus. Sein Gleichgewichtssinn war ausgezeichnet, und die Tatsache, dass wir uns zehn oder zwölf Meter über dem Boden auf einem rutschigen Dach befanden, schien ihm rein gar nichts auszumachen.

Er ging auf Alistair zu, der rückwärts in meine Richtung zu gehen begann. Und so sah Alistair gar nicht wie jemand aus, der bereit war, sich zu opfern, um einen anderen zu retten. Aber mit jedem Schritt geriet er mehr ins Taumeln. Er konnte nicht so schnell rückwärtsgehen, wie Giles sich vorwärts bewegte. Ich konnte sehen, dass es nicht mehr lange dauern würde, bis Giles seinen Freund aus Kindertagen packen konnte.

Falls es irgendwelche Zaubersprüche gab, die Alistair davon abgehalten hätten, in seinen Tod zu stürzen, kannte ich diese nicht. Stattdessen griff ich zu dem uralten Klassiker. Ich schrie „Hilfe!" so laut ich nur konnte.

Das Problem mit Moreton-under-Wychwood lag darin, dass es ein verschlafenes, kleines Dorf war und alle in ihren Häusern zu sein schienen. Ich war mir nicht sicher, ob meine Stimme weit genug trug. Ich sah jedenfalls nirgends Lichter angehen oder Dorfbewohner heraustreten und sich umschauen. Unbeirrt schrie ich erneut.

„Wirst du wohl damit aufhören?", sagt Giles mit wütendem Unterton.

„Nein. Aber sag mal, wie willst du eigentlich zwei Leichen erklären?"

Darüber schien er eine Sekunde lang nachzudenken. „Es heißt doch immer, am besten lügt man, indem man so dicht wie möglich bei der Wahrheit bleibt. Alistair war verzweifelt. Sein Vater tot, er selbst schrecklich verschuldet wegen seiner Spielsucht. Alle Hoffnung verloren. Er ging zu dir, um mit dir über seine Probleme zu sprechen, und dann, da du annahmst, er könnte sich etwas antun, bist du ihm gefolgt. Er kletterte aufs Dach hinauf, um allem ein Ende zu bereiten, und du bist ihm gefolgt. Aber als du versucht hast, ihn davon abzuhalten, sich das Leben zu nehmen, hat er dich mitgerissen." Er schüttelte seinen Kopf. „Da kommen einem ja fast die Tränen." Er schenkte uns beiden ein kaltes Lächeln. „Ich werde auf jeden Fall wunderschöne Blumen zu euer beider Beerdigungen schicken. Und jetzt muss ich wirklich weitermachen."

Er griff nach Alistair.

Ich sah mich nach einer Waffe um, sah aber nichts Brauchbares. Es musste doch etwas geben, das ich tun konnte. Ich machte einen vorsichtigen Schritt nach vorne, dann noch einen. Ich breitete meine Arme aus und versuchte, mich so zu stabilisieren, aber hier oben war es tückisch. Ich rutschte und schwankte. Vielleicht würde ich heute Abend sterben, aber Giles würde nicht mit Mord davonkommen. Zumindest würden sie meine Kratzspuren in seinem Gesicht finden und seine DNA unter meinen Fingernägeln.

Das war nicht viel, aber alles, was ich im Moment hatte.

Aus dem Augenwinkel sah ich eine Bewegung. Ich riskierte einen zweiten Blick und wäre beinahe vom Dach gestürzt. Ein kleines, haariges und sehr entschlossenes Gesicht mit nach hinten gepressten Ohren starrte mir entgegen. Nyx. Die allein auf dem Besen ritt. Sie war gekommen, um mich zu retten. Ich hielt sie davon ab. „Stoppe Giles."

Ich war nicht einmal sicher, ob sie wusste, wer Giles war, aber Nyx war eine sehr intelligente Katze. Es war ziemlich offensichtlich, wer hier wen vom Dach zu schubsen versuchte. Ich wusste nicht, was eine kleine Katze auf einem Besen tun konnte, aber ich glaubte fest an meine Vertraute.

Dennoch machte ich einen weiteren Schritt nach vorn. Wenn ich mich an Alistair festhalten würde, könnten wir es Giles zumindest schwerer machen, uns vom Dach zu werfen. Giles hatte Alistair mit den Händen an den Schultern gepackt. Ich fragte mich, warum er ihn nicht einfach schlug und dann vom Dach warf, aber natürlich würde es nicht mehr nach einem Selbstmord aussehen, wenn Alistair vorher einen Schlag abbekommen hätte. Die Leute von der Forensik hatten ganz überraschende Möglichkeiten, um solche Dinge herauszufinden.

Inzwischen atmeten sie beide schwer. Giles sagte: „Lucy, du hast mir sogar einen Gefallen getan. Wenn die Polizei all die Fußspuren hier oben sieht, wird sie denken, dass du diese hinterlassen hast, als du mit Alistair gerungen hast, um seinen Tod zu verhindern. Ja, ich werde zu deiner Beerdigung ein paar sehr schöne Blumen schicken."

Er war so sehr damit beschäftigt, sich über mich lustig zu machen, dass er den Besen nicht kommen sah. Nyx flog direkt auf seinen Kopf los. Der Stiel traf ihn direkt am Kopf.

Er stieß einen überraschten Schrei aus und fing an abzurutschen.

Ich wollte den Mörder fangen, nicht töten. Er rutschte hinunter und athletisch, wie er war, gelang es ihm, sich an den Zinnen festzuhalten, umfing mit seinen Armen den alten Stein.

Ich dachte, er sei Kletterer genug, dass er entweder selbst einen Weg nach unten finden oder wieder hinaufklettern würde, um erneut zu versuchen, uns zu töten. So oder so wollte ich nicht abwarten, was dabei herauskam. Nyx und der Besen waren wenige Meter entfernt und sie beobachtete mich mit dem festen Blick ihrer goldenen Augen. Ich wusste, ich konnte sie rufen, wenn ich sie brauchte, aber im Moment machte ich mir mehr Sorgen darum, wie ich Alistair sicher nach unten bringen konnte.

So ging es auch Alistair. „Was für ein Glück, dass dieser Vogel aus dem Nichts aufgetaucht ist", sagte er, als wir es schafften, durch den Bogen hindurch zurück hineinzuklettern.

„Nicht wahr?"

„Ich muss hier weg. Wenn er mich findet, wird er mich umbringen." Er eilte die Treppe vor mir hinunter, schaute nicht einmal zurück, um zu sehen, ob es mir gut ging.

„Gern geschehen", sagte ich, als ich mein Handy hervorzog und den Notruf wählte.

KAPITEL 20

Ich kam gerade rechtzeitig am unteren Ende der Treppe an, um Alistair zu seinem Auto auf dem Parkplatz der Kirche rennen zu sehen. Er war so begierig darauf zu verschwinden, dass der Kies nur so aufstob, als er, ohne auch nur einen Blick zurückzuwerfen, davonbrauste.

Nun, da ich wieder am Boden war und mein Leben genau wie das von Alistair nicht mehr in einer derartigen Gefahr schwebte, konnte ich auch wieder klarer denken. Ich kannte einen Zauberspruch, der eine unsichtbare Barriere errichtete, und hatte sogar schon gesehen, wie er angewendet wurde. Da ich annahm, dass Giles alsbald auf dem Weg die Treppe hinunter wäre, wollte ich ihn auf Distanz von mir halten.

Nyx brachte den Besen an meine Seite und ich konnte ihre Kraft fühlen, als ich den Zauberspruch aufsagte, den ich aus meinem Grimoire auswendig gelernt hatte. Und gerade im letzten Augenblick hörte ich Giles, wie er die Treppe hinunterrannte, und das sehr viel schneller, als Alistair oder ich es gewagt hatte. Es war wirklich eine Schande, dass er ein so schlechter Mensch und ein Mörder war, wo er ein so hervorragender Athlet hätte sein können.

Das Problem an einer unsichtbaren Barriere war, dass sie, nun ja, unsichtbar war, und ich erst in letzter Sekunde erfahren würde, ob es funktioniert hatte. Ich hätte davonlaufen und mich verstecken können, aber das wollte ich nicht. Ich wollte meinen Platz behaupten und sehen, wie Giles seine wohlverdiente Strafe erhielt.

Er hatte sein Bestes gegeben, um Alistair und mich heute Abend zu ermorden, also fühlte ich mich nicht allzu schlecht, als er aus der offenen Tür des Glockenturms hinaus auf den Kirchhof raste. Er sah, wie ich ihn anschaute, und ein sehr unangenehmes Lächeln breitete sich auf seinem Gesicht aus.

Bitte funktioniere, bitte funktioniere, betete ich stumm, als er das untere Ende der Treppe erreichte und auf mich zustürmte. Beinahe wäre ich losgelaufen, aber ich war so froh, dass ich mich zurückgehalten hatte, als ich die Freude hatte zu sehen, wie er gegen meine unsichtbare Barriere krachte und zurückgeworfen wurde.

Er schrie vor Schmerz auf, als er gegen die Wand flog. Er griff sich mit der Hand an die Stirn. „Was zur …?"

Er wollte sich erneut auf mich stürzen und wurde ein weiteres Mal zurückgeworfen. Ich hätte ihm dabei den ganzen Abend zusehen mögen, aber ich konnte Sirenen hören, die sich näherten. Ich wartete, bis die Polizeiautos auf den Parkplatz fuhren. DS Barnes und DI Chisholm waren als Erste aus dem Wagen heraus. „Er ist da drin", sagte ich und deutete auf den Glockenturm. Dann löste ich den Bann auf und Giles rannte heraus, ihnen so ziemlich in die Arme.

Er wendete sich mir mit zornigem Blick zu. „Was hast du getan?"

Ich setzte mein unschuldigstes Gesicht auf. „Ich habe gar nichts getan. Du hast Rupert Grendell-Smythe getötet." Ich sah Ian an. „Und er hat heute Abend auch versucht, sowohl Alistair Grendell-Smythe als auch mich zu töten. Ist es in Ordnung, wenn ich morgen vorbeikomme, um meine Aussage zu machen? Du wirst Alistair aufspüren wollen, um seine ebenfalls zu bekommen."

Ian sah mich mit ratlosem Gesichtsausdruck an. „Wie kommt es, Lucy, dass dem Oxford CID das Personal, die Ressourcen und ein weltweites Netzwerk von Gesetzeshütern zur Verfügung stehen, aber du die Täter stets vor uns erwischst?"

Ich war mir nicht sicher, ob das eine rhetorische Frage war, aber ich beantwortete sie dennoch. „Es lag an seinen Schuhen."

DS Barnes las Giles seine Rechte vor, während er ihn festnahm.

Ian sagte: „Schuhe?"

„Ja. Auf der Hochzeit. Bei der Hochzeit fiel mir als erstes auf, dass Rupert Grendell-Smythes Schuhe brandneu waren. Auf ihren Sohlen klebten noch die Preisschilder. Und dann, nach dem Unglück, waren die Schuhe der meisten von uns staubig. Selbst nur über den Kies auf dem Parkplatz zu laufen, hieß, dass man auf brandneuen Schuhen eine Staubschicht hatte. Aber als ich Giles beim Empfang sah, sahen seine Schuhe wie frisch geputzt aus. Erst heute Abend wurde mit klar, dass er seine mit Staub beschmutzt hatte, als er auf den Dachsparren herumgeklettert war, um den Unfall zu verursachen. Irgendwann hat er sie geputzt, damit wir nicht den Staub bemerkten, ohne dass ihm klar war, dass die Schuhe von uns allen staubig waren und seine dadurch herausstachen, dass sie so sauber waren."

Er sah mich seltsam an. „So hast du diesen Fall gelöst? Auf der Basis von einem Paar Schuhen?"

Ich schüttelte meinen Kopf. „Nein. Es ging dabei auch um Abhängigkeiten und Sucht und die Lügen, die wir uns selbst erzählen, von denen ich annehme, dass sie eine Sucht eigener Art darstellen. Sophie Wynter war süchtig nach Charlie. Rupert war süchtig nach Pferdewetten. Alle lachten darüber und hielten es für einen harmlosen Zeitvertreib. Sie wussten nicht, dass er in eine andere Stadt fuhr und all sein Geld verwettete, sich dann welches lieh und weiter wettete. Charlies Eltern zahlten für Alistairs Ausbildung. Ich frage mich, wie viele von Ruperts Freunden ihm halfen, und nicht sahen, dass sie eine Sucht finanzierten. Diese Sucht vererbte sich auf seinen Sohn, der ebenfalls ein Spieler ist. Alistair hat ein Problem. Ich hoffe, dass er nun erkannt hat, welches Leid das verursachen kann, sodass er sich Hilfe sucht. Vielleicht kann ihm Philip Wallington als Berater zur Seite stehen." Das hoffte ich zumindest.

„Zweifellos weißt du, wo wir Alistair Grendell-Smythe finden können?"

„Ich würde annehmen, dass er zu seinem Hotel gefahren ist, um so schnell wie möglich zu packen und zu verschwinden, es sei denn, ihr erwischt ihn vorher."

„Oh, wir werden ihn innerhalb der nächsten paar Minuten haben. Gleich nachdem ich deine Nachricht erhielt, habe ich jemanden zu seinem Hotel geschickt."

„Gut. Giles hat vor Alistair und mir zugegeben, dass er Rupert umgebracht hat."

„Ich würde dir gerne anbieten, dich nach Hause zu fahren, aber–" Er sah sich auf dem Parkplatz um und erkannte deutlich, dass ich nicht mit dem Wagen da war. Falls er den alten Besen bemerkte, der am Kirchturm lehnte, hatte der keine Bedeutung für ihn. Im Schatten saß eine schwarze Katze und beobachtete uns, aber schwarze Katzen gab es schließlich überall. „Ich muss zurück auf die Wache."

„Mach dir keine Sorgen. Ich habe einen Freund angerufen. Ich bin auch gleich weg."

Ian schüttelte seinen Kopf. „Lucy, ich muss dir sagen, dass mein Job sehr viel einfacher schien, bevor du hierher kamst." Er ging ein paar Schritte, dann drehte er sich noch einmal um, „und sehr viel weniger interessant." Letzteres sagte er leise genug, dass es eine normale Frau vermutlich nicht gehört hatte. Da ich ihm gegenüber stets vorgab, eine normale Frau zu sein, ließ ich mir nicht anmerken, dass ich es gehört hatte.

ICH FREUTE MICH NICHT AUF DAS, was ich als Nächstes zu tun hatte: Violet zu sagen, dass ihr heutiges Date vielleicht doch kein so toller Fang war.

Aber immerhin konnten Alice und Charlie nun auf Hochzeitsreise gehen und da Giles in Haft war, musste ich weniger Zeit auf die Mörderjagd verwenden und hatte mehr davon, um Fliegen zu üben.

Ich wollte gerade wieder auf meinen Besen steigen, als

ein schwarzes Auto auf den Platz einbog und neben mir anhielt. Das Fenster auf der Fahrerseite fuhr herunter. „Soll ich dich mitnehmen?"

Ich war kein Stück überrascht, dass Rafe aufgetaucht war. Sein Instinkt, was mich betraf, war sowohl nervig als auch tröstlich, wenn ich ihn brauchte. „Woher wusstest du, dass ich hier sein würde?"

„Theodore fuhr vorbei und rief mich an. Er sagte, bei der alten Kirche in Moreton-under-Wychwood wären Polizei und Sirenen und ein Mann würde verhaftet. Da hatte ich so eine Ahnung, dass ich dich hier finden würde."

Nyx saß neben dem Besen und starrte. „Nyx und ich waren gerade dabei, nach Hause zu fliegen."

„Das könntest du natürlich tun, obwohl ich bemerkt habe, dass die Temperatur gesunken ist und William etwas buk, das nach Schokolade roch, als ich losfuhr. Du könntest mit zu mir nach Hause kommen und mir die ganze Geschichte deines Abends erzählen."

Ich schaute hinüber zu Nyx, die nur allzu bereit schien, den Besen gegen eine komfortable Fahrt einzutauschen.

Als wir in die Nacht hinaus schnurrten, drehte sich Rafe zu mir. „Außer natürlich, du hast etwas anderes vor. Dann könnte ich dich in Oxford absetzen."

Ich würde Violet eine Textnachricht schicken und ihr sagen, dass Alistair in Sicherheit war. Morgen würde ich ihr alles erzählen. Und jetzt? „Du hattest mich bei der Erwähnung der Schokolade."

Okay, Schokolade war nicht die einzige Attraktion, aber er musste ja nicht alles wissen.

Danke, dass Sie das Buch gelesen haben. Ich hoffe, Sie hatten Spaß mit Lucys neuestem Abenteuer. Werfen Sie hier gleich noch einen Blick in den nächsten Krimi, *Poltergeist und Popcornmuster*.

Eine Nachricht von Nancy

Liebe Leser und Leserinnen,

Vielen Dank, dass Sie die Serie der Strickclub der Vampire lesen. Ich freue mich sehr über die Begeisterung, die diese Serie hervorruft. Ich habe vor, noch viele Geschichten über Lucy und ihre bestrickenden Vampire folgen zu lassen.

Über Rezensionen freue ich mich immer, und vergessen Sie nicht, anderen Liebhabern von Häkel- und Strickkrimis von dieser Serie zu erzählen.

Sie können Ihre Rezension auf Amazon hinterlassen.

Ihre Beiträge sind die Wolle, mit der ich diese Geschichten stricke.

Bis zum nächsten Mal.
Viel Spaß beim Lesen,

Nancy

BÜCHER VON NANCY WARREN

Erfahren Sie mehr über neue Ausgaben und Sonderangebote in Nancy's Newsletter (auf Englisch) bei NancyWarrenAuthor.com oder folgen Sie ihr auf Facebook auf facebook.com/nancywarrenDeutsche

Der Strickclub der Vampire

Verwirrung und Verrat - ein kostenloses Prequel für die Abonnenten von Nancys Newsletter

Der Strickclub der Vampire - Band 1

Maschen und Magie - Band 2

Häkelei und Hexenkessel - Band 3

Zwirn und Zauber - Band 4

Lieblingspullis und Liebestränke - Band 5

Weissagung und Wollpullover - Band 6

Schwindelei und Spitze - Band 7

Bommelmützen und Besenstiele - Band 8

Poltergeist und Popcornmuster - Band 9

Gargoyles und Geheimbünde - Band 10

Dolch und Diamanten - Band 11

Flüche und Fischgrätmuster - Band 12

Der Strickclub der Vampire: Band 1-3

Der Blumenladen von Willow Waters

Die Magie der Pfingstrose - Band 1

Das Verwunschene Brautkleid

Eine Serie aus fünf romantischen Komödien über Frauen, die auf der Suche nach dem richtigen Kleid, den dazu passenden Schuhen und dem perfekten Mann sind.

Die Flucht der Braut - Buch 1

Die Braut aus Zweiter Hand - Buch 2

Brautjungfer zu mieten - Buch 3

Ein Brautkleid zum Verlieben - Buch 4

Wenn das Kleid passt - Buch 5

Die Oma

Das Jahr, in dem die Weihnachtsoma das Weite suchte

Um eine vollständige Liste ihrer Bücher zu sehen, gehen Sie auf Nancys Website NancyWarrenAuthor.com

ÜBER DIE AUTORIN

Nancy Warren ist eine USA Today Bestseller-Autorin und hat mehr als 100 Romane verfasst. Sie stammt ursprünglich aus Vancouver, Kanada, zieht jedoch gerne um und hat längere Zeit in England, Italien und Kalifornien gewohnt. Die Inspiration zur Strickrunde der Vampire kam ihr während ihrer Zeit in Oxford. Gegenwärtig lebt sie teils in Großbritannien, in Bath, wo sie oft so tut, als sei sie Jane Austen, oder zumindest eine von deren Romanfiguren, und teils in Victoria, Britisch-Kolumbien, wo sie es genießt, am Meer zu leben. Zu ihren Lieblingsmomenten zählen die Tage, als sie die Antwort in einem Kreuzworträtsel der kanadischen Zeitung National Post war, als sie es mit ihrem Roman Speed Dating, dem Auftakt zur Buchreihe Harlequin's NASCAR, auf das Titelblatt der New York Times schaffte, und die drei Male, als sie für den RITA-Award, den bedeutenden Preis für englischsprachige Liebesromane, nominiert wurde. Sie hat einen MA in kreativem Schreiben von der Bath Spa University. Sie ist eine begeisterte Wanderin, liebt Schokolade und vor allem liebt sie es, von ihren Lesern zu hören!

Die beste Weise, mit ihr in Kontakt zu bleiben, ist, sich über NancyWarrenAuthor.com für Nancys Newsletter anzumelden (auf Englisch).

Mehr über Nancy und ihre Bücher erfahren Sie hier:
NancyWarrenAuthor.com

facebook.com/nancywarrenDeutsche

instagram.com/nancywarrenauthor

amazon.com/Nancy-Warren/e/B001H6NM5Q

goodreads.com/nancywarren

bookbub.com/authors/nancy-warren

www.ingramcontent.com/pod-product-compliance
Lightning Source LLC
Chambersburg PA
CBHW070051260626
47160CB00004B/1176